W9-BCS-338

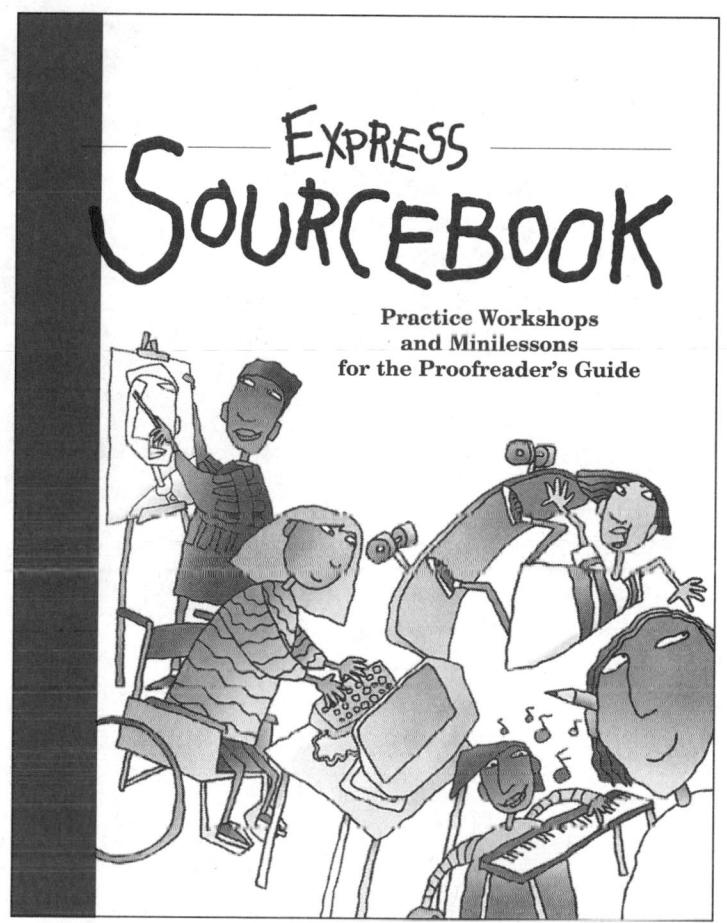

EXPRESS
SOURCEBOOK

**Practice Workshops
and Minilessons
for the Proofreader's Guide**

. . . a resource of student
workshops, minilessons, and
activities to accompany

WRITERS
EXPRESS

WRITE SOURCE®

GREAT SOURCE EDUCATION GROUP

a Houghton Mifflin Company
Wilmington, Massachusetts

A Few Words About the Level 4 SourceBook

Before you begin . . .

You need to know that your SourceBook should be used with the *Writers Express* handbook, which provides information, examples, and models. The SourceBook provides you with opportunities to practice the editing and proofreading skills presented in the handbook. SourceBook activities are organized into Practice Workshops, Minilessons, and Check-It-Out Daily Sentences.

Practice Workshops

The Practice Workshops cover what you need to know to become a better writer and proofreader. The workshop topics appear in the same order in the SourceBook as they do in the Proofreader's Guide in the *Writers Express* handbook. In each workshop, The First Step introduces the basic idea and directs you to the handbook pages you will want to use. Each workshop has clear directions and examples. Follow-up writing activities are explained in The Next Step.

Minilessons

Each Minilesson covers one idea from the handbook. Most minilessons can be done on your own or with a partner.

Check-It-Out Daily Sentences

Check-It-Out Daily Sentences review basic writing skills. Focused Sentences help you concentrate on one editing skill at a time. Proofreading Sentences offer several different sentence problems for you to correct. Sometimes you will add a word, write a different word, or simply cross out a word. Such practice helps you become a more careful writer and a better proofreader.

Authors: Pat Sebranek and Dave Kemper

International Standard Book Number: 0-669-40262-1

14 - HLG - 01 00 99

Table of Contents

• Sentence Workshops

Understanding Sentences

• Language Workshops

Understanding Our Language

Nouns

Pronouns

Verbs

Adjectives and Adverbs

Other Parts of Speech

• Minilessons

Marking Punctuation

Editing for Mechanics

Checking Your Spelling and Usage

Understanding Sentences

Understanding Our Language

• Check-It-Out Sentences

Focused Sentences

● Check-It-Out Sentences

Proofreading Sentences

Practice Workshops

The practice workshops in this section of your SourceBook cover the basic language, editing, and proofreading skills you need to become a better writer.

End Punctuation 1

The First Step ● There are only three ways to end a sentence. You may use a period, a question mark, or an exclamation point. Your handbook explains when to use each of them. (See topic numbers 02, 54, and 56 in "Marking Punctuation," which starts on page 343.)

DIRECTIONS: Put the correct end punctuation—a period, a question mark, or an exclamation point—in the sentences below. You will also need to add a capital letter at the beginning of each sentence. The first sentence has been marked for you.

A
animals can't speak our language did you know that many animals have their own languages dolphins "talk" by making clicking sounds a dolphin can make as many as 700 clicks in one second bees "talk" by flapping their wings they tell other bees where to find flowers

have you ever noticed that dogs have different kinds of barks a dog barks one way when someone is at the door and another way when it hurts its paw

although animals can't speak English, a few can learn sign language a gorilla named Koko knows sign language when a kitten bit Koko, he made signs to say, "Teeth visit gorilla." he didn't say it the way you would say it, but you know what he meant Ouch

End Punctuation 1

The Next Step ● Write a paragraph about different ways that human beings communicate with animals. Try to use different kinds of end punctuation in your paragraph.

End Punctuation 2

The First Step ● This workshop activity gives you more practice using **end punctuation**. (See rules 02, 54, and 56 in "Marking Punctuation," which starts on page 343.)

DIRECTIONS: Put the correct end punctuation in the sentences below. You'll also need to add a capital letter at the beginning of each sentence. The first sentence has been marked for you.

M
many years ago, a cat named Napoleon became famous do you

know why it's because he could predict the weather

Napoleon lived in Baltimore with his owner in the summer of

1930, it didn't rain for a long time one day, Napoleon's owner called

the newspapers and said that rain was on the way they didn't believe

him, but Napoleon's owner knew better Napoleon was napping with one

front paw stretched out and his head on the floor whenever Napoleon

did that, it soon began to rain

what do you think happened yes it poured and poured from then

on, the newspapers printed Napoleon's weather

forecasts he was right as often as the human

weather forecaster don't you wish you had

a cat like Napoleon at your house

End Punctuation 2

The Next Step ● People often ask questions and make comments about the weather. Write at least five sentences related to the weather. Be sure to use the correct end punctuation!

Using Commas 1

> **The First Step ●** **Commas** are used between words or phrases in a series. Commas are also used between two independent clauses that are joined by words such as *and, but, so,* and *yet.* (See handbook page 345, topic numbers 12 and 16.)

Commas in a Series

I know someone who has pen pals in Australia, Greece, and Ireland.

Comma Between Two Independent Clauses

He knows a lot about Australia, and he's going to write a report about it.

DIRECTIONS: In the paragraph below, add commas between independent clauses and between items in a series, as shown in the examples above. The first sentence has been marked for you.

Australia is the sixth-largest country in the world, and it is the only country that takes up a whole continent. It is in the South Pacific and it has the world's largest coral reef. The reef is called the Great Barrier Reef and it is 1,200 miles long. Kangaroos kookaburras and dingoes are just a few of the unusual animals that live in Australia. Australia is only slightly smaller than the United States but it has a lot fewer people. Australia has diamonds gold copper and other gems and minerals.

Using Commas 1

The Next Step ● Write four sentences of your own about Australia or about another country. Use at least four commas.

Using Commas 2

> **The First Step ● Commas** are used between words or phrases in a series. Commas are also used between two independent clauses, which are joined by words such as *and, but, or, so,* and *yet.* (See handbook page 345, topic numbers 12 and 16. Also see the examples below.)

Commas in a Series
> I have seen elephants at the zoo, at the circus, and at a wild animal park.

Comma Between Two Independent Clauses
> My uncle's job is to take care of the elephants at the zoo, so he knows a lot about elephants.

DIRECTIONS: In the sentences below, add commas between independent clauses and between items in a series, as shown in the examples above. The first sentence has been marked for you.

You may think of elephants as huge, heavy, and clumsy, but did you know that they can do some pretty amazing things?

Everyone knows that elephants use their trunks to hold things take up water and throw dust but some elephants use their trunks to draw things. Siri, an elephant that lived in a zoo, held a rock in her trunk and she used it to draw designs on the floor of her cage. The zookeeper gave Siri a pencil and paper and she kept drawing.

Everyone knows that elephants travel together in herds and the oldest female is the leader of the herd. But few people know this story: When one baby elephant got hurt, the whole herd followed the leader for two miles to a park ranger's office. They got the ranger to follow them back and he helped the baby elephant.

Using Commas 2

The Next Step ● Now write your own "Everyone knows . . ." story about a dog, cat, monkey, or other animal. Your story can be real or imagined. (Use two or more commas in your story.)

_____

_____

_____

_____

_____

_____

_____

_____

_____

_____

_____

_____

_____

Using Commas 3

The First Step ● **Commas** *again*! Well, commas are important! You'll be using them for the rest of your life, so it's important to use them right! Remember, if you made any mistakes using commas in the last activity, try to understand why before you do this activity.

DIRECTIONS: In the sentences below, add commas between independent clauses and between items in a series. The first sentence has been marked for you.

Hundreds of years ago, the whole United States was covered with forests, grassy fields, and deserts. Animals lived everywhere! But there are more people today and humans have built homes shopping malls and parking lots where animals used to live. Many wild birds squirrels and raccoons have been squeezed out of their homes.

There are some things you can do to make animals feel at home in your neighborhood. If you have a cat, put a bell on its collar or it may sneak up on wild animals. Put water in a birdbath pie pan or other shallow container for birds. Plant a berry bush and it will provide food for wild animals. Buy a bat house at the hardware store. Bats will "sleep in" during the day but they'll be busy eating mosquitoes flies and other insects at night.

Using Commas 3

The Next Step ● Ask a classmate to tell you about an experience he or she had with a wild animal (not a pet). Write a paragraph about your classmate's experience. Be sure to use commas correctly!

Commas and Clauses

The First Step ● In this workshop, you'll practice another way to use **commas**: to set off long phrases and clauses. See topic number 23 on page 346 in your handbook.

DIRECTIONS: Each sentence below starts with a long phrase or clause that modifies the rest of the sentence. Add a comma after each phrase or clause. The first sentence has been done for you.

1. If you're serious about helping the environment, you can recycle many things besides paper.

2. Because glass never wears out it can be recycled forever

3. You may find this hard to believe but people have been recycling glass for over 3,000 years!

4. Once worth more than gold aluminum is a good thing to recycle.

5. At almost all recycling stations you'll find a bin for aluminum cans.

6. It's not always easy but plastic can be recycled, too.

7. Before you do anything else you have to separate different kinds of plastic.

8. To avoid polluting the environment your parents can recycle the oil and antifreeze from their cars.

9. Speaking of your parents and their cars tires can be recycled also.

10. While you're at it tell your parents that even their cars' old batteries can be recycled.

Commas and Clauses

_____

_____

_____

_____

_____

_____

_____

_____

_____

_____

_____

_____

_____

_____

Commas and End Punctuation Review

The First Step ● This workshop activity is a review of the two kinds of punctuation you've practiced so far: commas and end punctuation marks.

DIRECTIONS: Put commas and the correct end punctuation in the sentences below. Also capitalize the first letter of each sentence. The first sentence has been done for you.

Have you ever seen turtles in pet shops, in the streets, or in parks? they were probably box turtles some cities have street signs that warn drivers not to run over turtles—because turtles take their time

there are many different kinds of turtles there are sea turtles desert turtles snapping turtles and others sea turtles are huge and they can live for 100 years desert turtles could become extinct soon because cows are eating their homes they live under shrubs that cows like to eat can you guess how snapping turtles got their name they will try to bite you when they're afraid so watch out

Commas and End Punctuation Review

The Next Step ● Turtles often get turned over on their backs when they try to climb up on something. They can't get right side up again unless someone helps them. Pretend that you're a turtle, and you're stuck on your back. Write a paragraph about how you feel before and after a human comes along and helps you back onto your feet. Be sure to use each of the three types of end punctuation at least once, and add commas where they are needed.

_____

_____

_____

_____

_____

_____

_____

_____

_____

_____

_____

_____

Using Apostrophes

The First Step ● **Apostrophes** are used in many different ways. One of the most common uses is making contractions. Read about contractions in your handbook. (See page 349, topic number 43.) Then complete the following activity.

DIRECTIONS: In the following sentences, make as many contractions as you can. The first contraction has been made for you. (The number of contractions you can make is identified after each sentence.)

1. *It's*
   It is easy to get the Arctic and Antarctica mixed up. (1)

2. They are both frozen! (1)

3. But there is a way to remember which is which. (1)

4. The Arctic is an ocean that is surrounded by land, and it is at the North Pole. (2)

5. Antarctica is land that is surrounded by water, and it is at the South Pole. (2)

6. Polar bears and seals live on islands of ice in the Arctic, and they are at home there even though it is cold. (2)

7. Antarctica is even colder than the Arctic, but the penguins that live there do not seem to mind. (1)

8. Humans only visit Antarctica; they do not live there. (1)

9. The two places have one thing in common: The sun does not rise in either place for six months of the year. (1)

Using Apostrophes

The Next Step ● Pretend you are an explorer in the Antarctic. Write a message to a friend telling him or her about your trip. Use as many contractions as you can.

Making Possessives

> **The First Step** ● One important way you use **apostrophes** is to make possessives. Review page 349 in your handbook, topic numbers 45, 46, and 47.

DIRECTIONS: Each sentence below contains one or two possessive nouns that need an apostrophe (or an apostrophe *and* an "s"). Add what's needed to make the possessive form correct. The first sentence has been done for you.

1. Our teacher's husband is an airline pilot.

2. My sisters puppy and my brothers cat tease each other.

3. My fathers boss is from Singapore.

4. Aunt Doris hat flew out the window, and Moms scarf went right after it.

5. Uncle Ross laughter could be heard around the block.

6. The bus tires ran over the hat and squashed it.

7. The boys soccer team beat the girls soccer team.

8. At the zoo, the elephants cages are huge.

9. The snakes cages are made of glass.

10. All of my classmates art projects are on display.

11. I think Michelles project is the best.

Making Possessives

Singular Possessives

1. *Joe's fish* _____

2. _____

3. _____

4. _____

5. _____

Plural Possessives

1. *Joe and Rosa's fish* _____

2. _____

3. _____

4. _____

5. _____

Using Quotation Marks 1

The First Step ● When you talk, it's easy to tell who is saying what. You can hear each person's voice. But when you write, you have to show when people start talking and when they stop. That's what **quotation marks** do. They come before and after the exact words someone says. Read about quotation marks in your handbook before you begin this activity. (See page 350, topic numbers 48-50.)

DIRECTIONS: A band decided to play a concert for some monkeys at the zoo. What follows is a conversation between a reporter and a zookeeper about the concert. Add quotation marks where they should go. The first one has been done for you.

"Why would a band want to play for monkeys?" the reporter asked.

They wanted to see what the monkeys would do, answered the zookeeper.

Well, what did the monkeys do? asked the reporter. Did they like the music?

They couldn't stand it, the zookeeper said. One brave chimp tried to take away the bandleader's trombone to make him stop playing!

Did he stop? asked the reporter.

Yes, the zookeeper said. The band changed to a slow, quiet song, and the monkeys sat down.

Using Quotation Marks 1

The Next Step ● Remember the last time you talked to a friend or family member about music. Write down a few sentences that each of you said. You probably won't remember the exact words, but come as close as you can! Be sure to use quotation marks correctly! Remember to start a new paragraph each time you change speakers.

Using Quotation Marks 2

The First Step ● Here's some practice using **quotation marks** to punctuate direct quotations. Remember, your handbook has the information you need on page 350.

DIRECTIONS: Correctly punctuate the dialogue in the following sentences. The first sentence has been done for you.

"Margaret, did you already go to the recycling center?" Dad asked my sister.

No, she answered. I thought you went.

Me? I went last time, Dad said.

Uh-uh! I went last time! Margaret insisted.

Mom said, Why don't you both go? You can continue arguing on the way.

Very funny, said Dad, as he gathered up the old newspapers.

Okay. I'll get the bag of cans, Margaret said. But we still have a problem.

I don't want to hear it, Mom said.

What's the problem? Dad asked Margaret.

Who's going next time? Margaret asked.

Using Quotation Marks 2

The Next Step ● Continue the story about the trip to the recycling center below. Write at least four more sentences. Be sure to use quotation marks and commas correctly. Start a new paragraph for each new speaker.

_____

_____

_____

_____

_____

_____

_____

_____

_____

_____

_____

_____

_____

Using Capital Letters 1

The First Step ● The basic rules for using **capital letters** are pretty simple: Capitalize the first letter of a sentence and all proper nouns. But it's not always so simple to figure out which nouns are proper. It depends partly on the word and partly on how the word is used in the sentence.

DIRECTIONS: Your handbook explains the rules for capitalization on pages 352-354. This activity gives you practice using the rules in topic numbers 63, 65, 67, and 74. Use those rules to find, and change the words that should be capitalized. The first sentence has been marked for you.

1. My uncle took me and my brother to see the *S̸t. L̸ouis C̸ardinals* play baseball.

2. The game was at busch stadium in st. louis.

3. It was a saturday game in july.

4. The cardinals played the cincinnati reds.

5. My uncle said there was another game on sunday.

6. My brother said he didn't think mother would let us go; she wanted us to go with her to springfield, illinois.

7. But I said that maybe uncle could get mom to let us go to the game instead.

8. Then our uncle said he'd invite mom and dad to the game, too.

Using Capital Letters 1

The Next Step ● Write a paragraph about a game, concert, or other event you attended. (Or, write about one you'd like to attend!) Include as much information as you can about when and where it was, what teams or performers you saw, etc. Be sure to capitalize correctly!

Using Capital Letters 2

The First Step ● In this activity, you'll practice using more of the rules for **capitalization**. Review your handbook's section on capitalization (pages 352-354), especially topic numbers 66, 68, 70, 75, and 76.

DIRECTIONS: In each sentence below, there are two words or phrases that should be capitalized but are not. Make the needed corrections. The first sentence has been done for you.

1. President Clinton, ~~s~~enator Helms, ~~g~~overnor Wilson, and the governor of Oregon gave speeches.

2. Two senators, vice president Gore, and mayor Daly hold a news conference in Chicago.

3. We are studying the dark ages and the middle ages.

4. Many people confuse the declaration of independence and the U.S. constitution.

5. The american red cross and the united way helped people after the earthquake.

6. The sierra club and greenpeace are groups that help the environment.

7. My neighbor is south african, and she speaks english with an accent.

8. In India, most people are either hindu or muslim.

9. Our school got a new xerox copier and some new apple computers.

Using Capital Letters 2

1. _____

_____

_____

2. _____

_____

_____

3. _____

_____

_____

4. _____

_____

_____

5. _____

_____

_____

Using Plurals 1

The First Step ● Page 355 of your handbook explains **plurals** and the rules for making them. Open your handbook to that page to do this activity.

DIRECTIONS: Write the plural form of each word listed below. Use the rules explained in topic numbers 77, 78, and 82.

1. fox _____

2. beach _____

3. class _____

4. horse _____

5. cow _____

6. spider _____

7. pony _____

8. fly _____

9. turkey _____

10. bush _____

The Next Step ● Now write a short tall tale, using as many of these words in your story as you can. (Share your story with a classmate.)

_____

_____

_____

_____

_____

_____

_____

Using Plurals 2

The First Step ● **Making plurals** isn't always as simple as adding an "s" to the end of a word. On page 355, your handbook lists eight rules for making plurals. In this activity, you'll practice almost all of them.

DIRECTIONS: Make all of the following words plural. First find the rule on page 355 you should use; then list the rule number on the first part of the line. Then, follow the rule to make the plural. The first one has been done for you.

1. lady   _82_ | _ladies_   10. tomato _____|_____

2. bush _____|_____   11. lunch _____|_____

3. potato _____|_____   12. mess _____|_____

4. handful _____|_____   13. activity _____|_____

5. portfolio _____|_____   14. leaf _____|_____

6. monkey _____|_____   15. child _____|_____

7. wolf _____|_____   16. chef _____|_____

8. boss _____|_____   17. push _____|_____

9. baby _____|_____   18. horse _____|_____

The Next Step ● Working in groups, think of nouns that are made plural under each of the rules on page 355 in your handbook. Write down at least one word for each rule. (Important: Don't use any words listed above or in your handbook!)

77 |_____   81 |_____

78 |_____   82 |_____

79 |_____   83 |_____

80 |_____   84 |_____

Using Numbers

> **The First Step** ● When you use numbers in math, you always write them as numerals. But when you use numbers in your writing, sometimes they are written as words. This activity gives you practice using the rules for when to write numbers as words.

DIRECTIONS: In the sentences below, all the numbers are written as words. Some of them should be written as numerals. Open your handbook to page 356. Using the rules in topic numbers 85, 87, and 88, find the numbers that should be written as numerals, and change them. The first sentence has been marked for you.

1. There are three kids in our family, and our ages are ~~nine~~ 9, ~~eleven~~ 11, and ~~thirteen~~ 13.

2. My sister's cat had six kittens; she's trying to sell them for three dollars each.

3. Eight people got on the bus at fourteen Main Street.

4. The twenty-one people in our class all go to lunch at one p.m.

5. For homework, I had to do all fifteen problems on pages three through five.

6. Movie tickets cost five dollars, and we need tickets for six people.

7. On April seven, 1995, I'll be ten years old.

8. 16 kids in our class got one hundred percent on their spelling tests.

Using Numbers

The Next Step ● Write two sentences that use numbers written as numerals, and two sentences that use numbers written as words.

Numerals

1. _____

_____

_____

2. _____

_____

_____

Words

1. _____

_____

_____

2. _____

_____

_____

Using Abbreviations

The First Step ● An abbreviation is a shorter way to write a word or phrase—a shortcut! Pages 356 and 357 of your handbook explain abbreviations and give examples.

DIRECTIONS: Find all the words that can be abbreviated, and change them to their shortened form. *Hint:* You'll take 11 shortcuts! (The first one has been done for you.)

Our neighbor, ~~Mister~~ *Mr.* Wilson, asked me to help him move his television set tomorrow afternoon. It's lucky I know the way to his house! I won't have to use the radio detecting and ranging set I made myself. After her tomatoes got mysterious spots on them, Mrs. Wilson said never to bring "that thing" near her garden again. Oh well. I'll bring my portable compact disc player instead.

Mr. Wilson used to work for the Central Intelligence Agency in Washington, District of Columbia. He's funny! His son is a doctor, so Mister Wilson calls him Doctor Wilson. But he calls me Doctor Franklin, and I'm not really a doctor. Mister Wilson has given me a great idea, though! I think I'll open my practice today and examine Doctor Doolittle, the Wilson's cat. Here, kitty, kitty!

Using Abbreviations

The Next Step ● Try writing your own humorous story using as many abbreviations as you can. Exchange stories with a partner for laughs.

Commonly Misspelled Words

The First Step ● Pandora is using the spelling rules from "Becoming a Better Speller" (page 273 in your handbook) to begin four lists of **commonly misspelled words**. (She let them out of the box a long time ago, and they have been a plague on most writers ever since.)

DIRECTIONS: Use the list beginning on page 358 in your handbook. Add at least three words to each list below.

Words ending in "y" have special plurals

emergency   emergencies

Monday   Mondays

_____   _____

_____   _____

_____   _____

Words that need their final consonants doubled

getting

swimming

_____

_____

_____

Words that have the vowels "i" and "e" together

receive

neither

_____

_____

_____

Drop silent "e" before adding a suffix (ending)

judgment

writing

_____

_____

_____

Commonly Misspelled Words

The Next Step ● One way to remember the spelling of a word is to use **acrostics**. You can do this by making up sentences for difficult words. Write an acrostic sentence for each of the words below. The first one is done for you.

1. geography

   Giraffes eat old, greasy rugs and paint houses yellow.

   _____

2. athletic

   _____

   _____

   _____

3. courtesy

   _____

   _____

   _____

4. humorous

   _____

   _____

   _____

Using the Right Word 1

The First Step ● Your handbook lists many of the words that are commonly misused in writing. (See pages 362-369.) Use this section to help you complete this workshop activity.

DIRECTIONS: If an underlined word is incorrect, cross it out and write the correct form above it. The first one has been done for you. (Do not change a word that is correct.)

Have you ever heard ~~you're~~ *your* parents or friends say, "It's the real McCoy"?

If you have, did you ever wonder how the saying began?

It began with a man named Elijah McCoy, <u>that</u> was born in 1844. The

<u>sun</u> of slaves, he became <u>a</u> engineer. McCoy invented ways to make machines

work better. He invented new parts for engines, <u>breaks</u>, and other machines.

He also invented the lawn sprinkler! <u>By</u> the end of his life, McCoy had no

<u>fewer</u> than 50 patents for things he invented.

McCoy's inventions <u>maid</u> machines work so much better that no <u>won</u>

wanted to <u>buy</u> a machine without "the McCoy system." The person selling the

machine <u>would</u> say: "It's the real McCoy!" Today, we use the saying to mean,

"<u>Its</u> the best!"

Using the Right Word 1

The Next Step ● Here's a special challenge: Use the following pairs or sets of words correctly in sentences (use one set of words per sentence): *already, all ready*; *bring, take*; *your, you're*; *can, may*. See the example below.

1. allowed, aloud

   We're not <u>allowed</u> to talk <u>aloud</u> in the library.

   _____

2. already, all ready

   _____

   _____

3. bring, take

   _____

   _____

4. your, you're

   _____

   _____

5. can, may

   _____

   _____

Using the Right Word 2

The First Step ● Your handbook lists many of the words that
are commonly misused in writing. (See pages 362-369.) Use this
section to help you complete this workshop activity.

DIRECTIONS: If the underlined word is incorrect, cross out the word
and write the correct form above it. The first one has been done for
you. (Do not change a word that is correct.)

         know

We don't ~~no~~ anyone who doesn't like ice cream. It can be eaten in a

sundae <u>ore</u> in cones, sodas, and shakes. <u>Their</u> are <u>alot</u> of ice-cream flavors—

chocolate, vanilla, blueberry. <u>Of course</u>, people eat ice cream for dessert, but

<u>sum</u> people like it for a snack.

We're not sure who first <u>maid</u> ice cream. However, more <u>then</u> 700 years

ago, Marco Polo brought a recipe for iced-milk <u>deserts</u> back from China. <u>Buy</u>

the eighteenth century, ice cream was a very popular dessert in many <u>capital</u>

cities of the world.

<u>Than</u>, in 1846, Nancy Johnson invented <u>a</u> ice-cream freezer. After that, ice-

cream factories <u>seamed</u> to open in <u>one</u> city after another. <u>So</u> we can <u>by</u> ice cream

in stores and restaurants everywhere! What is <u>you're</u> favorite ice-cream flavor?

Using the Right Word 2

The Next Step ● Write five sentences having something to do with ice cream. Use the words listed below in the sentences.

1. there

_____

_____

2. then

_____

_____

3. your

_____

_____

4. dessert

_____

_____

5. maid

_____

_____

Using the Right Word 3

The First Step ● Your handbook lists many of the
words that are commonly misused in writing. (See
pages 362-369.) Use this section to help you
complete this workshop activity.

DIRECTIONS: If an underlined word is incorrect,
cross out the word and write the correct form
above it. The first one has been done for you.
(Do not change a word that is correct.)

Getting angry can cause more trouble than *it's* ~~its~~ worth! William Kennedy

learned that lesson when he <u>bluc</u> his cool in a baseball game. Kennedy was

pitching for Brooklyn. He <u>through</u> a pitch that he thought was a strike. But

the umpire said it didn't <u>quiet</u> hit the strike zone. Kennedy got mad and

<u>threw</u> the ball at the umpire. It missed, but the umpire said the ball was in

play, and the base runners were <u>aloud</u> to head for home plate! One runner

scored. That caused Brooklyn to <u>loose</u> the game. So, as you can see, <u>its</u> not <u>to</u>

smart to get mad. If you blow up, you could lose more than <u>you're</u> cool!

Using the Right Word 3

The Next Step ● Write a short story about a time you lost your temper. Use the following five words in your story: *blew, throw, quiet, allowed, its.*

_____

_____

_____

_____

_____

_____

_____

_____

_____

_____

_____

_____

_____

Changing Sentence Beginnings

The First Step ● When you proofread your writing, you may find that too many of your sentences start with the same word. How boring! Check out "Change Your Sentence Beginnings" on page 51 in your handbook.

DIRECTIONS: Rewrite the following sentences, giving each a different beginning. The first one has been done for you.

1. We went to the beach on Saturday.

   On Saturday, we went to the beach.
   _____

2. We took a big umbrella to keep from getting sunburned.

   _____

3. We took sandwiches for lunch.

   _____

4. We all went into the water as soon as we got there.

   _____

5. We played Frisbee after we ate lunch.

   _____

6. We had to quit when the Frisbee got lost in the ocean.

   _____

7. We left at four o'clock.

   _____

8. We were all tired by the time we got home.

   _____

Changing Sentence Beginnings

The Next Step ● Write a short story or personal narrative (true story) about a day at the beach, pool, or park. Then, pick two sentences from your story, and rewrite them by changing the way they begin.

_____

_____

_____

_____

_____

_____

_____

_____

_____

_____

New Sentences:

1. _____

_____

2. _____

_____

Using Powerful Words

The First Step ● When you polish your writing, make sure you've used **powerful verbs** and **specific nouns**. Page 52 of your handbook gives some examples.

DIRECTIONS: In the sentences below, replace the nouns in parentheses with nouns that are more specific. Replace the verbs with verbs that are more powerful. The first two sentences have been done for you.

1. Our class (pet) ___*guinea pig*___ is named Barney.

2. The teacher (told) ___*ordered*___ Josh to put Barney back in his cage.

3. My mom keeps a (container) _____ of (fruit) _____ on

   the kitchen counter.

4. The (dog) _____ from across the street (went) _____

   after the ball.

5. Yesterday a (man) _____ with an old hat (came) _____

   into the room.

6. We played a (game) _____ and watched (TV) _____ .

7. The woman behind me at the movie was (talking) _____ .

8. Every summer my (relative) _____ grows

   (vegetables) _____ .

9. Dad asked me to (go) _____ to the store to pick up some

   (food) _____ .

Using Powerful Words

The Next Step ● Using the newspaper headline below as your starting point, write a news story. Use specific nouns and powerful verbs in your story.

Flying Saucer Lands on Playground

_____

_____

_____

_____

_____

_____

_____

_____

_____

_____

_____

_____

_____

_____

Using Colorful Modifiers

The First Step ● **Colorful adjectives** and **adverbs** add life to your writing, and they make it real to the reader. Check out "Choose Colorful Modifiers" on page 52 in your handbook.

DIRECTIONS: In the sentences below, fill in each blank with an adjective or adverb. (Remember: Adjectives modify nouns, adverbs modify verbs.) Use colorful adjectives that tell the reader how things looked, sounded, smelled, tasted, and so on. Use adverbs that tell how the action happened.

My cousin took me to a carnival. It was nighttime, and the moon was

_____ *bright* _____ . The _____ carnival lights

glowed. _____ music was playing _____ .

The _____ smell of popcorn was in the air. I could hear the

_____ screams of people on the _____ roller

coaster. I wanted to ride it, but I felt _____ . My heart

pounded _____ as I watched the _____ roller

coaster cars plunge down the track. My _____ cousin said,

"Let's go, kid." We got on. Our _____ car lurched forward

_____ . There was no going back. I gripped the bar

_____ with _____ hands. We chugged up a

steep section of track. From the top, the whole carnival looked

_____ and _____ . Suddenly, we were falling.

I screamed _____ and closed my eyes.

Using Colorful Modifiers

The Next Step ● Write a "sensory poem" about a time you went on a roller coaster or some other ride. In a sensory poem, you have to use sensory details that describe sights, sounds, feelings, smells, and tastes. (See handbook page 187 for more details.)

_____

_____

_____

_____

_____

_____

_____

_____

_____

_____

_____

_____

_____

_____

Fixing Fragments 1

The First Step ● Your handbook explains different kinds of sentence errors and how to correct them. (See page 87.) This activity gives you practice correcting one kind of sentence error, **sentence fragments**.

DIRECTIONS: On each line below, put an **S** if the words that follow make a sentence. Put an **F** if they make a sentence fragment. The first one has been marked for you. (There is a total of seven fragments.)

_____F_____   1. the Aztecs in what is now Mexico

_____   2. built cities during the 1200's

_____   3. their main city parks and a zoo

_____   4. the Aztecs used chocolate as money

_____   5. the Maya in Central America

_____   6. built the tallest pyramid in the New World

_____   7. a kind of picture writing called hieroglyphs

_____   8. the Incas lived in South America

_____   9. built 12,000 miles of roads

_____   10. they also built huge buildings and made pottery

Fixing Fragments 1

The Next Step ● Go back to the fragments and add words to make them complete sentences. Here's the first sentence to get you started. (Use capital letters and end punctuation.)

1. *The Aztecs <u>lived</u> in what is now Mexico.*

2.

3.

4.

5.

6.

7.

Fixing Fragments 2

The First Step ● In this activity, you'll practice correcting **sentence fragments**. See page 87 in your handbook for information about correcting sentence fragments.

DIRECTIONS: On each line below, put an **S** if the words that follow make a sentence. Put an **F** if they make a sentence fragment. The first one has been marked for you. (There is a total of six fragments.)

_____F_____	1. the Inuit people in the Arctic
_____	2. the word "Inuit" means "the people"
_____	3. called the Inuit "Eskimos"
_____	4. some Inuit used to live in igloos in the winter
_____	5. igloos were made out of blocks of ice
_____	6. others huts out of whale bones
_____	7. also made one-person boats called "kayaks"
_____	8. larger boats called "umiaks"
_____	9. made sleds that were pulled by dogs
_____	10. the Inuit people have a proud tradition

Fixing Fragments 2

The Next Step ● Go back to the fragments and add words to make them complete sentences. (Use correct capitalization and punctuation.) The first one has been done for you.

1. *The Inuit people live in the Arctic.*

2. _____

3. _____

4. _____

5. _____

6. _____

Compound Subjects and Compound Verbs

The First Step ● You already know that every sentence needs a subject and a verb. But a sentence *may* have more than one subject or more than one verb. That's called a **compound subject** or **compound verb (predicate)**. Your handbook explains them on pages 86 and 371.

DIRECTIONS: Rewrite each of the following sentences two times. First, change the sentence so that it has a compound subject. Then, change the sentence so that it has a compound verb. An example has been done for you.

1. Our class had a pet party.

   compound subject: Our class and Mrs. Nathan's class had a pet party.

   compound verb: Our class had a pet party and learned about animals.

2. Stacy brought her iguana.

   compound subject: _____

   _____

   compound verb: _____

   _____

3. Leslie baked cupcakes.

   compound subject: _____

   _____

   compound verb: _____

   _____

4. Juan brought dog biscuits and carrots.

   compound subject: _____

   _____

   compound verb: _____

   _____

Compound Subjects and Compound Verbs

The Next Step ● Write two sentences using compound subjects and two sentences using compound verbs. Exchange your sentences with a classmate, and check each other's work.

Compound subjects:

1. _____

_____

_____

2. _____

_____

_____

Compound verbs:

1. _____

_____

_____

2. _____

_____

_____

Correcting Run-On Sentences 1

The First Step ● Your handbook explains a kind of sentence error called **run-on sentences**. (See page 87.) There are two ways to correct run-on sentences: (1) You can add end punctuation to split the run-on sentence into two sentences, or (2) you can add punctuation and a connecting word to make one correct sentence.

DIRECTIONS: All the sentences below are run-on sentences. Correct them by dividing them into two sentences. Use correct capitalization and end punctuation in your new sentences. The first one has been done for you.

1. Fish never close their eyes₍. T₎they don't even blink.

2. Earthworms have 10 hearts snails have eyes on their feelers.

3. Grasshoppers can jump 30 inches that's like you jumping a football field.

4. Ants can lift 50 times their weight how much can you lift?

5. Squirrels bury more nuts than they dig up the nuts left in the ground sometimes grow into trees.

6. Birds' wings are made of feathers bats' wings are made of skin.

7. Camels drink as much as 30 gallons of water at one time no wonder they can cross deserts.

8. Kangaroo rats never drink water they get the water they need from the plants they eat.

Correcting Run-On Sentences 2

The First Step ● In this activity, you'll practice correcting **run-on sentences** by adding a comma and a connecting word to make one correct sentence. Here are some connecting words you might choose from: *and, but, so,* and *yet.*

DIRECTIONS: All the sentences below are run-on sentences. Correct them by adding a comma and a connecting word. The first one has been done for you.

1. Black bears are the most common kind$\wedge$they are the smallest bears, too.
   , and

2. Brown bears are the biggest bears they can weigh 1,600 pounds!

3. Polar bears live in the Arctic they swim in the cold ocean.

4. Their thick fur keeps them warm they use their front paws as paddles.

5. There are only a few grizzly bears left most live in national parks.

6. Baby bears are small enough to hold in one hand grown-up bears can be eight feet long.

7. Bears travel over a large area during summer in the winter they stay in a warm den.

8. Bears can run faster than people only black bears can climb trees.

Correcting Rambling Sentences

The First Step ● Your handbook explains different kinds of sentence errors and how to correct them. (See handbook page 87.) In this activity, you'll practice correcting one kind of sentence error, **rambling sentences**.

DIRECTIONS: Below are two rambling sentences. Correct them by dividing them into as many sentences as you think are needed. Cross out the extra *and*'s, capitalize the first letter of each sentence, and use the correct end punctuation. We've shown you where we'd end the first sentence.

1. Misha and I went to the zoo yesterday⌃and we saw polar bears, zebras, and elephants and we also saw seals and otters and then we got some ice cream and rested for a few minutes and finally, we saw the baby animals in the children's zoo.

2. My mom went to Japan on a business trip and she called me as soon as she got there and she said it was already Wednesday there even though it was only Tuesday here and I asked her how she could be in a different day and still be talking to me and she said I should ask my science teacher.

Correcting Rambling Sentences

Subject-Verb Agreement 1

The First Step ● Page 88 of your handbook explains **subject-verb agreement**. Basically, it means that if the subject of a sentence is singular, the verb must be singular, too; if the subject is plural, the verb must be plural, too.

DIRECTIONS: In the following sentences, the subject and verb do not agree. First figure out whether the subject is singular or plural. Then write the correct verb on the line provided so that it agrees with the subject. The first two sentences have been done for you.

1. The kids in our class ~~has~~ some strange pets.   *have*

2. Jamila ~~have~~ a ferret.   *has*

3. Ferrets is a lot like weasels.   _____

4. Jamila's ferret are named Gizmo.   _____

5. He run really fast.   _____

6. Jamila's golden retriever Sam love Gizmo.   _____

7. They takes naps together.   _____

8. Gizmo sneak up on Sam sometimes.   _____

9. Then he bite Sam's ears.   _____

10. He are just playing, though.   _____

Subject-Verb Agreement 1

The Next Step ● Write five or six sentences about an unusual pet you've known. Make sure the subjects and verbs of your sentences "agree." Then, trade papers with a classmate who's done the same thing, and check each other's sentences.

1. _____

_____

2. _____

_____

3. _____

_____

4. _____

_____

5. _____

_____

6. _____

_____

Subject-Verb Agreement 2

The First Step ● This activity gives you practice making subjects and verbs "agree." You'll practice with sentences that have compound subjects. There are two basic rules you need to know:

1. A compound subject connected by **and** needs a plural verb.
2. A compound subject connected by **or** may need a plural or singular verb. The verb agrees with the subject that's closer to it.

Note: See page 88 of your handbook for examples.

DIRECTIONS: Using the rules above, correct the following sentences by making the subject and verb agree. The first two have been done for you.

1. Michelle and Cindy *are* ~~is~~ going to start a band. *(Use rule no. 1)*

2. Either the cats or the dog ~~have~~ *has* to go out. *(Use rule no. 2)*
   The verb agrees with <u>dog</u>, because it's closer to the verb than <u>cats</u>.

3. Either Tom or Marsha play shortstop.

4. Dan and Amy takes guitar lessons.

5. Chachi and Cindy is the best singers in our school.

6. Cindy's brothers or sister usually sing with her.

7. Charlie's brother or sisters is always yelling at him.

8. Jeff and Darla goes to California every summer.

9. Sue's brothers and cousin plays tennis.

10. Sue's brothers or cousin are coming to pick her up.

Subject-Verb Agreement 2

The Next Step ● Write two sentences using rule number 1 and two using rule number 2. Have a classmate check your answers.

Rule 1:

1. _____

_____

_____

_____

2. _____

_____

_____

Rule 2:

1. _____

_____

2. _____

_____

_____

Sentence Problems

> **The First Step** ● Certain problems can sneak into your sentences right under your nose! Some of these sneaky **sentence problems** are explained on page 89 of your handbook.

DIRECTIONS: Each of the following sentences contains one of the problems discussed on page 89. Correct each sentence by crossing out or changing the problem word (write the new word on the blank provided). The first one has been done for you.

1. My brother Mark ~~he~~ loves ice cream. _____

2. My mom she only lets him have it after dinner. _____

3. He doesn't get no ice cream unless he eats all his dinner. _____

4. He begs, but Mom says he should of eaten his vegetables. _____

5. He'll say, "Harley doesn't have to eat no vegetables!" _____

6. Harley he's our dog. _____

7. "Harley doesn't get no ice cream, either!" Mom says. _____

8. I could of told her that Harley *did* get ice cream once. _____

9. Mark he gave it to Harley when no one was watching. _____

10. If Mark and Harley could get away with it, he would eat gallons of ice cream. _____

11. If Dad and Mom catch Mark sneaking ice cream, she won't let him have any for a week! _____

> **The Next Step** ● Write three more sentences about Mark and Harley. Be careful to avoid the sentence problems you worked with above.

Making Compound Sentences

The First Step ● This workshop activity gives you practice combining sentences. You'll make **compound sentences**. Your handbook explains using compound sentences on page 93.

DIRECTIONS: Combine the following pairs of sentences into one compound sentence. Remember, use words such as *and, but,* and *so*—plus a comma—to make compound sentences. The first sentence has been done for you.

1. John's story was about his vacation. It was scary.

   John's story was about his vacation, and it was scary.

2. John went hiking with his uncle. John nearly stepped on a rattlesnake!

3. John knew he should back up slowly. He wanted to run.

4. John kept his cool. He slowly stepped away from the snake.

5. John says he's never going hiking again. His uncle says he'll change his mind.

The Next Step ● On your own paper, jot down four simple sentences about your last gym class. Then exhange your work with a classmate, and see if you can combine any of your partner's ideas into compound sentences.

Combining Sentences 1

The First Step ● Too many short, choppy sentences make your writing . . . *choppy*! To smooth it out and make it more fun to read, **combine short sentences**. Pages 90-93 in your handbook tell you how.

DIRECTIONS: Combine each of these groups of sentences to make one sentence. Use a key word or series of words. See handbook page 91. The first one has been done for you.

1. Our school cafeteria is huge. Our school cafeteria is crowded. Our school cafeteria is noisy.

   Our school cafeteria is huge, crowded, and noisy.

2. You always have to wait in a line. The line is long.

   _____

   _____

3. You're supposed to wait your turn. You're supposed to wait quietly.

   _____

   _____

4. They always have hamburgers. They always have French fries. They always have brownies.

   _____

   _____

5. There was a food fight in the cafeteria. It was yesterday. The food fight was messy.

   _____

   _____

Combining Sentences 2

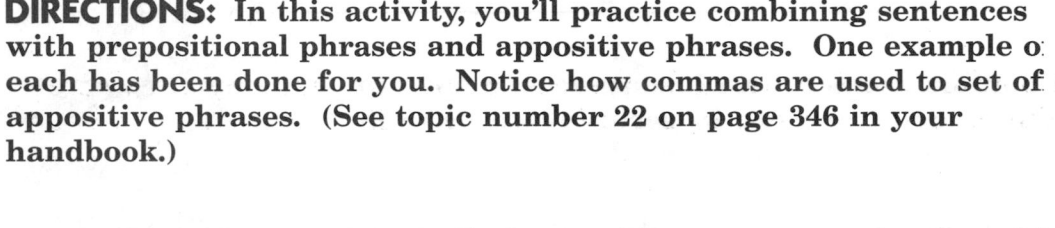

The First Step ● There are many ways to **combine sentences**. Page 92 of your handbook explains how to combine sentences with phrases.

DIRECTIONS: In this activity, you'll practice combining sentences with prepositional phrases and appositive phrases. One example o each has been done for you. Notice how commas are used to set of appositive phrases. (See topic number 22 on page 346 in your handbook.)

1. Mr. Gonzalez is a baseball player. He is our next-door neighbor.

   Mr. Gonzalez, our next-door neighbor, is a baseball player.

2. He plays the outfield. He plays for the Texas Rangers.

   _____

3. Mrs. Fowler asked him for his autograph. She lives across the street.

   _____

   _____

4. He signed his name. He signed it on a baseball.

   _____

5. He gave me two free tickets to a home game. That was right after he moved in.

   _____

   _____

6. He told me to come to the dugout. He told me to come before the game.

   _____

   _____

Combining Sentences 3

The First Step ● Another way to **combine sentences** is to make complex sentences. A complex sentence is two ideas connected with a *subordinate conjunction* or a *relative pronoun*. (Check page 93 in your handbook, the section labeled "Use Complex Sentences.")

DIRECTIONS: Combine each pair of sentences below to make one complex sentence. Use the connecting word in parentheses. The first sentence has been done for you.

1. The Cherokee lived near the Great Lakes. Other tribes pushed them off their land. (until)

   The Cherokee lived near the Great Lakes until other tribes pushed

   them off their land.

2. They moved to the Appalachian Mountains. They became the most powerful tribe in the area. (where)

   _____

   _____

3. They built more than 200 villages. Villages had 30 to 60 log houses each. (which)

   _____

   _____

4. The Creek lived in what is now Georgia and Alabama. They were farmers. (who)

   _____

   _____

5. The Creek lived in villages. All of the villages had central plazas. (that)

   _____

   _____

Combining Sentences 3

The Next Step ● Write five sentences about a time you traveled some place near or far. Use one of the following subordinate conjunctions in each of your sentences: *after, although, because, before, if, since, though, unless, until, when, where,* or *while.*

1. _____

_____

_____

2. _____

_____

_____

3. _____

_____

_____

4. _____

_____

_____

5. _____

_____

_____

Simple and Complete Subjects

The First Step ● The **simple subject** is the part of a sentence that is doing something. The **complete subject** is the simple subject and all the words that describe it. (See handbook page 371.) *Hint:* Sometimes the simple subject stands alone.

DIRECTIONS: In each sentence below, circle the simple subject. Then underline the complete subject. The first two sentences have been done for you.

1. Catherine lives in a castle not far from Paris.

2. Roy, Catherine's friend, built a rocket out of cat-food cans.

3. Rocky, a raccoon, rode Roy's rocket to the moon.

4. A moon monster wearing a cowboy hat roared at Rocky.

5. The hungry monster ate Rocky's rocket.

6. Randy, the flying squirrel, flew Rocky back home.

7. Catherine invited Randy and Rocky over to the castle for crêpes.

The Next Step ● Now write three funny sentences of your own. They don't have to be true . . . just funny! In each sentence, circle the simple subject and underline the complete subject.

1. _____

_____

2. _____

_____

3. _____

_____

Simple and Complete Predicates

> **The First Step** ● The **simple predicate** (verb) is the part of a sentence that says something about the subject. The **complete predicate** is the simple predicate with all the words that describe it. (See handbook page 371.)

DIRECTIONS: In each sentence below, circle the simple predicate. Then underline the complete predicate. The first two sentences have been done for you.

1. Doug (is) my little brother.

2. He (is digging) a hole in the backyard.

3. He plans to dig all the way to China.

4. He works on the hole every day.

5. Mom saw the hole last Friday.

6. She asked Doug a lot of questions.

7. Mom laughed for a long time after that!

> **The Next Step** ● Now write three sentences about your own little brother or sister, or about a friend. Circle the simple predicate, and underline the complete predicate in each sentence.

1. _____

_____

2. _____

_____

3. _____

_____

Types of Sentences 1

The First Step ● Page 373 of your handbook explains the three types of sentences: **simple sentences**, **compound sentences**, and **complex sentences**. You've already had a lot of practice with all three types. For example, when you practiced combining sentences, you created some simple sentences, some compound sentences, and some complex sentences.

DIRECTIONS: Next to each sentence below, write *simple*, *compound*, or *complex*. Two sentences have been done for you.

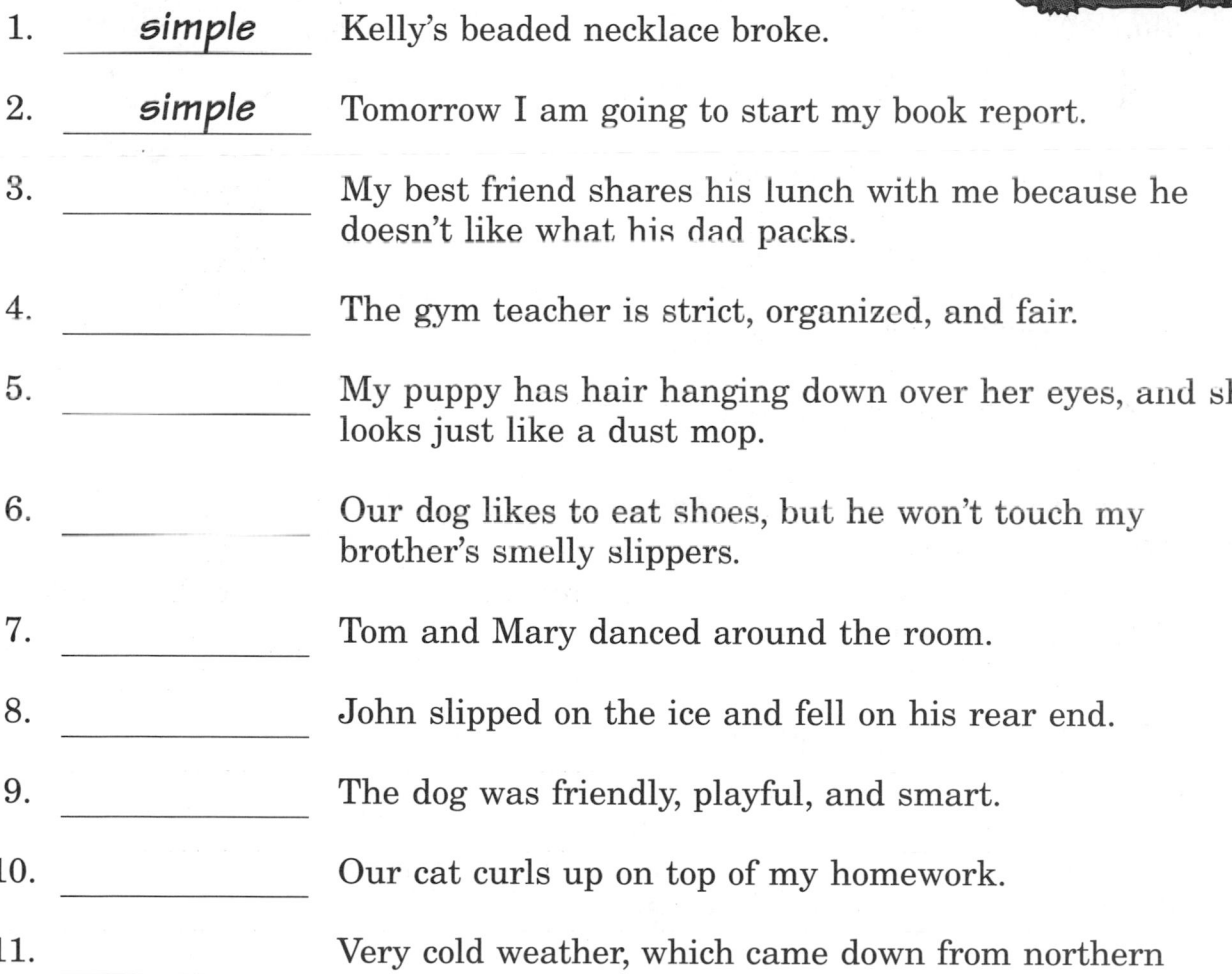

1. _____*simple*_____ Kelly's beaded necklace broke.

2. _____*simple*_____ Tomorrow I am going to start my book report.

3. _____ My best friend shares his lunch with me because he doesn't like what his dad packs.

4. _____ The gym teacher is strict, organized, and fair.

5. _____ My puppy has hair hanging down over her eyes, and she looks just like a dust mop.

6. _____ Our dog likes to eat shoes, but he won't touch my brother's smelly slippers.

7. _____ Tom and Mary danced around the room.

8. _____ John slipped on the ice and fell on his rear end.

9. _____ The dog was friendly, playful, and smart.

10. _____ Our cat curls up on top of my homework.

11. _____ Very cold weather, which came down from northern Canada, closed school for a day.

The Next Step ● Write five sentences about one or more of the favorite things you have displayed on the wall in your bedroom. Next to each sentence, identify the type of sentences you used.

Name _____

Types of Sentences 2

The First Step ● Learning the three types of sentences takes practice. Review page 373 of your handbook, which explains **simple, compound,** and **complex** sentences.

DIRECTIONS: Look at the student speech "Lansing, My Hometown" on page 281 in your handbook. On the lines below, write *simple, compound,* or *complex* to identify each sentence. A few have been done for you.

1. Hello. *simple*

2. My name is Angela Zischke. *simple*

3. I have lived in Lansing, Michigan, my whole life (10 years), and all of it has been great. _____

4. There are a lot of places to visit that are fun, but my personal favorite is the capitol. _____

5. The capitol is educational and fun at the same time. _____

6. It has just been restored and was rededicated on November 19, 1992. _____

7. There now is a lot of history in the building, which makes it a lot more interesting. _____

8. For instance, they have Civil War flags on the bottom floor where you look up at the dome. _____

9. In the dome there are beautiful paintings of goddesses and the past governors of our state. _____

10. There are also beautiful chandeliers. _____

11. The stairs are lined with many wonderful wood carvings. _____

Kinds of Sentences

> **The First Step** ● **Declarative sentences** make statements. **Interrogative sentences** ask questions. **Imperative sentences** give commands. **Exclamatory sentences** show emotion. (See handbook page 373.)

Examples:

Declarative	The velveteen rabbit is soft and cuddly.
Interrogative	Does the boy really think his rabbit is alive?
Imperative	Get rid of the sick boy's toys.
Exclamatory	Look at those rabbits dancing!

DIRECTIONS: Write four sentences (one of each kind) about a favorite stuffed animal or toy you remember especially well. Use the examples above as models.

Declarative

_____

_____

Interrogative

_____

_____

Imperative

_____

_____

Exclamatory

_____

_____

Kinds of Sentences

The Next Step ● Exchange sentences with a partner. Check to see that your classmate has written an example of each of the four kinds of sentences. Then, if you enjoyed thinking about your stuffed animal, write a story about it.

_____

Kinds of Nouns

The First Step ● A **common noun** is the general name of a person, a place, a thing, or an idea. A **proper noun** is a particular name of a person, a place, a thing, or an idea. Use capital letters for proper nouns. (See handbook page 375.)

DIRECTIONS: Write a common noun to go with each proper noun. Then write a proper noun to go with each common noun.

Proper Nouns	Common Nouns
1. Milwaukee	_____
2. Florida	_____
3. Pacific	_____
4. Sunday	_____
5. October	_____
6. Bozo	_____
7. _____	boy
8. _____	river
9. _____	team
10. _____	athlete
11. _____	school
12. _____	lake

Kinds of Nouns

The Next Step ● Now write five sentences. Use a common and a proper noun in each one. Mark each common noun with a **C** and each proper noun with a **P**.

                          P   *C*

Example: *Washington was our first president.*

1. _____

_____

_____

2. _____

_____

_____

3. _____

_____

_____

4. _____

_____

_____

5. _____

_____

_____

Name

Singular and Plural Nouns

The First Step ● A **singular noun** names one person, place, thing, or idea. A **plural noun** names more than one person, place, thing, or idea. (See handbook page 375.)

Singular	marker	shoe	student	recess	game
Plural	markers	shoes	students	recesses	games

DIRECTIONS: Write a humorous paragraph about a recent school activity. To get started, you might want to use some of the words above. When you are finished, mark each plural noun with a **P** and each singular noun with an **S**.

Your Paragraph

Uses of Nouns

The First Step ● A **subject noun** is a noun that does something or is being talked about. A **predicate noun** is a noun that renames the subject. It is linked to the subject by a linking verb. A **possessive noun** is a noun used to show possession or ownership. (See handbook page 376 for samples.)

DIRECTIONS: Use the sentences in your handbook as models, and write your own sentences below.

Write two sentences using *subject nouns*. Underline and label them.

1. _____

2. _____

Write two sentences using *predicate nouns*. Underline and label them.

1. _____

2. _____

Write two sentences using *possessive nouns*. Underline and label them.

1. _____

2. _____

Nouns As Objects

The First Step ● When you think of nouns, you probably think of them as the subjects of sentences.

> **Examples:** The **cat** chased the dog.
> The **ball** rolled into the street.

But nouns may also be used as **objects**. In the examples above, "dog" and "street" are objects. Page 376 in your handbook explains nouns used as objects.

DIRECTIONS: Each sentence below has at least one noun used as an object. Underline each object. Above the object, write what *kind* of object it is: direct object, indirect object, or object of a preposition. One example of each kind of object has been done for you.

Hint: Four sentences have both a direct object and an indirect object, and one sentence has both a direct object and an object of a preposition.

             direct object
1. Joey called the <u>police</u>.

        indirect object   direct object
2. The teacher gave <u>Julie</u> a <u>pencil</u>.

        object of preposition
3. Mom parked behind the <u>school</u>.

4. We built a playhouse.

5. Mom painted our house.

6. Last night I read Brad a story.

7. Rene gave Michael a cookie.

8. Darla sent me a valentine.

9. Gerardo made a speech in our class.

10. Angel brought everyone an eraser.

Nouns As Objects

                           subject
Original sentence: Joey called the police.

                                     object
1. **New sentence:** *The police called Joey.*

2. **New sentence:** _____

   _____

   _____

3. **New sentence:** _____

   _____

   _____

4. **New sentence:** _____

   _____

   _____

Uses of Personal Pronouns

The First Step ● A **subject pronoun** is used as the subject of a sentence. An **object pronoun** is used after an action verb or in a prepositional phrase. A **possessive pronoun** shows ownership. To learn more about this, carefully read through the sample sentences and the information about personal pronouns listed on page 377 of your handbook.

DIRECTIONS: Turn to page 76 in your handbook and read the model essay. With a partner, search for personal pronouns in the essay. *In the order in which you find them,* write the pronouns in the correct box below. *Hint*: There are 21 personal pronouns in the model, including the one in the title.

Subject Pronouns

Singular	
Plural	

Object Pronouns

Singular	
Plural	

Possessive Pronouns

Singular	
Plural	

Uses of Personal Pronouns

The Next Step ● Write a paragraph about something your community is doing to help the environment. Exchange your paragraph with a classmate, and circle all the pronouns. Then put each pronoun into the correct box below.

Subject Pronouns

Singular		Plural	

Object Pronouns

Singular		Plural	

Possessive Pronouns

Singular		Plural	

The Person of a Pronoun 1

The First Step ● The **person of a pronoun** tells you whether the pronoun represents a person who is speaking, a person being spoken to, or a person or thing that is being spoken about. (See page 378 in your handbook.)

	First-Person Pronoun Represents Person Speaking	**Second-Person Pronoun** Represents Person Being Spoken To	**Third-Person Pronoun** Represents Person or Thing Being Spoken About
Singular	I	you	he, she, it
Plural	we	you	they

DIRECTIONS: In the sentences below, fill in each blank with the correct pronoun from the table above. The first two have been done for you.

Blue whales are the biggest animals that ever lived. ___*They*___ are even bigger than dinosaurs! ___*They*___ weigh as much as 10 school buses, and _____ have hearts as big as cars.

_____ have a friend named Jerry, who went out on a boat to see whales in the ocean. _____ have to come to the surface to breathe. Jerry said _____ saw four whales. _____ said _____ slap their tails on the water, just for fun. _____ said that one whale was so close to the boat that when _____ slapped its tail, water splashed on him.

A whale expert named Tasha was on the boat. _____ told Jerry that whales eat one ton of food every day. _____ told Jerry I didn't believe it. _____ answered, "If _____ saw how big _____ are, you'd believe it!"

The Person of a Pronoun 2

The First Step ● Your handbook explains **person of a pronoun** on page 378. Review it before doing this practice activity.

DIRECTIONS: In the following sentences, the personal pronouns are underlined. Write a **1** in the circle above each first-person pronoun, a **2** above each second-person pronoun, and a **3** above each third-person pronoun. The first two sentences have been done for you.

1. ③ ① ① ③
   He likes me, and I like him.

2. ② ①
   Do you want to go sledding with me?

3. ○ ○
   We had hot cocoa, and they built a snowman.

4. ○ ○
   They put a hat on its head.

5. ○ ○
   Where did you and he go?

6. ○ ○ ○
   Is she going with you or with me?

7. ○ ○
   You and I should go in their car.

8. ○ ○
   They don't know where his house is.

9. ○ ○ ○
   She borrowed the sled from him because he wasn't using it.

10. ○ ○ ○
    You can return it to us or to them.

11. ○ ○ ○
    Is our sled in your car or in their car?

Types of Verbs 1

The First Step ● There are three types of **verbs,** right? ("Check It Out" in your handbook on page 380.) Action verbs tell what the subject is doing. Linking verbs link a subject to a noun or an adjective. Helping verbs help state an action or show time.

DIRECTIONS: Without looking in your handbook, jot down as many verbs for each type as you can in 5 minutes! When your time is up, use the explanations in your handbook to check your verbs.

Action Verbs	Linking Verbs	Helping Verbs

Types of Verbs 1

The Next Step ● Write a story about preparing and eating your favorite food. Underline and label the verbs in your story: A (action), L (linking), or H (helping). Share your work with a classmate.

_____

_____

_____

_____

_____

_____

_____

_____

_____

_____

_____

Types of Verbs 2

The First Step ● There are three types of verbs: **action verbs,** **linking verbs,** and **helping verbs**. They're explained on page 380 of your handbook.

DIRECTIONS: The paragraphs below were copied from a model story that appears on page 174 of your handbook. All the verbs are underlined. Above each verb, label it *action,* *linking,* or *helping*. Two verbs have been labeled for you.

action   *helping*
"Get down, Antonio. They will see you. Get down."

Everything was happening so fast. Captain Magellan was dead, the crew

had scattered into the woods, and now we were under attack.

"Juan," whispered Antonio. "Since the captain is dead, you are now in

charge. You must get us out of here."

Yes, Antonio was right. I, Juan Sebastian del Cano, was in charge. But

get us out of here? How?

Types of Verbs 2

The Next Step ● Continue the story about Antonio and Juan Sebastian del Cano. What will happen to them? Where will they go? Afterward, underline and label the verbs: A (action), L (linking), or H (helping). Share your work with a classmate.

_____

_____

_____

_____

_____

_____

_____

_____

_____

_____

_____

_____

_____

Singular and Plural Verbs

The First Step ● A **singular verb** must be used when the subject in a sentence is singular. A **plural verb** must be used when the subject is plural. (See handbook page 381.)

DIRECTIONS: Give a name to each of the kids below. Then write a sentence about each of them, using one of these singular verbs: **looks, wishes, waits, hopes, stares, listens, wonders, tries, keeps, sees,** and **smiles.** We've done the first one for you.

1. *Marty stares at the hamster in the cage.*

Marty

2. _____

3. _____

4. _____

5. _____

Singular and Plural Verbs

The Next Step ● Write three sentences with the word *kids* as the subject. Use one of these plural verbs in each of your sentences: *wonder, hope,* and *see.*

1. _____

   _____

   _____

   _____

2. _____

   _____

   _____

   _____

3. _____

   _____

   _____

   _____

Irregular Verbs 1

The First Step ● To make most verbs past tense, all you do is add "ed" to the end. Easy. But then there are **irregular verbs**. They're called *irregular* because you don't make them past tense in the *regular* way. Your handbook explains irregular verbs on pages 381 and 382.

DIRECTIONS: Study the chart of irregular verbs on page 382. Then close your handbook and fill in the missing words in the chart below.

present tense	past tense	past participle
1. break		*broken*
2. bring		
3. come	*came*	
4. drink		*drunk*
5. know	*knew*	
6. lead		
7. shake		*shaken*
8. sing		*sung*
9. speak	*spoke*	
10. take		

The Next Step ● Now open your handbook to page 382 again and check your work. Correct any mistakes you made. Write a sentence using each of the verbs you missed. That will help you remember them next time.

Irregular Verbs 2

The First Step ● This exercise gives you more practice using **irregular verbs**. Before you begin, review the chart of irregular verbs on page 382 of your handbook.

DIRECTIONS: In each sentence below, fill in the blank with the correct form of the verb that's written in parentheses. Try to do it without using your handbook. The first sentence has been done for you as an example.

1. The rain _____*froze*_____ and made the streets slick. (freeze)

2. Our cat's water was _____ , too. (freeze)

3. My uncle _____ me to a museum last week. (take)

4. He has _____ me to a lot of fun places. (take)

5. I _____ up at 7:00 a.m. yesterday. (wake)

6. I _____ my bike to my cousin's house. (ride)

7. I had never _____ there before. (ride)

8. Misha was _____ by a spider. (bite)

9. The spider _____ him on the foot. (bite)

10. His neighbor _____ over to look at it. (come)

11. Misha's mom _____ to the doctor. (speak)

12. The doctor asked if Misha had _____ going barefoot again. (be)

The Next Step ● Now check your work. Turn to the chart on page 382, and look up each word that you filled in. Write one sentence for each verb you got wrong. (Use your own paper.)

Verb Tenses

The First Step ● **Verb tenses** tell the time of a verb. (See page 383 of your handbook.)

The **present tense** of a verb describes something that is happening now or something that happens regularly.

Example: The bear **eats**.

The **past tense** of a verb describes something that happened in the past.

Example: The bear **ate**.

The **future tense** of a verb describes something that will happen in the future.

Example: The bear **will eat**.

DIRECTIONS: Circle the present tense verb in each sentence below. Then on the lines after each sentence, write the verb in the past tense and the future tense. (See pages 382 and 383 in your handbook.) The first two sentences have been done for you.

	Past Tense	Future Tense
1. I (play) my stereo at top volume.	played	will play
2. I (sing) along.	sang	will sing
3. But no one hears me.		
4. The stereo is too loud.		
5. My brother goes nuts.		
6. My mother rolls her eyes.		
7. My father laughs.		
8. Our dog Elvis howls.		
9. Our cat Joe Bob runs away.		
10. But I have a good time.		

Verb Tenses

The Next Step ● List three verbs below. (You can pick three from the list on page 382 of your handbook, or you can use any other verbs.) Have a classmate do the same thing, then trade lists. For each of the three verbs you receive, write three sentences. Use the **present tense** of the verb in one sentence, the **past tense** in another sentence, and the **future tense** in your last sentence.

Three Verbs:

1. _____

2. _____

3. _____

Present tense sentences:

1. _____

2. _____

3. _____

Past tense sentences:

1. _____

2. _____

3. _____

Future tense sentences:

1. _____

2. _____

3. _____

Adjectives

> **The First Step** ● An **adjective** is a word that describes a noun or a pronoun. Sometimes more than one adjective is used to describe a noun or pronoun. (See handbook page 384 for more about adjectives; see topic number 20 on page 346 for information about using commas to separate two or more adjectives.)

Examples:

> **Realistic** fiction is fun to read.
>
> Beverly Cleary writes **funny**, **entertaining** books.

DIRECTIONS: Think about a book of fiction that you have read. See how many adjectives you can come up with that describe the book's characters. Then in the chart below, list the name of the main character, the name of another character, and adjectives to describe each.

Book Title: _____

Adjectives

The Main Character		
One Other Character		

Adjectives

The Next Step ● Now write a descriptive paragraph about one of the characters you have described. Use adjectives from the chart.

_____

_____

_____

_____

_____

_____

_____

_____

_____

_____

_____

_____

_____

Forms of Adjectives

The First Step ● The **positive form** of an adjective describes a noun without comparing it to anyone or anything else. The **comparative form** of an adjective compares two people, places, things, or ideas. And the **superlative form** compares three or more people, places, things, or ideas.

Positive	Miguel is a **fast** runner.
Comparative	He is **faster** than anyone on the team.
Superlative	He is the **fastest** runner in the league.
Positive	Sylvia is a **skillful** skateboarder.
Comparative	She is **more skillful** than she was last year. ("More" is added before an adjective of two or more syllables.)
Superlative	She is now the **most skillful** skateboarder on her block. ("Most" is added before an adjective of two or more syllables.)

DIRECTIONS: Write three sentences about your favorite sport. Use the three forms of an adjective, one in each sentence.

1. _____

_____

_____

2. _____

_____

_____

3. _____

_____

_____

Forms of Adjectives

The Next Step ● Write a paragraph about the best or worst experience you have had in sports. You may use some of the sentences you wrote in the first part of this activity. Be sure to use the positive, comparative, and superlative forms of adjectives.

Adverbs

> **The First Step** ● An **adverb** is a word that describes a verb, an adjective, or another adverb. Most adverbs answer when, where, or how questions. (See page 385 in your handbook.)

DIRECTIONS: In the following sentences about field trips, circle the nine adverbs and underline the verbs they describe. The first one is done for you. *Hint:* Sometimes more than one adverb in the same sentence can describe the same word.

1. The first-grade class (always) <u>takes</u> a trip to the zoo (early) in the fall.

2. Sometimes the second-grade class visits a local farm to pick apples.

3. The third grade usually travels down to the field museum and then writes a class report about endangered species.

4. Surprisingly, the fourth grade often votes for a field day to clean up the vacant lots in the neighborhood.

5. The fifth-grade class happily goes away to camp for three days in the spring.

DIRECTIONS: Now put the adverbs you just found into the circles that answer the following questions for each verb.

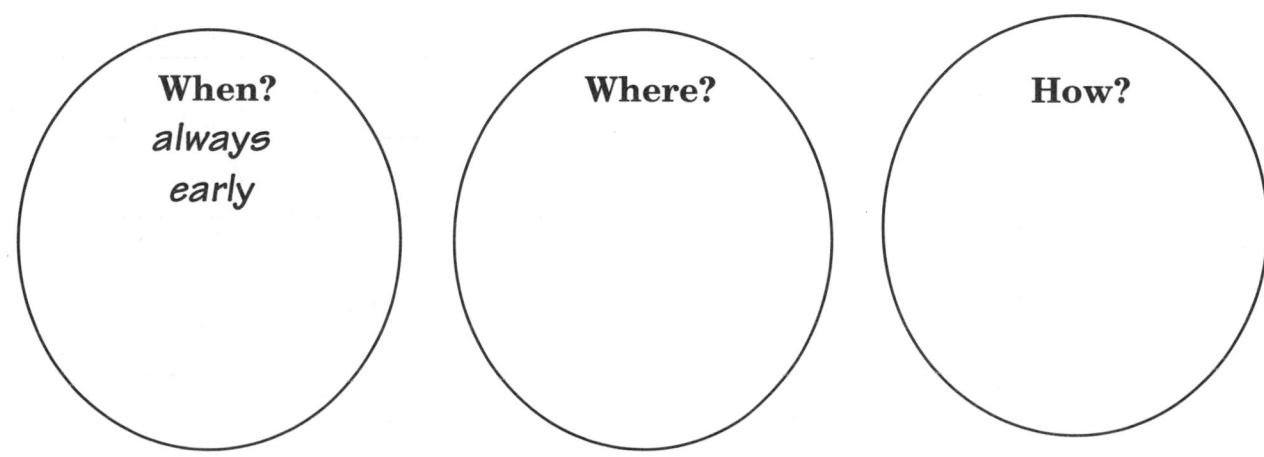

When?
always
early

Where?

How?

Adverbs

The Next Step ● Sometimes things that weren't planned happen on field trips. Can you remember a surprising incident from a field trip? Write about it. Start your story with the adverb *surprisingly*. Then share your story with your class.

Identifying Prepositional Phrases

> **The First Step** ● A **prepositional phrase** includes a preposition, the object of the preposition, and any describing words that come in between. (See handbook page 386.) The prepositional phrases below describe where the cats are located.

```
                              on   top   of   the   desk
                             prep.          adj.  noun
                                                  object

   in   the   very   small   drawer
  prep. adj.  adv.    adj.  noun object

              by   the   desk
             prep. adj.  noun object

                  under   it
                  prep.   pronoun
                          object
```

DIRECTIONS: Write a prepositional phrase next to each balloon in this picture. Each phrase should tell where that balloon is located. Label the prepositions and noun objects in the phrases. (See page 386 in your handbook.)

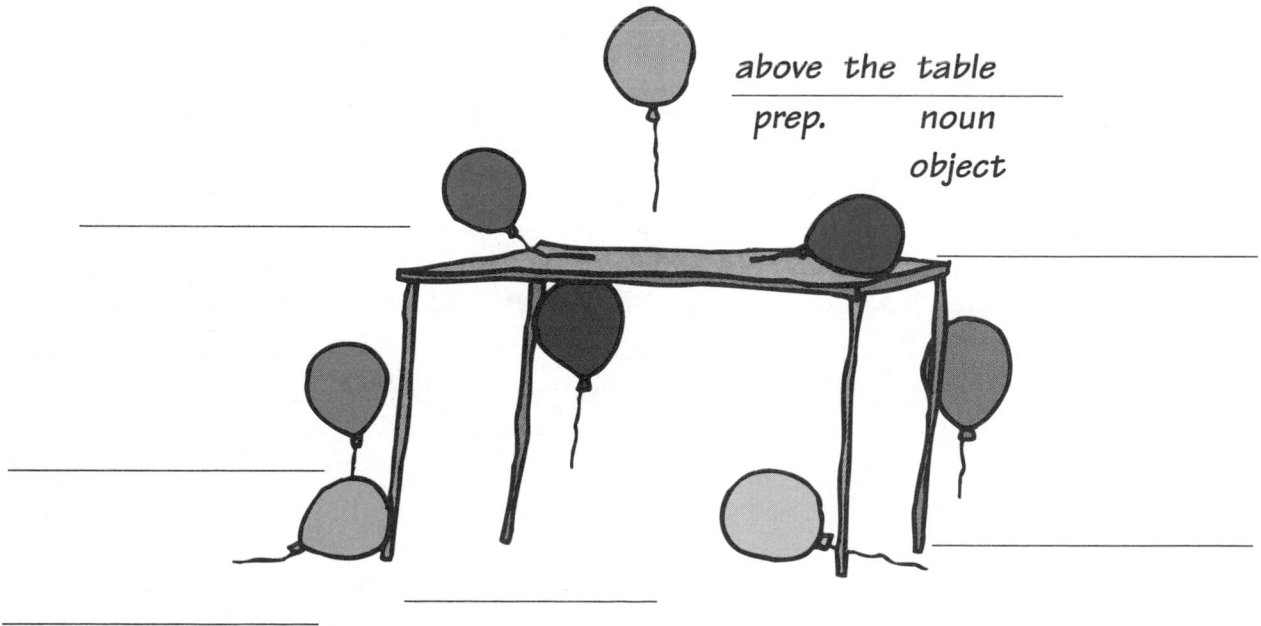

```
              above  the  table
              prep.        noun
                          object
```

Prepositional Phrases

The First Step ● A **prepositional phrase** includes a preposition, the object of the preposition, and any describing words that come in between. (See handbook page 386 for a list of prepositions.)

DIRECTIONS: Write as many prepositional phrases as you can about this picture. We think you can write at least 10; we've written the first one for you.

1. *behind the tiny mouse*

2. _____

3. _____

4. _____

5. _____

6. _____

7. _____

8. _____

9. _____

10. _____

11. _____

12. _____

13. _____

14. _____

Interjections

> **The First Step** ● An **interjection** is a word or phrase used to express strong emotion or surprise. A comma or an exclamation point is used to separate an interjection from the rest of the sentence. (See page 387 in your handbook.)

Examples:

    Yikes! The cat's in the top tree branches!

    Wow! Did you see that Harley?

    Hey! Watch where you're going!

    Man, that's dangerous!

    Oh, no! I think she's going to fall!

DIRECTIONS: Pretend you are talking on the phone to your friend. At the same time, you're looking out the window and see something very surprising. Choose one of the sentences above as a starting point for writing a story. Tell your friend about what you are observing. Use a variety of interjections and short sentences to describe what you "see" from the window.

_____

_____

_____

_____

_____

_____

_____

_____

Using Conjunctions

The First Step ● **Conjunctions** are connecting words. The three kinds of conjunctions are explained on page 387 of your handbook.

DIRECTIONS: Use conjunctions to connect the following sentences. You may have to make some changes in wording to make your new sentence read smoothly and correctly. The kind of conjunction you should use is written in parentheses. See pages 93 and 387 in the handbook for more about using conjunctions.)

1. Robby went to class. Robby went to lunch. (coordinate conjunction)

   Robby went to class and to lunch.

   _____

2. I worked on my homework. I didn't finish it. (coordinate conjunction)

   _____

3. It was raining. The game was canceled. (coordinate conjunction)

   _____

4. I made my lunch. I went to school. (subordinate conjunction)

   _____

5. We stopped playing. It started raining. (subordinate conjunction)

   _____

6. We went to get pizza. The game was canceled. (subordinate conjunction)

   _____

7. Our team didn't want to play. The other team didn't want to play. (correlative conjunction)

   _____

8. The game was canceled. We'll have to make it up. (coordinate conjunction)

   _____

Minilessons

The minilessons in this section of your SourceBook cover basic editing and proofreading skills. All the minilessons are cross-referenced with your handbook.

Marking Punctuation Minilessons

Short Change . . . . *Periods*

LIST three different ways periods are used in the following sentences besides as the end punctuation of each sentence (topic number 01). Then CHECK your handbook (**pages 343-344**) to see how you did.

1. I might as well change my name to I. M. Short.
2. I only have $4.93, and I owe my neighbor $5.75.
3. When I tell her my problem, I'm sure that Ms. Jackson will not be very happy.

1. _____

2. _____

3. _____

What's that comma doing there? . . . . *Commas*

TURN to **page 150** of your handbook. See the model report "The Big Chill" by Todd Michael? There are eight commas in the report. On the lines below, WRITE down the rule that explains why each comma is there. (You'll find all the rules for using commas under topic numbers on **pages 345** and **346** in your handbook.) The first rule has been written in for you. (Work on this with a partner.)

1. *parade,—to set off long phrases and clauses (topic number 23)*

2. _____

3. _____

4. _____

5. _____

6. _____

7. _____

8. _____

Dates & Addresses . . . . *Commas*

PUT commas where they belong in the dates and addresses below. For help, see topic number 13 on **page 345** in your handbook.

1. On January 15 1986 Martin Luther King's birthday became a legal holiday.

2. On February 12 1866 Lincoln's birthday was first observed as a holiday.

3. The Fourth of July was first celebrated in Philadelphia on July 4 1777.

4. My address is _____

_____

(Fill in the blank.)

The frog caught the fly—ZAP! . . . . *Dashes*

To each of the following sentences, ADD the word or phrase that appears next to it. Set off the added words with dashes. (Remember, dashes show a quick change in direction or an interruption in the flow of thought.) An example has been done for you. Also see **page 348** of your handbook.

1. A frog landed right in my lap.   **plop!**

   A frog landed—plop!—right in my lap.

2. My little sister jumped out the window.   **she was born goofy**

3. I finished my homework and went to bed.   **at last**

4. The alarm clock went off at 6:00 a.m.   **RINGGG!!!**

5. She slammed the door and yelled at me.   **BANG!**

6. School will be out for the summer in three days.   **hooray!**

What's does it mean? . . . . *Apostrophes*

WRITE the word or phrase that each of the following contractions represents. CHECK your work by looking up each contraction in the dictionary. Then, on your own paper, USE the contractions in sentences. You may use more than one contraction in each sentence. Also see **page 349** in your handbook.

1. I'll _____

2. it's _____

3. doesn't _____

4. we'd _____

5. they're _____

6. haven't _____

Information, Please . . . . *Parentheses*

To each of the following sentences, ADD the word or phrase that appears next
to it. Set off the added words with parentheses. (Remember, parentheses
set off words that add information or make something clearer.) Two
examples have been done for you. Also see **page 351** in your handbook.

1. My brothers are in the second grade.   **they're twins**

   My brothers (they're twins) are in the second grade.

2. I have three cats.   **two tabbies and one gray tiger**

   I have three cats (two tabbies and one gray tiger).

3. My grandmother has a garden.   **my mother's mother**

   _____

4. My grandfather likes to play tennis.   **he's 63!**

   _____

5. I have two watches.   **a green one and a black one**

   _____

6. My brother plays the guitar.   **the one who's in high school**

   _____

Editing for Mechanics Minilessons

Give me an example. . . . . *Capitalization*

Pages 352-354 of your handbook list the rules for capitalization. The rules are found under topic numbers 63-76. FIND each of the topic numbers listed below. READ each rule. Then, on the line next to each topic number, WRITE one example of a word or phrase that is capitalized according to the rule. Do not write a word that is shown in your handbook. The first example has been done for you. THINK of the rest on your own!

65. *Grandpa*

67. _____

72. _____

74. _____

75. _____

76. _____

What if there's more than one? . . . . *Plurals*

WRITE the plural forms of the following words. Then, LOOK UP the words in a dictionary to check your work. See **page 355** of your handbook for help.

1. box _____

2. puppy _____

3. cookie _____

4. tree _____

5. candy _____

6. cloud _____

7. monkey _____

8. lunch _____

9. roof _____

10. radio _____

Two Ways to Write Numbers . . . . *Numbers*

FILL IN the blanks in the following sentences. WRITE either "numerals" or "words," whichever is correct. See **page 356** in your handbook for help.

1. When numbers appear at the beginning of a sentence, they are always

   written as _____ .

2. Numbers less than 10 are usually written as _____ .

3. Numbers greater than 10 are usually written as _____ .

4. Numbers are written as _____ when they are in

   dates, times, and addresses.

5. Numbers that are amounts of money are written as _____ .

Taking Shortcuts . . . . *Abbreviations*

MATCH each of the following abbreviations to the word or phrase it represents. See **pages 356** and **357** in your handbook for help.

____ 1. Mr.   a. et cetera (and so forth)

____ 2. Mrs.   b. as soon as possible

____ 3. Ms.   c. kilogram

____ 4. etc.   d. post meridiem (after noon)

____ 5. a.m.   e. polite form of address for a woman

____ 6. p.m.   f. Missus

____ 7. ASAP   g. ante meridiem (before noon)

____ 8. kg   h. Mister

Checking Your Spelling Minilessons

ATTENTION! . . . . *Check Your Spelling*

Words get special attention by being capitalized. Some words are *always* capitalized!

LIST at least 10 capitalized words from the list of frequently misspelled words on **pages 358-361** in your handbook.

WRITE each one in the column under the rule it fits.

People	Days, Holidays	Months	Nationalities
_____	_____	_____	_____
_____	_____	_____	_____
_____	_____	_____	_____
_____	_____	_____	_____
_____	_____	_____	_____
_____	_____	_____	_____
_____	_____	_____	_____

"C" Snakes . . . . *Check Your Spelling*

Certain words appear in the list of commonly misspelled words on **pages 358-361** in your handbook because they have letters that are pronounced like other letters. "Certain" is one of those words. The "c" makes the sound of "s." It sounds like the word should be spelled "sertain."

LIST at least 10 other words in which a "c" makes the "s" sound on **pages 358-361** in your handbook. The first word has been listed for you.

1. _____*accept*_____   6. _____

2. _____   7. _____

3. _____   8. _____

4. _____   9. _____

5. _____   10. _____

Using the Right Word Minilessons

On the Board . . . . *Usage: "A" or "An"?*

FILL IN the blanks in the sentences below, using "a" or "an," whichever is correct. Check **page 362** in your handbook for help.

1. Our classroom has _____ bulletin board.

2. There is _____ calendar on the board.

3. Once _____ month, we put new pictures on the board.

4. Right now, there are pictures of _____ eagle, _____ owl, and

   _____ parrot on the board.

5. Paula has _____ idea for next month's board.

6. She wants to put up pictures of _____ astronaut.

A Pet Named Dino . . . . *Usage: "Its" or "It's"?*

FILL IN the blanks in the sentences below, using "its" or "it's," whichever is correct. Check **page 365** in your handbook for help.

I have a pet lizard. _____ name is Dino, and _____ green and

shiny. _____ home is an aquarium. _____ favorite food is flies.

Dino thinks _____ fun to sneak out of the aquarium and explore my

room. But _____ not so fun when the cat comes around. _____ a good

thing for Dino that a lizard can "drop" _____ tail in an emergency. Last

week the cat put _____ paw on Dino's tail. My pet lizard lost _____ tail,

but _____ growing back already.

You're your own best friend. . . . . *Usage: "Your" or "You're"?*

FILL IN the blanks in the sentences below, using "your" or "you're," whichever
is correct. Check **page 369** in your handbook for help.

1. Is Paula _____ sister?

2. _____ Paula's brother, aren't you?

3. _____ as tall as Sabrina.

4. Sabrina is _____ height.

5. Is Carlos in _____ class?

6. _____ in the same class as Carlos, aren't you?

7. _____ a lot younger than _____

   teacher.

8. _____ teacher said _____ a lot younger than

   he is.

Understanding Sentences Minilessons

Fair Game . . . . *Kinds of Sentences*

PRETEND you're at a carnival or a fair, standing near the wild rides and in view of the fireworks display. People all around you are talking.

WRITE two declarative sentences, two interrogative sentences, two imperative sentences, and two exclamatory sentences that you might hear from the crowd. For more information on the kinds of sentences see **page 373** in your handbook. Here are some sample sentences to get you started. Write your sentences on your own paper.

Declarative:
I rode the Zipper 10 times in a row.

Interrogative:
How many goldfish did you win?

Imperative:
Don't eat too much cotton candy.

Exclamatory:
That's awesome!

Filling In Fragments . . . . *Sentence Fragments*

CHOOSE two paragraphs from one of your favorite books or stories.

TURN the sentences in the paragraphs into sentence fragments. (See **page 87** in your handbook for an explanation of fragments.) Make sure some of your fragments need subjects, and some need verbs.

TRADE with a partner and CORRECT each other's fragments by making them into complete sentences.

Finally, COMPARE your corrected sentences with the original sentences. Remember, they don't have to be exactly the same as long as they're correct.

Getting to Know You . . . . *Sentence Fragments*

WRITE sentence fragments that give facts about people in your class. Write three fragments that need a verb. (Example: Last summer, Jackie) Write three fragments that need a subject. (Example: takes clarinet lessons)

TRADE with a classmate. Try to turn each other's fragments into correct, complete sentences. You'll find out how well you know your classmates!

The pig crashed into the cow. . . . . *Run-On Sentences*

WRITE three run-on sentences that are all about things running into each
other. (**Example:** My dad backed our car into our neighbor's car the two
cars locked bumpers.)
EXCHANGE your run-on sentences and CORRECT them. If you need help,
see **page 87** in your handbook.

Scrambling Sentences . . . . *Run-On Sentences*

CHOOSE two or three paragraphs from one of your favorite books or stories.
TURN most of the sentences in the paragraphs into run-on sentences. (See
page 87 in your handbook for an explanation of run-ons.) TRADE with a
partner and CORRECT each other's sentences.
Finally, COMPARE your corrected sentences with the original sentences.
Yours don't have to be exactly the same, as long as they're correct.

And Then I Said . . . . *Rambling Sentences*

WRITE a rambling sentence about how you spent one day. It could be a day
at school, at an amusement park, or anywhere. (**Page 87** in your handbook
gives an example of a rambling sentence.) Include what you did, what you
ate, how you felt, and so on. When you're done, go back and CORRECT
your rambling sentence. Make your new sentences as smooth and as fun to
read as possible.

Saturn has rings and . . . . *Combining Sentences*

READ the five pairs of sentences below. For each pair of sentences, DECIDE whether you would use a compound subject or a compound verb to combine the two sentences into one. WRITE "subject" or "verb" on the line next to the sentences. Then COMBINE the sentences on the lines below. Use **page 92** in your handbook to help you.

1. Jupiter is bigger than Mercury.
   Saturn is bigger than Mercury. _____

   _____

   _____

2. Pluto is small.
   Pluto takes 247 years to orbit the sun. _____

   _____

   _____

3. Pluto is far away from the sun.
   Neptune is far away from the sun. _____

   _____

   _____

4. Saturn has rings.
   Saturn is cold. _____

   _____

   _____

5. Mercury has no moons.
   Venus has no moons. _____

   _____

   _____

Name That State . . . . *Combining Sentences*

FILL IN the blanks in the sentences below. Use the map on **page 405** of your handbook to help you. Then COMBINE each set of sentences into one sentence. (See **page 91** in your handbook.) An example has been done for you.

Virginia is on the Atlantic Ocean.

1. _North Carolina_ is on the Atlantic Ocean.

2. _Georgia_ is on the Atlantic Ocean.

3. _Virginia, North Carolina, and Georgia are on the Atlantic Ocean._

California is on the Pacific Ocean.

4. _____ is on the Pacific Ocean.

5. _____ is on the Pacific Ocean.

6. _____

Mississippi is a southern state.

7. _____ is a southern state.

8. _____ is a southern state.

9. _____

Arizona is a western state.

10. _____ is a western state.

11. _____ is a western state.

12. _____

Texas is on the border of Mexico.

13. _____ is on the border of Mexico.

14. _____ is on the border of Mexico.

15. _____

Understanding Our Language Minilessons

Noun Sense . . . . *Kinds of Nouns*

STUDY the chart of common and proper nouns on **page 375** in your handbook. NOTE how a specific proper noun is listed for each common noun. Of course, there could be many proper nouns for any of the common nouns. For example, you could have different mountains—the Alps, the White Mountains, and so on.

LIST as many more examples of common nouns and matching proper nouns as you can in 5 minutes.

Then CHOOSE your favorite pair of common and proper nouns. WRITE the most interesting sentence you can, using the common noun.

Example:

The year after I hiked up a <u>peak</u>, it was declared too dangerous to climb without ropes.

Then REWRITE the sentence substituting the proper noun for the common noun. (Notice how specific proper nouns can improve your writing.)

Example:

The year after I hiked up <u>Buckskin Mountain</u>, it was declared too dangerous to climb without ropes.

School Fun . . . . *Using Nouns*

THINK about a recent time when you had fun at school. It could be during a classroom project, lunchtime, recess, or a special program or sports event. LIST various nouns that might be used when writing or talking about your experience.

Then WRITE a paragraph about the experience, using nouns from your list. SHARE your paragraph with the class.

They agree! . . . . *Agreement of Pronouns*

STUDY "Agreement of Pronouns" on the top of **page 378** in your handbook. Notice that the word "antecedent" refers to the noun that the pronoun replaces. Antecedent means "comes before." A pronoun must *always* have a noun that comes before it.

SPEND several minutes writing a list of interesting nouns. SELECT your favorite noun from the list. Then WRITE a sentence using that noun and also a pronoun that refers back to it.

SHARE your sentence with the class. Decide whether the pronouns in each sentence agree with the nouns they replace.

STUDY "Person of a Pronoun" on **page 378** in your handbook. Then TURN to "Start the Story" on **page 157**. Notice the third-person pronouns in the two paragraphs about Cynthia.

CROSS OUT the *third*-person pronouns and replace them with *first*-person pronouns. The noun (Cynthia) has been changed for you.

> *I*
> ~~Cynthia~~ had no warning. One minute there she was, floating on
>
> soft pillows of warm air. Her wings were stretched wide while she
>
> admired her neighborhood. Here and there among the trees a
>
> swimming pool glinted at her, a miniature car winked in the sun, and
>
> tiny people followed sidewalks, never thinking to look up to see
>
> *me*
> ~~Cynthia Bean~~ gliding over their heads.

Now, CROSS OUT the *third*-person pronouns and replace them with *second*-person pronouns. Change a verb to agree with a pronoun if necessary. The noun (Cynthia) has been changed for you.

> *You*
> ~~Cynthia~~ had no warning. One minute there she was, floating on
>
> soft pillows of warm air. Her wings were stretched wide while she
>
> admired her neighborhood. Here and there among the trees a
>
> swimming pool glinted at her, a miniature car winked in the sun, and
>
> tiny people followed sidewalks, never thinking to look up to see
>
> *you*
> ~~Cynthia Bean~~ gliding over their heads.

COMPARE the three versions. With a partner, talk about the advantages and disadvantages of each.

Points of View . . . . *Person of a Pronoun*

STUDY the section "Person of a Pronoun" on **page 378** in your handbook.
Then, on **page 82,** find and read the story "I'm Growing Up."
Working with a partner, have one person READ the selection, changing all the
first-person references to *second-person* pronouns. (Make the changes as you
read out loud, but quietly, to your partner.) Then have the other person
READ the same selection, changing all the *first-person* references to *third-person* pronouns.
DISCUSS the effect of changing the point of view in reading or writing a story.
SHARE your findings with a classmate.

Who's talking? . . . . *Person of a Pronoun*

Using the discussion about the person of a pronoun on **page 378** in your
handbook, PRACTICE identifying the point of view of various writings.
LOOK at **pages 115** and **125** in your handbook, and IDENTIFY the point
of view for each of these student models to get you started.

1. When I Got Burned . . . _____

2. JAWS! _____

Special Challenge: IDENTIFY the author's point of view in your free-reading
books, other school texts, and even newspaper and magazine stories.

It just don't sound right! . . . . *Singular and Plural Verbs*

LOOK at the top of **page 381** in your handbook. Then ANSWER the

questions: What's wrong with the title of this minilesson? _____

_____

What should the sentence be? _____

Now WRITE two sentences—one that uses a subject and verb that *agree,* and
one that uses a subject and verb that *do not agree.* Without saying which
one you are reading, READ one of your sentences to a partner. Do you both
agree? Do the subject and the verb in your sentence agree or not?
Note: You will probably know whether the subject and verb agree if they
sound right. You naturally know a great deal about your language already.

Move over, ED. *Irregular Verbs*

FILL IN the correct forms of the verbs in the sentence patterns below. USE these verbs: call, eat, walk, run, swim, play, learn, go, sit.

Example:

1. Now I ___call___ . Earlier I ___called___ . In the past I have ___called___ .

2. Now I _____ . Earlier I _____ . In the past I have _____ .

3. Now I _____ . Earlier I _____ . In the past I have _____ .

4. Now I _____ . Earlier I _____ . In the past I have _____ .

5. Now I _____ . Earlier I _____ . In the past I have _____ .

6. Now I _____ . Earlier I _____ . In the past I have _____ .

7. Now I _____ . Earlier I _____ . In the past I have _____ .

8. Now I _____ . Earlier I _____ . In the past I have _____ .

9. Now I _____ . Earlier I _____ . In the past I have _____ .

LOOK at the list of words you have written. Are there any ending patterns that are the same? Are some of the endings very different?

TURN to "Irregular Verbs" on **pages 381-382** in your handbook. Check your endings. Refer to the chart on **page 382** whenever you have questions about irregular verbs in your writing.

Cut-and-Paste . . . . *Adjectives*

FIND pictures of nouns. Using magazines, old catalogs, or ads, find one picture that shows a *person,* a second that shows a *place,* and a third that shows a *thing*.

CUT out the three pictures and MOUNT each at the top of a sheet of paper. Below each picture, LIST as many words as you can to describe that picture. See **page 384** in your handbook for more information about adjectives. Then WRITE one sentence at the bottom of each page using your best adjectives.

Special Challenge: SHARE your pictures, lists, and sentences with the class. You may do this by giving brief oral reports or by selecting your best picture and sentence for a bulletin-board display.

The Four Seasons .... *Adjectives*

WRITE an acrostic (name) poem for one of the four seasons—winter, spring, summer, autumn. USE only adjectives. See **page 384** in your handbook for more about adjectives; see "Name Poetry" on **page 187** for more about an acrostic poem.

Example:

WINTER

White
Icy
Nasty
Terrific
Endless
Radiant

Then CREATE a four-seasons bulletin board, decorated with original artwork.

Special Challenge: THINK of other themes for writing acrostic poems—the four directions on the compass, the colors of the rainbow, and so on. Consider themes that would make dramatic bulletin boards for sharing your poems.

Go fish! .... *Adverbs*

SEE "Adverb" on **page 385** in your handbook to see how adverbs add meaning to verbs. Then CHOOSE words from the list below, and WRITE at least five sentences on your paper. Each sentence should have five words or more.

swam	ran	fast	Tim	I
after	quickly	jogged	slowly	park
road	party	backyard	pool	Bev
with	to	friends	her	angrily
his	my	school	home	often
from	the	in	and	it

After you write your sentences, LABEL the nouns (N), verbs (V), and adverbs (A) in each of your sentences.

Example:

Bev and I ran quickly to the park.
N   V   A   N

When, Where, How . . . . *Adverbs*

READ about how adverbs are used on **page 385** in your handbook.

DRAW a picture of one of your favorite activities. Show lots of action! Then WRITE three sentences about your drawing that include strong action verbs. USE adverbs, also, to answer *when, where,* and *how*—one question for each sentence.

SEE the examples at the top of **page 385**.

Find Festus! . . . . *Prepositions*

READ about prepositions and prepositional phrases on **page 386** in your handbook. Then TURN to **page 111** in your handbook and READ "The Great Gerbil Escape." FIND and WRITE down the prepositional phrases from the first four paragraphs in this story.

LABEL the part of speech of each object of the preposition in your phrases. The first one has been done for you.

Paragraph 1: *of gerbils, from our bathtub*
                    noun   *noun*

Paragraph 2: _____

Paragraph 3: _____

Paragraph 4: _____

_____

Making Connections . . . . *Conjunctions*

READ the definition of a conjunction on **page 387** in your handbook. The
most common conjunctions are: **and, because, but, or,** and **so**.

READ the story "The Unforgettable Autograph" on **page 81** in your handbook.
See if you can FIND all the conjunctions in the story. NOTICE how they
connect words and groups of words.

1. _____   5. _____

2. _____   6. _____

3. _____   7. _____

4. _____

Then LOOK for conjunctions in something you have written.

Categories . . . . *Parts of Speech Overview*

CREATE a table with five spaces across and five spaces down. WRITE five
letters down the side and five names of the parts of speech across the top.
(One possibility has been provided below.) FILL IN the table with as many
words as you can.

THINK of ways that you could turn this activity into a game (like tic-tac-toe or
bingo).

	noun	adverb	preposition	verb	adjective
m	*muskrat*	*more*	—	*make*	*mad*
b					
f					
w					
a					

Check-It-Out Daily Sentences

The Check-It-Out Daily Sentences in this section of your SourceBook come in two different varieties. The focused sentences help you concentrate on one proofreading skill at a time. The proofreading sentences provide two or three different types of errors for you to correct.

Focused Sentences

● **End Punctuation**

What you actually see in a mirror is the light bouncing back to show a reverse image of the real object

● **End Punctuation**

Did you know that California was named after a character in a popular Spanish novel

● **End Punctuation**

Wake up, America—hula hoops are back

● **End Punctuation**

Always be careful about proofreading your writing assignments

● **End Punctuation**

An African elephant could flap up a strong breeze with those ears, wouldn't you agree

Focused Sentences

● **Commas (In a Series)**

The U.S. team at the first Olympics in 1896 consisted of seven runners a pole-vaulter a shot-putter and a hurdler.

● **Commas (In a Series)**

On Saturday mornings I watch cartoons eat breakfast help clean the house and wash the dog.

● **Commas (In a Series)**

Here's a list of my least favorite vegetables: broccoli lima beans cauliflower beets and artichokes.

● **Commas (In a Series)**

My favorite cars are the 1965 Ford Mustang the 1957 Chevy and the Volkswagon Beetle.

● **Commas (In a Series)**

Anteaters have eyes ears noses and mouths, but no teeth.

Focused Sentences

● **Commas (In Dates and Addresses)**

Valentina V. Tereshkova of the U.S.S.R. was the first woman to travel in outer space on June 16 1963.

● **Commas (In Dates and Addresses)**

Animal lovers may join Ranger Rick's Nature Club 8925 Leesburg Pike Vienna Virginia 22184.

● **Commas (In Dates and Addresses)**

On May 30 1959 Wilt Chamberlain began playing for the Philadelphia Warriors.

● **Commas (In Dates and Addresses)**

May Day first became a day to honor workers on May 1 1890 in England.

● **Commas (In Dates and Addresses)**

On January 20 1993 President Clinton and his family moved to 1600 Pennsylvania Avenue Washington D.C.

Focused Sentences

- ## Commas (Between Independent Clauses)

  Most fish do not sleep but some types actually stand on their tails and lean against coral for a snooze.

- ## Commas (Between Independent Clauses)

  You'd expect a centipede to have a hundred legs but sometimes it has more than a hundred legs.

- ## Commas (Between Independent Clauses)

  The Ford family adopted young Leslie and changed his name to Gerald but they couldn't have known he would one day be President Ford.

- ## Commas (Between Independent Clauses)

  President Andrew Jackson was born in South Carolina and he became the first man born in a log cabin to be elected president of the United States.

- ## Commas (Between Independent Clauses)

  Quicksand can suck animals down to their deaths but a person can escape by lying flat and rolling out.

Focused Sentences

- **Commas (To Set Off Appositives)**

  Lotto a game first played in Europe is called bingo in America.

- **Commas (To Set Off Appositives)**

  The metric system a system based on 10 does not have fractions as we know them.

- **Commas (To Set Off Appositives)**

  Paper bags the kind groceries come in are excellent hiding places for cats.

- **Commas (To Set Off Appositives)**

  The staff of Aesculapius the Greek god of medicine is used as an ambulance symbol.

- **Commas (To Set Off Appositives)**

  The outer bark of a tree the rhytidome protects the tender inner bark.

Focused Sentences

- **Commas (To Set Off Long Phrases and Clauses)**

  If you ever travel on a boat or ship you should know that the left side is called the port while the right side is called the starboard.

- **Commas (To Set Off Long Phrases and Clauses)**

  For a ship to travel safely at night the left side carries a red light while the right side has a green light.

- **Commas (To Set Off Long Phrases and Clauses)**

  Before the Berlin Wall came down Germany was divided into East Germany and West Germany.

- **Commas (To Set Off Long Phrases and Clauses)**

  Because of the growing hole in the ozone layer the Environmental Protection Agency issued stricter pollution guidelines in 1991.

- **Commas (To Set Off Long Phrases and Clauses)**

  Three years after Boy's Life magazine was published American Girl was introduced.

Focused Sentences

- **Semicolon**

  Watching videos is fun however, there's something special about seeing movies on a big screen in a darkened theater.

- **Semicolon**

  Mirrors reflect your image a pool of still water can do the same thing.

- **Semicolon**

  Magnifying glasses make small things look larger some people use them to read tiny print or look at ants.

- **Semicolon**

  December 31, 1999, should be a historic New Year's Eve the next day will be January 1, 2000.

- **Semicolon**

  We go to our state fair to see the animals however, we also enjoy the cream puffs, cotton candy, and corn on the cob.

Focused Sentences

- **Hyphen**

  Well informed football fans know that the Green Bay Packers beat the Kansas City Chiefs in the first Super Bowl.

- **Hyphen**

  My great aunt had 18 children; one half were boys and the other half were girls.

- **Hyphen**

  The Beatles, a well known musical group, released 29 records in 1964.

- **Hyphen**

  The highest scoring basketball game ever occurred in 1983 when the Detroit Pistons outscored the Denver Nuggets, 186-183.

- **Hyphen**

  I would guess that two thirds of the class knows that you cannot divide a one syllable word at the end of a line.

Focused Sentences

- **Apostrophes**

  Although it isnt a popular critter, a fleas remarkable strength allows it to jump 200 times its length.

- **Apostrophes**

  Koala bears main food is eucalyptus leaves.

- **Apostrophes**

  Alexander Graham Bells first telephone was displayed in Philadelphias Exhibition Hall in 1876.

- **Apostrophes**

  Harriet Beecher Stowes book <u>Uncle Toms Cabin</u> made people aware of the evils of slavery.

- **Apostrophes**

  Charles Dickens books tell about his concern for the poor people of his day.

Focused Sentences

● **Quotation Marks**

When astronaut Neil Armstrong stepped onto the moon, he said, That's one small step for man; one giant leap for mankind.

● **Quotation Marks**

The skydiving instructor asked, Who wants to go first?

● **Quotation Marks**

The expression yo has been around for nearly 400 years.

● **Quotation Marks**

The word run has dozens of meanings in the dictionary.

● **Quotation Marks**

I always laugh when I read Shel Silverstein's poem Jumping Rope.

Focused Sentences

● **Capitalization**

The empire state building in new york city is not as tall as the sears tower in chicago, illinois.

● **Capitalization**

The people christopher columbus called indians, today like to be called native americans.

● **Capitalization**

jan e. matzeliger made the first shoe-stitching machine in america.

● **Capitalization**

I learned from mom that president clinton is from hope, arkansas.

● **Capitalization**

Did you know that cuba is the largest country in the caribbean sea?

Focused Sentences

- **Plurals**

  We grabbed our paintes and brushs and headed for the art room.

- **Plurals**

  My mother uses her sharpest knifes to cut the loafs of bread.

- **Plurals**

  Pianoes are popular because they can produce a wide range of soundes.

- **Plurals**

  My little brother enjoys chasing bunnys and gooses at the park.

- **Plurals**

  For supper Mom prepared two platesful of tacoes and burritos.

Focused Sentences

- **Numbers**

  The Pacific Ocean covers 64,000,000 square miles.

- **Numbers**

  In the year nineteen hundred and ninety-four, almost sixty percent of the world's people lived in Asia.

- **Numbers**

  By the year two thousand and twenty-five, experts think the population in the United States will be about three hundred million.

- **Numbers**

  10 students are supposed to report on chapter four while the other 11 report on chapter 5.

- **Numbers**

  At eleven a.m. on November eleven, 1919, the peace agreement ending World War I was signed.

Focused Sentences

- **Using the Right Word**

  Their is know real reason why painters where white, but they almost always due.

- **Using the Right Word**

  Dogs tilt there heads to the side too here you're voice.

- **Using the Right Word**

  Principles are people with strong principals.

- **Using the Right Word**

  Hour science teacher is going two learn us about the whole in the ozone layer.

- **Using the Right Word**

  Sum stationary seams too pretty too right on.

Focused Sentences

- **Combining Sentences**

    Math was very hard yesterday. Math was very hard today.
    I'm going to ask for special help.

- **Combining Sentences**

    Earth orbits our sun. Eight other planets orbit our sun.

- **Combining Sentences**

    Everyone likes cute, furry animals.
    Naturalists even like spiders and insects.

- **Combining Sentences**

    One American mile equals 5,280 feet.
    One American mile equals 1,609.3 meters.

- **Combining Sentences**

    Lobsters are red. Lobsters run backward.
    Lobsters taste good when cooked and buttered.

Focused Sentences

● **Subject-Verb Agreement**

Cirrus clouds is the highest clouds in the sky.

● **Subject-Verb Agreement**

Winter winds usually blows from north to south.

● **Subject-Verb Agreement**

Sedimentary rocks is made of pieces of rock, minerals, or organisms.

● **Subject-Verb Agreement**

Nobody know who invented eyeglasses, but they is very useful.

● **Subject-Verb Agreement**

The air in tornadoes spin in a circle.

Proofreading Sentences

History of the Language 1

● **Using the Right Word, Capitalization, Numbers**

Their are twenty-six letters in the english alphabet.

● **Commas (To Set Off Long Phrases and Clauses), Using the Right Word, Capitalization**

At one time in they're history the greeks wrote from right to left.

● **Capitalization, Subject-Verb Agreement**

The semites was the first people to use pictures as words.

● **Capitalization, Commas (To Set Off Appositives)**

The egyptians invented hieroglyphics a kind of picture writing 5,000 years ago.

● **Capitalization, Subject-Verb Agreement**

Today, deaf people uses Sign Language to talk to other people.

Proofreading Sentences

History of the Language 2

- **Using the Right Word, Irregular Verbs, Capitalization**

  The english language was spoke only buy people in England in the 1500's.

- **Contractions, Commas (To Set Off Long Clauses)**

  Because its spoken throughout the world English is being called the first global language.

- **Hyphens, Using the Right Word, Irregular Verbs**

  Three fourths of the world's male today is wrote in English.

- **Possessives, Numbers, Adjectives (Superlative)**

  Of all the worlds two thousand and seven hundred languages, English has the most richest vocabulary.

- **Numbers, Subject-Verb Agreement**

  The English language have over five hundred thousand words while German have only one hundred and eighty-five thousand words.

Proofreading Sentences

Animal Crackers 1

● **Commas (To Set Off Interjections), Numbers, Using the Right Word**

Wow a female herring lies 30 thousand eggs at once!

● **Using the Right Word, Possessives**

Did you no that the mail sea horse protects the mothers eggs by keeping them in a pouch on his stomach?

● **Commas (To Set Off Appositives), Using the Right Word**

One very unusual fish the flounder has both eyes on one side of it's body.

● **Using the Right Word, Plurals**

The archerfish knocks insects off there leafs by shooting them with a stream of water.

● **Commas (To Separate Adjectives), Using the Right Word, Commas (Between Two Independent Clauses)**

Tropical fish must live in clear warm water or they will dye.

Proofreading Sentences

Animal Crackers 2

● **Plurals, Using the Right Word, Run-On Sentence**

Kangarooes can really jump large ones can cover more then 30 feet with one leap!

● **Adjectives (Superlative), Capitalization**

My golden Retriever is the most calm dog in all of dade county.

● **Double Subject, Using the Right Word**

Female black widow spiders they sometimes kill there mates.

● **Using the Right Word, Subject-Verb Agreement**

A few animals sea in color, but most animals only sees shades of gray.

● **Colon, Using the Right Word, Commas (In a Series)**

Movies have been maid about the following dogs Lassie Snoopy Marmaduke and Beethoven.

Proofreading Sentences

Maps, Maps, Maps 1

● **Commas (To Set Off Long Phrases and in Addresses), Plurals, Capitalization**

According to my map of the United States there are many citys in Florida that are West of Cleveland Ohio.

● **Using the Right Word, Subject-Verb Agreement, Plurals**

Seas is large bodys of salt water partly surrounded buy land.

● **Quotation Marks, Using the Right Word**

Mr. Baily said, Look up the Galapagos Islands on you're maps and right down there latitude and longitude.

● **Capitalization, Run-On Sentence**

In 1849 a great flood of settlers headed west they followed the map of oregon and california made in 1848.

● **Commas (To Set Off Long Phrases and Clauses), Using the Right Word**

When tiny sea creatures leave they're skeletons behind coral is maid.

Proofreading Sentences

Maps, Maps, Maps 2

● **Using the Right Word, Numbers, Capitalization**

They're over seven thousand one hundred islands that make up the country called the philippines.

● **Using the Right Word, Capitalization**

The equator goes from East to West and passes threw South America and Africa.

● **Capitalization, Sentence Fragment**

Did you know that the Caspian sea is actually a lake? The largest inland saltwater lake in the world.

● **Capitalization, Semicolon**

Wisconsin and Minnesota are states in the midwest Arizona and new Mexico are part of the southwest.

● **Commas (To Set Off Long Phrases and Clauses), Using the Right Word, End Punctuation**

Before reading this sentence did you know that the capitol of Canada is Ottawa.

Proofreading Sentences

Maps, Maps, Maps 3

- **Subject-Verb Agreement, Numbers**

  Canada are a large country with a small population of 27,000,000 people.

- **Possessives, Commas (To Keep Numbers Clear), Using the Right Word**

  Chinas first emperor was buried with a army of 7500 clay soldiers.

- **Run-On Sentence, Using the Right Word**

  The Sahara Dessert may be the hottest place on earth it holds the record temperature of 136.4 degrees Fahrenheit.

- **Using the Right Word, Commas (To Set Off Appositives)**

  The Czech Republic and Slovakia two of the newest nations in the world used too be called Czechoslovakia.

- **Commas (To Set Off Clauses), Capitalization**

  When you are at the north pole the only direction you can go is South.

Proofreading Sentences

Maps, Maps, Maps 4

- **Capitalization, Commas (In Addresses)**

  The United States still runs a naval base in guantanamo bay cuba.

- **Commas (To Set Off Appositives), Capitalization, Using the Right Word**

  Luxembourg a tiny country in europe is only a little larger then rhode island.

- **Capitalization, Commas (To Set Off Appositives)**

  The suez canal a waterway constructed from 1859 to 1869 connects the mediterranean sea to the red sea.

- **Subject-Verb Agreement, Commas (To Set Off Long Clauses), Capitalization**

  If you was traveling between ogden and provo which state would you be in?

- **Capitalization, Using the Right Word**

  The Amazon river contains more water then the Nile river, the Mississippi river, and the Yangtze river put together.

Proofreading Sentences

Colors, Signs, and Symbols 1

- ### Using the Right Word, Subject-Verb Agreement, Commas (To Set Off Clauses)

  As all artists no chosing the write colors for paintings are important.

- ### Commas (In a Series), Irregular Verbs

  The artist taked red yellow and blue paints and mixed them to make orange green and violet.

- ### Subject-Verb Agreement, Contractions, Plurals

  People who cant tell the difference between colores is color-blind.

- ### Using the Right Word, Run-On Sentence

  The oranges you by in the store may have been colored the sellers want there fruit to look nice and bright.

- ### Commas (Between Two Independent Clauses), Using the Right Word

  Their is know word in the English language that rhymes with "orange" but you could put two words together too make a rhyme.

Proofreading Sentences

Colors, Signs, and Symbols 2

- **Commas (To Set Off Long Phrases and Clauses), Using the Right Word, Contractions**

  If you lived in ancient Rome you couldnt where purple unless you were a member of the emperor's family.

- **Commas (To Set Off Appositives), Capitalization, Using the Right Word**

  At won time in French history, only the Princess could wear scarlet a bright read color.

- **Using the Right Word, Contractions, Plurals**

  Because they're were no sidewalkes long ago, theyd roll out a red carpet for the royal family's too walk on.

- **Capitalization, Contractions, Double Negative, Run-On Sentence**

  Betsy Ross didnt never design the american flag Francis hopkinson did that.

- **Plurals, Numbers, Using the Right Word**

  I wonder why most countrys have 3 colores in there flags.

Proofreading Sentences

Colors, Signs, and Symbols 3

- **Commas (Between Two Independent Clauses), Subject-Verb Agreement**

  School-crossing signs are yellow but what color is hospital signs?

- **Using the Right Word, Commas (In a Series)**

  I want my little brother two be safe on his bike, sew I learned him that red means stop yellow means caution and green means go.

- **Commas (To Set Off Long Clauses), Using the Right Word, Hyphens**

  When people go walking at night they should where light colored clothing.

- **Subject-Verb Agreement, Using the Right Word**

  To help keep them safe on the job, construction workers whereas brightly colored hard hats.

- **Subject-Verb Agreement, Using the Right Word**

  The wires used buy electricians is color coded to prevent accidents and fires.

Proofreading Sentences

U.S. History 1

● **Abbreviations, Numbers**

   In nineteen ninety L. Douglas Wilder became the first African-American governor in the U.S.

● **Commas (Between Two Independent Clauses), Using the Right Word, Capitalization**

   We all no the first president of the united states but do you know the first vice president?

● **Commas (To Set Off Appositives), Capitalization, Irregular Verbs**

   George Washington the first president of the united States was sweared into office in New York City.

● **Run-On Sentence, Irregular Verbs**

   The first American train robbery taked place in 1866 the robbers made off with $16,000.

● **Using the Right Word, Italics (Underlining), Capitalization**

   Thomas Paine helped americans understand the true meaning of freedom by righting The Age of Reason and other books.

Proofreading Sentences

U.S. History 2

- **Using the Right Word, Numbers**

  Native Americans lived hear for thousands of years before Columbus "discovered" America in fourteen ninety-two.

- **Capitalization, Numbers, Commas (In Addresses), Run-On Sentence**

  The first spanish colony in America was established in Pensacola Florida in 1559 it lasted only 2 years.

- **Commas (To Set Off Long Phrases or Clauses), Capitalization, Using the Right Word**

  After many years of debate the South decided to brake away from the Union and form the confederate states of america.

- **Capitalization, Using the Right Word, Commas (In Addresses)**

  The confederate states of America established there capital in richmond virginia.

- **Capitalization, Run-On Sentence, Irregular Verbs, Using the Right Word**

  General Robert E. Lee lead the army for the south Ulysses S. Grant become the top general for the north.

Proofreading Sentences

Science and Inventions 1

- **Commas (Between Independent Clauses), Using the Right Word, Colon**

  We had science class at 1030 this morning in the park and Mr. Bartz learned us how to tell the age of trees.

- **Numbers, Commas (To Set Off Long Phrases and Clauses), Capitalization**

  After walking in space 5 times astronauts were able to repair the hubble telescope.

- **Subject-Verb Agreement, Using the Right Word**

  The extinction of dinosaurs were probably caused by a meteorite who hit the earth.

- **Numbers, Possessives, Irregular Verbs**

  The dinosaurs extinction taked place about 65,000,000 years ago.

- **Using the Right Word, Subject-Verb Agreement**

  Some people still wonder weather their ever was any dinosaurs.

Proofreading Sentences

Science and Inventions 2

● **Capitalization, Hyphens, Possessives**

At certain times during the Ice age, one third of the earths surface was covered with ice.

● **Commas (Between Independent Clauses), Double Subject, Using the Right Word**

The earth it is made of many layers and the heaviest medals are at the center.

● **Commas (Between Independent Clauses), Contractions, Subject-Verb Agreement**

The interior of the earth get hot enough to melt rock and and thats how lava are formed.

● **Numbers, Adjectives (Superlative)**

The most oldest rock ever found is almost 4,000,000,000 years old!

● **Using the Right Word, Run-On Sentence, Possessives**

Glaciers are large blocks of moving ice sometimes peaces brake off at the oceans edge too form icebergs.

Proofreading Sentences

Science and Inventions 3

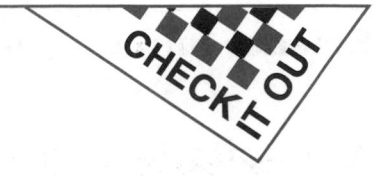

- **Commas (To Set Off Appositives), Using the Right Word**

  Willis Carrier a scientist from New York invented the first heir conditioner.

- **Hyphens, Commas (To Set Off Appositives and in Addresses)**

  The first air conditioned building a movie theater was located in Chicago Illinois.

- **Using the Right Word, Commas (To Set Off Appositives), Periods**

  Philo T Farnsworth the father of television invented the electronic device that maid television possible.

- **Capitalization, Sentence Fragment**

  In 1929 Vladimir k. Zworykin invented the first electronic Television system. A Russian-born american.

- **Using the Right Word, Commas (To Set Off Interruptions)**

  The first picture scene on television was believe it or not Felix the Cat.

Proofreading Sentences

Literature and Life 1

● **Possessives, Using the Right Word**

Sir Gawain is the night of King Arthurs court who excepts the Green Knights challenge to battle.

● **Commas (To Set Off Appositives), Irregular Verbs, Subject-Verb Agreement**

The Beatles broked up in 1970 the year my aunt were born.

● **Commas (To Set Off Appositives), Sentence Error (Confusing "Of" for "Have"), Using the Right Word**

You would of liked The Nutcracker the tail of a girl who dreams of the land of the Sugar Plum Fairy.

● **Commas (In Dates and Addresses), Sentence Fragment**

Michael Jackson, born in Gary Indiana on August 29 1958.

● **Commas (To Set Off Appositives), Capitalization**

Agatha Christie a famous mystery writer created the first female detective miss Jane Marple.

Proofreading Sentences

● **Commas (To Set Off Long Phrases and Clauses),**
  Italics (Underlining Titles), Capitalization

In the book charlie and the chocolate factory Charlie finds a winning ticket in a Whipple-Scrumptious Fudgemallow Delight candy bar.

● **Using the Right Word, Possessives**

Did you no that boy collies were used to play Lassie because the male dogs coats stay shiny all year?

● **Commas (To Set Off Interjections), Using the Right Word,**
  Run-On Sentence

Wow their are 47 strings on a harp I wouldn't have guessed that.

● **Quotation Marks (For Special Words), Using the Right Word**

Humble is the last word that Charlotte rights in her web.

● **Commas (In a Series), Capitalization, Using the Right Word,**
  Numbers

Butterfinger almond joy and fifth avenue are just 3 of the many kinds of Candy Bars to chose from.

Proofreading Sentences

Literature and Life 3

- **Commas (Between Independent Clauses), Commas (To Set Off Interruptions)**

  Superheroes are of course very powerful and the Power Rangers are superpowerful.

- **Capitalization, Commas (In a Series), Subject-Verb Agreement**

  Both superman and superwoman is still popular in comics movies and television.

- **Possessives, Capitalization**

  In child of the owl, Caseys Grandmother Paw-Paw lives in chinatown.

- **Using the Right Word, Commas (To Set Off Long Clauses)**

  When he needed a brake Sherlock Holmes learned himself to play the violin.

- **Using the Right Word, Subject-Verb Agreement, Italics (Underlining Titles)**

  Pippi Longstocking is a book about a spunky girl who can lift a horse and don't where shoes or like school.

Proofreading Sentences

Literature and Life 4

- **Subject-Verb Agreement, Using the Right Word, Commas (To Set Off Long Phrases), Possessives**

  In Lewis Carrolls story about Alice hedgehogs is used four croquet balls.

- **Commas (To Set Off Interruptions), Using the Right Word**

  Frankenstein is of coarse the scientist who created the monster, knot the monster himself.

- **Commas (Between Independent Clauses), Capitalization, Italics (Underlining Titles), Using the Right Word**

  Winnie-the-pooh maid a honey jar into a boat called the Floating Bear and he sailed away into the raze of the sun.

- **Italics (Underlining Titles), Using the Right Word, Capitalization, Commas (To Set Off Appositives)**

  In 1937 the first disney movie Snow White and the Seven Dwarfs one the hearts of the American people.

- **Italics (Underlining Titles), Using the Right Word, Capitalization, Commas (In Addresses)**

  Home Alone is a movie about a boy who was left behind when his family went two paris france.

Spécialiste de psychologie enfantine, Jonathan Kellerman se tourne vers le roman policier en 1985. Son livre *Le Rameau brisé* est couronné par l'Edgar du policier et inaugure une série qui est aujourd'hui traduite dans le monde entier.

Faye Kellerman est l'auteur de nombreux romans policiers, dont la plupart ont pour héros l'inspecteur Peter Decker et son épouse Rina Lazarus.

Jonathan et Faye Kellerman vivent à Los Angeles.

Jonathan et Faye Kellerman

DOUBLE HOMICIDE

Boston. Au pays des géants
Santa Fe. Nature morte

ROMAN

*Traduit de l'anglais (États-Unis)
par Marie-France de Paloméra*

Éditions du Seuil

TEXTE INTÉGRAL

TITRE ORIGINAL
Double Homicide
ÉDITEUR ORIGINAL
Warner Books, New York
© original : 2004, by Jonathan and Faye Kellerman
ISBN original : 0-446-53296-7

ISBN 978-2-7578-1012-5
(ISBN 978-2-02-085425-2, 1re publication)

© Éditions du Seuil, septembre 2007, pour la traduction française

BOSTON
AU PAYS DES GÉANTS

À nos parents
Sylvia Kellerman
Anne Marder
David Kellerman – *alav hashalom*
Oscar Marder – *alav hashalom*

Des remerciements tout particuliers à Jesse Kellerman,
photographe *extraordinaire*

1

Non pas que Dorothy aurait été du genre à fouiner. Si elle fouillait le sac à dos, c'était parce qu'il empestait. Des aliments pourris depuis cinq jours au moins y détrempaient les sacs en papier d'un déjeuner – un véritable eldorado pour microbes. Après avoir retiré prudemment et du bout des doigts cette infamie olfactive, elle aperçut quelque chose au fond, en partie enfoui sous des papiers froissés et des livres de cours. Une lueur de métal, très fugitive mais qui ne lui dit rien de bon.

Son cœur s'accéléra.

Elle écarta avec précaution le fouillis qui couvrait l'objet jusqu'au moment où il apparut dans toute sa nudité : un revolver Smith & Wesson d'un modèle ancien. Elle sortit l'arme du sac à dos et l'examina. Rayée, amochée, de la rouille autour de la bouche. Mal entretenue. Les six chambres vides, mais c'était un maigre réconfort.

Son visage accusa le coup, puis la fureur flamba.

– Spencer ! (Sa voix naturellement grave était devenue stridente.) Spencer ! Amène tes fesses ici, immédiatement !

La sommation se perdit dans le vide. Spencer était au bout de la rue à faire des paniers au Y[1] avec la bande :

1. *Young Men's Christian Association*, centre de la jeunesse chrétienne. Se prononce « ouaille ».

Rashid, Armando, Cory, Juwoine et Richie. Le jeune de quinze ans ignorait que sa mère était rentrée, encore plus, petit *a*, qu'elle se trouvait dans sa chambre, petit *b*, qu'elle fouillait dans ses affaires personnelles, et, petit *c*, qu'elle avait découvert une arme dans son sac. Elle entendit les marches craquer sous des pas lourds. C'était son aîné, Marcus. Il resta planté dans l'encadrement de la porte comme s'il montait la garde, mains sur la poitrine, jambes écartées.

– Qu'est-ce qui se passe, m'man ?

Dorothy pivota sur elle-même et lui fourra l'arme vide sous le nez.

– Tu es au courant ?

Marcus fit une grimace et recula d'un pas.

– Mais qu'est-ce qui te prend ? !

– J'ai trouvé ça dans le sac à dos de ton frère !

– Pourquoi tu fouillais dans le sac de Spencer ?

– La question n'est pas là ! s'écria Dorothy, hors d'elle. Je suis sa mère, et je suis ta mère à toi, et je n'ai pas besoin d'une raison pour fouiller dans ton sac ni dans le sien !

– Si ! lui renvoya Marcus. Nos sacs, c'est personnel. La vie privée, ça se respecte…

– Eh bien, pour le moment je me fous pas mal de la vie privée ! hurla Dorothy. Que sais-tu là-dessus ?

– Rien ! hurla Marcus à son tour. Rien du tout, O.K. ?

– Non, ce n'est pas O.K. ! Je trouve un revolver dans le sac de ton frère et ce n'est pas O.K., O.K. ?

– O.K.

– Tu as intérêt !

Sa poitrine lui faisait mal et elle haletait à chaque inspiration. L'air était brûlant, poisseux et nauséabond. Vu le chauffage capricieux et irrégulier de l'immeuble, la température oscillait entre la fournaise saharienne et le gel arctique. Elle se laissa tomber sans cérémonie sur le lit de Spencer et tenta de reprendre son calme. Le matelas ploya sous son poids. Elle avait une couche de graisse excessive, d'accord, mais qui protégeait un corps aux muscles solides, des muscles d'acier.

La chambre exiguë l'emprisonnait, avec ses lits jumeaux si rapprochés qu'on n'aurait pas glissé une table de chevet entre les deux. La penderie ouverte débordait de T-shirts, pantalons de survêtements, shorts, chaussettes, chaussures, livres, CD, vidéos et équipements de sport. Un bon mois de poussière s'accumulait sur les stores. Les garçons avaient une panière en osier, mais les vêtements sales s'éparpillaient sur le peu de surface encore libre. Papiers, emballages de sucreries, sachets et boîtes vides jonchaient le sol. Pourquoi les gamins étaient-ils incapables d'un minimum d'ordre ?

Marcus s'assit à côté d'elle et lui passa un bras autour des épaules.

– Ça va ?

– Non, ça ne va pas ! (Elle savait qu'elle s'en prenait à la mauvaise personne. Mais elle était surmenée, vannée et déçue. D'un geste las, elle porta ses mains à son visage. Se frotta les yeux. S'obligea à adoucir sa voix.) Tu ne sais vraiment rien là-dessus ?

– Non.

– Seigneur ! lâcha Dorothy. Il nous réserve quoi, maintenant ?

Marcus détourna les yeux.

– Il traverse une période difficile…

– C'est plus qu'une période difficile ! (Elle empoigna l'arme à feu.) C'est illégal et ça peut tuer !

– Je sais, m'man. Ce n'est pas bien. (Le garçon dévisagea sa mère du haut de ses vingt et un ans.) Mais ce n'est pas en étant hystérique que tu vas régler le problème.

– Bon sang, je ne suis pas hystérique ! Je suis… je suis une mère ! Avec des craintes de mère ! (La colère flambait à nouveau.) Où il l'aurait trouvé, hein ? lui demanda-t-elle sans douceur.

– Aucune idée.

– Je suppose que je pourrais lancer une recherche dans les fichiers.

– Un peu radical, non ?

Elle garda le silence.

– Pourquoi ne pas commencer par lui parler ? dit-il en la dévisageant. Lui parler, m'man. Pas crier. Parler. (Un temps.) Ou mieux, je vais lui parler, moi…

– Tu n'es pas sa mère ! Ce n'est pas ton boulot !

Marcus leva les mains en l'air dans un geste d'apaisement.

– D'accord. Fais-en à ta tête. Comme toujours.

Dorothy se leva comme une furie et, croisant les bras sur sa poitrine.

– En clair ?

– Ça se passe d'explications. (Il écarta son sac à dos d'un coup de pied, puis le rapatria jusqu'à ses bras en glissant une chaussure sous une bretelle et en le lançant en l'air. Il le fouilla et en sortit un livre.) Au cas où tu ne le saurais pas déjà, j'ai un match ce soir, plus deux cents pages qui me restent en histoire européenne. Sans oublier que je suis de permanence demain à la bibliothèque après l'entraînement à cinq heures et demie du mat'. Alors si tu veux bien…

– Je te prierai de ne pas être insolent !

– Je ne suis insolent avec personne, j'essaie de liquider mon travail. Seigneur, tu n'es pas la seule à avoir des obligations ! (Il se leva, puis se laissa choir sur son lit à lui, dont les ressorts fatigués faillirent casser.) Ferme la porte en partant !

Il était temps de repenser la situation. Dorothy s'ordonna de baisser le ton.

– Que dois-je faire, d'après toi ? Laisser courir ? Je manquerais à mon devoir, Marcus.

Il posa son livre.

– Laisser courir, non. Mais un peu d'objectivité ne

serait pas de trop. Traite-le comme un de tes suspects, m'man. Tu te vantes toujours de savoir y faire par la douceur, au service. C'est le moment ou jamais.

– Marcus, pourquoi, s'il te plaît, Spencer trimbale-t-il une arme ?

Il s'obligea à fixer sa mère droit dans les yeux. Les grands yeux marron d'une femme opulente. La coupe sage de ses cheveux crêpés lui élargissait la figure. Pommettes saillantes. Lèvres serrées dans une grimace. Un mètre quatre-vingt-deux, puissamment charpentée, mais des doigts longs et gracieux. Une belle femme qui s'était gagné le droit au respect.

– Je sais que tu te fais de la bile, mais ce n'est sûrement pas grave. On vit dans un monde de brutes. Peut-être que ça lui donne un sentiment de sécurité. (Il accrocha les yeux de Dorothy.) Ça ne t'en donne pas, à toi ?

– Moi, c'est l'équipement de base, Marcus, pas une façon d'affirmer mes droits. Et il ne s'agit pas de tabac ni même de marijuana. Les armes sont des machines à tuer. C'est à ça que ça sert. À tuer. Un garçon de cet âge n'a pas à trimbaler une arme, même s'il se sent menacé. S'il a un problème, il doit m'en parler.

Elle étudia son fils aîné.

– Il t'a parlé de quelque chose ?

– Sur quoi ?

– Ce qui le perturberait au point d'éprouver le besoin d'être armé.

Marcus se mordit la lèvre inférieure.

– Rien de précis. Écoute, si tu veux, je file au Y et je te le ramène. Mais il ne va pas apprécier que tu aies fouillé dans ses affaires.

– Je ne l'aurais pas fait si son sac n'avait pas dégagé une odeur pestilentielle dans toute la chambre.

– D'accord. Elle pue comme un pet de première ! (Il rit et hocha la tête.) Maman, si tu sortais, histoire de dîner vite fait avec tante Martha avant le match ? Ou de faire des courses de Noël ?

– Je n'ai pas envie de dépenser mes sous ni d'écouter Martha me parler de son reflux gastrique œsophagien.

– Elle bavasse parce que tu n'ouvres jamais la bouche.

– Si, si, je parle.

– Tu ne parles pas, tu râles.

Juste ce qu'elle allait faire. Elle se reprit et s'obligea à rester calme.

– Je vais aller chercher ton frère. C'est une affaire entre lui et moi, et je veux qu'on la règle ensemble. Toi, tu te concentres sur tes études, d'accord ?

– Ça va être bruyant ?

– Disons… bien senti.

Marcus lui déposa un baiser sur la joue et se leva. Il jeta son épaisse doudoune sur son épaule et fourra son manuel sous son bras.

– Je pense que je serais mieux à la bibliothèque. Tu viens ce soir ?

– J'ai déjà raté un de tes matches ? (Elle lui caressa le visage.) Tu veux de l'argent pour ton dîner ?

– Non, m'dame. Il me reste de la monnaie sur mon salaire du mois dernier. Attends. (Il laissa tomber sa veste et tendit son livre à sa mère.) J'ai des tickets de restau. (Il chercha dans son portefeuille, en tira trois bouts de papier, en garda un et donna le reste à sa mère.) Ils distribuaient ça à la sortie de l'entraînement hier.

Dorothy examina les tickets. Chacun équivalait à un montant de cinq dollars de nourriture.

– Qui t'a donné ça ?

– Des sponsors locaux. Ils en filent à tout le monde aux portes. Pourvu que la NCAA[1] ne pense pas qu'on a des entrées gratuites. (Il hocha la tête.) Bon sang, un

1. *National Collegiate Athletic Association*, antichambre universitaire de la NBA.

ticket de restau minable est le moins qu'ils puissent faire pour nous exploiter. Le match de la semaine dernière s'est joué à guichets fermés ! À cause de Julius, évidemment. C'est la star. Nous, on est juste des faire-valoir… ses larbins. Quel enfoiré !

– Ne jure pas.

– D'accord, d'accord.

Dorothy se sentit un brusque besoin de défendre sa couvée.

– Ce garçon ne marquerait rien si vous ne lui faisiez pas des passes impeccables.

– C'est ça ! Explique donc à la locomotive que le basket est un sport d'équipe ! Si on se risque, moi ou un autre, à dire un truc au coach, Julius pique une rogne et on se retrouve sur le cul. Et il y a au moins trois cents racailles qui attendent en coulisses, en croyant que Boston Ferris va leur ouvrir les portes de la NBA. Encore qu'on peut toujours rêver… (Il soupira.) Merde, moi aussi je rêve !

Une houle de tendresse gonfla le cœur de Dorothy.

– Ce sont des rêves, Marcus. Des chimères. Comme je me tue à te le dire, un bon agent sportif avec un diplôme de droit d'Harvard peut se faire des tonnes d'argent sans se bousiller le dos et les genoux et être fini à trente ans.

– Mais oui, mais oui.

– Tu ne m'écoutes pas.

– Mais si, c'est juste que… (Il se gratta la tête.) Je ne sais pas, m'man. J'en suis dingue, comme tout le monde. J'ai ce rêve en moi. Mais je connais aussi la réalité. J'essaie de vivre dans les deux mondes, mais je ne peux pas continuer à ce rythme. Y a quelque chose qui va craquer.

Elle enlaça vivement son fils.

– Je le sais, que tu adores le basket, Marcus. Moi aussi. Et ce n'est pas moi qui irais te gâcher ton rêve. Simplement, je veux ce qu'il y a de mieux pour toi.

– Je sais bien, m'man. Et aussi que les facs de droit des Ivy[1] raffolent des grands Noirs qui ont de bons scores aux tests et une moyenne générale élevée. Je sais que je serais un idiot fini de saboter cette chance. N'empêche, l'imagination cavale. (Son regard devint distant et flou.) Ne t'inquiète pas. Le moment venu, je ferai ce qu'il faut.

Elle embrassa son fils sur la joue.

– Comme toujours.

– Oui, c'est vrai. (Il marqua un temps.) Ce bon vieux Marcus… toujours fiable.

– Arrête ! (Elle fronça les sourcils.) Le Seigneur t'a comblé de ses dons. Ne sois pas un ingrat.

– Absolument. (Il enfila sa veste et jeta son sac sur son épaule.) Je sais d'où je viens, maman. Je sais d'où tu es venue. Je sais que tu travailles dur. Je ne prends rien pour acquis.

1. *Ivy League*, les grandes universités de la Nouvelle-Angleterre.

2

Avachi au volant et buvant du café qui était trop fort et trop chaud, Michael Anthony McCain plissa les yeux pour essayer de voir quelque chose à travers le pare-brise embué, tandis que son cerveau explorait les allées de la mémoire et remontait aux jours bénis où il avait tout. Quelque dix ans auparavant. À l'époque où il venait d'amorcer la trentaine et avait été promu inspecteur premier échelon. Quatre-vingt-six kilos de pur muscle sur une ossature d'un mètre quatre-vingts, il réussissait à soulever une barre de cent quinze kilos – les bons jours. Il avait eu une masse de cheveux, châtain clair l'hiver, blond salé l'été. Avec ses yeux bleu layette pétillants et son sourire Colgate obtenu grâce à des milliers de dollars de travaux dentaires, il attirait les filles comme des mouches. Même Grace lui avait pardonné ses frasques occasionnelles parce qu'il était un incroyable spécimen de l'espèce masculine.

Maintenant elle ne tolérait plus rien du tout.

S'il rentrait avec une minute de retard, elle lui volait dans les plumes, le battant froid des jours durant même s'il n'avait rien à se reprocher. Ce qui, hélas, était la règle, sauf à se mettre en chasse, ce qui ne lui disait rien, trop fauché, trop occupé et trop vanné qu'il était.

Et même, il ne courait pas les femmes. C'étaient elles qui rappliquaient.

McCain eut une grimace amère.

Il y avait un bon bout de temps que personne – ni rien – ne s'était pointé.

Un sacré bon bout de temps. Pour la énième fois, il brancha le dégivrage, qui propulsa un jet d'air froid, puis chaud, jusqu'au moment où l'intérieur de la Ford fut aussi étouffant et humide qu'une forêt tropicale. Dès qu'il l'arrêta, un air glacial s'insinua par les fissures et les crevasses du véhicule, attestant la mauvaise qualité des réglages et des finitions. Il changea de position et tenta d'allonger ses jambes du mieux qu'il pût, vu le manque de place. Il ne sentait plus son orteil droit, ni ses fesses d'ailleurs. À force de rester assis…

Il était emmitouflé dans plusieurs épaisseurs de vêtements qui le faisaient cuire à certains endroits et geler à d'autres. Ses mains étaient prises dans des gants de cuir, pas l'idéal pour tenir le gobelet, mais, au moins, quand le café déborda et l'éclaboussa, il ne sentit pas la brûlure. Il avait le nez froid, mais les pieds chauds grâce à un petit chauffe-pieds électrique qui se branchait sur l'allume-cigare de l'Escort. La situation avait été tenable – enfin, relativement – jusqu'au moment où l'engin avait court-circuité.

Vu son expérience des lenteurs administratives, inutile de compter en toucher un autre avant quinze jours.

À travers la vitre, Aberdeen Street affichait une gaieté de façade. La nuit était tranquille, et l'air électrisé par le clignotement des guirlandes de Noël qui ourlaient les gouttières de maisons à charpente de bois défraîchies. La neige laissée par la tempête de la semaine précédente mouchetait encore les buissons et les arbres. Des glaçons pendaient comme des larmes figées aux auvents des résidences qui bordaient la rue.

Il ne restait plus beaucoup de maisons individuelles dans cette partie de Somerville ; la plupart étaient maintenant en colocation. Un secteur plus fréquentable que

South Boston ou Roxbury. Peuplé en grande majorité d'honnêtes gens – des ouvriers qui étaient nés et avaient grandi dans la ville ou à la périphérie. S'y ajoutait une bonne quantité de diplômés de troisième cycle découragés par le prix exorbitant des loyers à Cambridge. Mais le district avait aussi son lot de malfrats.

La maison jaune que surveillait McCain hébergeait une foule d'étudiants, parmi lesquels la muse de l'heure d'un type peu recommandable, une étudiante en sociologie de Tufts complètement bourrée. Une fille privilégiée actuellement à la colle avec Romeo Fritt, un psychopathe dangereux. Quand ses parents s'en étaient offusqués, elle y avait vu du racisme. Les gourdes sont irrécupérables ; en temps normal, McCain n'en aurait rien eu à faire, sauf que Fritt était recherché pour une série de meurtres d'une rare férocité commis à Perciville, Tennessee et, à en croire un tuyau anonyme, il logeait peut-être dans l'appartement de la fille – et ça, c'était son problème.

Sous sa parka, McCain avait défait le bouton du haut de son pantalon, laissant déborder un bide généreux. Il y avait eu un temps où il pouvait manger ce qu'il voulait et où deux heures de gym quatre jours par semaine suffisaient à tenir en respect cette irrésistible expansion.

Plus maintenant.

Cinq ou six ans plus tôt, il s'était mis à courir le matin – deux kilomètres, puis quatre, puis six. L'exercice avait réglé la question pendant un temps. Maintenant ? Il pouvait additionner tous les allers-retours possibles dans Commonwealth Avenue, son tour de taille ne voulait rien entendre. Et puis, comble de l'ironie, à peu près à l'époque où il s'était mis à soulever de la fonte, ses cheveux avaient commencé à le lâcher. Et, comme si ça ne suffisait pas, une pilosité inutile avait envahi ses narines et ses oreilles.

Putain, ça voulait dire quoi, hein ?

Il but les dernières gorgées de son café et jeta le gobelet sur la banquette arrière. Une heure que la maison jaune ne trahissait aucun signe de vie. Il lui en restait encore une autre à planquer. En raison du froid, ils travaillaient en roulements de deux heures, la hiérarchie estimant que des poursuites pour gelures entacheraient l'image de la police.

Encore une putain d'heure à tirer, bordel, et en plus il n'en voyait vraiment pas l'utilité. Il reviendrait bredouille. Grace avait emmené Sandy et Micky Junior au condo de ses parents à elle, en Floride, pour leurs quinze jours de vacances scolaires. Il était censé les rejoindre plus tard dans la semaine, pour Noël en mettant les choses au mieux, sinon on attendrait le Nouvel An. Résultat des courses : il n'y avait personne à la maison pour l'instant. Rien de vivant sauf deux plantes.

Sally était morte trois mois auparavant, et il ne s'en consolait toujours pas. Sa rottweiler de soixante-huit kilos avait été sa meilleure copine ; la nuit, elle lui tenait compagnie et empuantissait son bureau de ses flatulences alors que le reste de la famille était sous la couette. Car pour péter, elle pétait. Il avait été obligé de la mettre au Beano pour limiter les dégâts. Une congestion cardiaque sévère l'avait achevée. Trois semaines à dépérir. Il n'avait pu se résoudre à la faire piquer, et une nuit, juste après minuit, elle avait levé vers lui ses yeux de chien fidèle, poussé trois petits halètements, et elle était morte dans ses bras.

Inutile de prétendre le contraire : elle lui manquait terriblement, à en devenir dingue. Dernièrement, il avait envisagé de prendre un nouveau rottie, mais avait renoncé. Ça n'aurait pas été Sally. Et puis cette race ne fait pas de vieux os, et il ne se sentait pas d'attaque pour supporter une nouvelle perte, cette brûlure dans les yeux alors qu'il ne pouvait parler à personne de son tourment.

Un sapin de Noël à décorer aurait pu lui changer les idées, rendre la maison plus gaie. Mais bon, comme si on n'avait que ça à faire…

Il se massa la nuque et s'étira une fois de plus, le regard fixé sur une maison sombre dans une rue obscure. Belle charpente. Mûre pour un ravalement. Somerville comptait une foule de parcs et d'arbres centenaires, et dans la partie qui longeait Medford, près de l'université à proximité de Tufts, des cafés universitaires pleins de charme pullulaient. N'empêche que, partout où on avait des étudiants, les malfrats rappliquaient et vaquaient à leurs affaires.

McCain prit les jumelles. Pas un mouvement dans la maison. La petite amie de Fritt occupait la chambre du haut, le premier tuyau fiable obtenu par la police depuis que Perciville lui avait envoyé l'avis de recherche. Mais rien ne s'était bien goupillé.

Encore cinquante minutes à tenir.

Soudain, il se rendit compte qu'il se sentait seul. S'emparant de son portable, il composa AutoDial 3. Elle répondit à la deuxième sonnerie.

– Salut, dit-il.

– Salut, lui renvoya Dorothy. Du nouveau ?

– Rien.

– Pas le moindre mouvement ?

– Aussi noir qu'un téton de sorcière.

Silence radio. Puis :

– Précise.

– Très noir, répondit McCain.

– Tu crois qu'il a filé ?

– Possible. Moyennant quoi, je pense qu'on devrait s'inquiéter de la fille. D'accord, c'est une demeurée, une andouille d'étudiante déboussolée par ce psychopathe, mais elle ne mérite pas de mourir pour autant.

– Trop aimable de le reconnaître. On l'a vue au cours aujourd'hui ?

– Aucune idée. Je vérifie et je te rappelle. Sincèrement, j'espère qu'elle n'a pas filé avec lui.

– Comme tu dis. Ça sentirait mauvais. Tu en as encore pour combien de temps ?

– Juste là… (il plissa les paupières pour lire les chiffres de sa montre lumineuse) quarante-cinq minutes. Tu me relèves ?

– Feldspar s'en charge.

– Hein ? s'étrangla McCain. Pourquoi lui ?

– Pour la bonne raison que Marcus a un match ce soir et que Feldspar était le suivant sur la liste.

– Écoute, Dorothy, j'ai mal à la tête, j'ai mal au dos et je ne sens plus mes jambes. Arrête de râler après moi.

– C'est toi qui râles. Je répondais juste à ta question.

Silence.

– Amuse-toi bien, dit enfin McCain. Je te rappellerai…

– Arrête !

– Arrêter quoi ?

– D'avoir des états d'âme. Comme chaque fois que Grace te laisse seul.

– Je peux me débrouiller, merci beaucoup.

– Je n'ai jamais dit le contraire.

– Salut, Dorothy.

– Si tu m'accompagnais au match ?

Il réfléchit à la proposition.

– Laisse tomber. Tu passerais ton temps à me répéter que je ne suis pas marrant.

– Tu ne l'es jamais. Viens quand même.

– J'ai entendu dire qu'il ne restait plus une place.

– J'ai mes entrées.

Il ne répondit pas.

– Allez, Micky ! Ils en sont à douze à un, c'est du tout cuit pour la NCAA régionale, et avec Julius ils visent même plus haut. Tu devrais les voir quand ils sont en pleine action. C'est comme un ballet !

– Je hais la danse.

– C'est pour ça que j'ai dit « comme ». Cesse de te morfondre. Tu te sentiras mieux si tu sors de chez toi.

McCain garda le silence.

– Comme tu veux, Micky.

– Quelle heure ?

– Huit heures.

Il regarda de nouveau sa montre.

– Ça va faire vraiment juste pour moi.

– Tu n'es pas si loin de Boston Ferris. Même si tu ne le mérites pas, je laisserai une entrée pour toi à l'accueil.

– Comment ça, je ne le mérite pas ?

– Pas besoin d'expliquer.

Elle raccrocha.

McCain coupa la communication de son côté et jeta le portable sur le siège du passager. Et reprit les jumelles.

Toujours rien.

Feldspar aurait peut-être plus de chance.

Même s'il refusait de l'admettre, il se sentait mieux.

C'était bon d'être désiré.

3

Boston Ferris College avait été fondé cinquante ans auparavant, mais son campus l'avait précédé d'un siècle. L'université respectait la forêt où elle se nichait ; pénétré des valeurs conservatrices de la Nouvelle-Angleterre, son architecte avait épargné un environnement sylvestre auquel il avait fallu plus de siècles encore pour prendre racine.

Les bâtiments en brique de style néo-géorgien étaient mis en valeur par des arbres immenses et des allées circulaires à pavés arrondis. Un grand étang naturel, maintenant gelé, définissait le centre du campus. À l'automne, on n'aurait pu rêver d'un endroit plus exquis pour s'asseoir sur un banc à l'ombre d'un orme frémissant et jeter du pain aux canards. Mais en hiver, surtout à la nuit tombée, quand le gel avait verglacé les sentiers, la neige recouvrait l'ondoiement des pelouses et un vent pénétrant cinglait les arbres et les passages couverts.

Ce soir-là, le foutu campus était plus polaire qu'un frigo d'abattoir.

Le temps d'arriver, McCain ne trouva aucune place de stationnement aux abords du stade, et il dut slalomer ensuite dans l'obscurité, en espérant avoir les fesses assez rembourrées pour réchapper à une de ces chutes qui vous envoient au tapis avec la violence d'un direct en pleine figure. Il avançait péniblement, se sentait la grâce d'un canard et maudissait le froid et sa vie. Et Dorothy qui l'avait attiré dans ce traquenard.

Enfin, pas vraiment. Il était venu de son plein gré car la maison manquait de gaieté et qu'il en avait assez de tuer le temps à zapper sur le câble en sous-vêtements dans une chambre surchauffée.

Le stade apparut dans son champ de vision. Scintillant de guirlandes de Noël, lui faisant de l'œil telle une balise réconfortante. Il gagna l'entrée, prit son billet à l'accueil, alla au distributeur et acheta de quoi restaurer tout le monde. L'horloge du tableau d'affichage indiquait qu'on en était à dix minutes de jeu dans la première mi-temps. Les Pirates de Boston Ferris rencontraient les Seahawks [1] de Ducaine, et ils menaient déjà avec un score à deux chiffres. Une rumeur électrique montait de la foule. La mélodie fiévreuse qui accompagne une équipe en passe de gagner.

En descendant la travée du côté de la zone d'attaque avec un plateau en carton gris chargé de cafés, boissons non alcoolisées et hot dogs, il retira toutes les malédictions dont il avait accablé Dorothy. Les doigts maintenant dégelés, il ne regrettait pas d'être venu. C'était du basket universitaire, mais on s'arrachait les entrées aux matches de Boston Ferris. Il avait besoin de décompresser, ne fût-ce que quelques heures. Il avait régulièrement du bleu à l'âme quand Grace partait. Même s'il avait donné quelques coups de canif dans le contrat, sa petite famille comptait énormément pour lui. Si on se fout des siens, à quoi bon se lever le matin ?

Les Pirates jouaient avec leurs remplaçants. Donnant à Julius Van Beest – deux mètres dix, l'avant vedette de l'équipe – l'occasion de souffler. La Bête ne trahissait aucune nervosité, profitant de ce qu'il était assis pour éponger son visage dégoulinant de sueur avec une serviette. McCain vérifia le tableau d'affichage électronique tout en descendant les gradins. Dix minutes de jeu

1. Les Aigles de mer.

et Van Beest comptait déjà douze points et six rebonds à son actif. Seulement une passe décisive, mais c'était plus que Van Beest n'en obtenait d'ordinaire dans un match. Pas que ce jeune homme aurait été du genre à monopoliser le jeu… Sauf que si, c'était ce qu'il faisait. Mais qui s'en souciait ? Il assurait la plus grande partie des attaques.

Marcus Breton était sur le terrain et remontait la balle dans le camp adverse au moment précis où McCain rejoignait sa place – sixième rangée au milieu. Dorothy remarqua à peine sa présence tant elle concentrait son attention sur son fils. Il lui tendit un hot dog. Elle le prit et le tint dans sa main mais sans l'entamer, les yeux fixés sur le terrain.

Marcus dribbla sur place un moment, puis avança vers le panier. Comme il amorçait le tir déposé, il fut contré et réagit en pivotant de quatre-vingt-dix degrés et en faisant une passe dans le dos du centre, qui smasha dans le panier. Les spectateurs rugirent, mais personne aussi fort que Dorothy. Elle applaudit avec violence et se rendit compte alors qu'elle tenait un hot dog dans sa main. Sa Francfort s'envola de son petit pain et alla percuter le siège devant elle.

Dorothy éclata de rire.

– Tu as vu ça ! Non mais, tu as vu !!!

Elle asséna à McCain un coup dans le dos qui le plia en deux. Encore heureux qu'il avait rangé le plateau de victuailles sous son siège. Sinon, elle l'aurait entendu.

– Oui, j'ai vu, répondit-il. (Il avisa le voisin de gauche de Dorothy. Un inconnu.) Où est Spencer ?

Toute joie disparut du visage de Dorothy.

– Consigné à la maison. Voilà où il est.

McCain en resta sans voix. Le fils cadet de Dorothy adorait le basket, et il tenait son frère pour une idole. Pour que Dorothy lui ait infligé une sanction si radicale, il fallait que l'affaire soit grave.

– Qu'est-ce qu'il a fait ?

– Je te le dirai à la mi-temps. (Elle se mit à scander :) Dé-fense !… Dé-fense !… Dé-fense !

Marcus gardait maintenant à distance un joueur à qui il rendait bien dix centimètres. Ce qui lui manquait en taille, le garçon le compensait en rapidité. Il bloquait son adversaire avec l'obstination d'un moucheron, l'obligeant à faire une passe. Le centre des Seahawks récupéra le ballon, prit son élan pour un tir déposé, le rata, mais fut victime d'une faute ce faisant. Il procéda au premier des trois lancers francs, sur quoi le signal retentit et on changea deux joueurs. Marcus sortit et le nouvel arrière, un certain B.G., un jeune de dix-neuf ans au pied aérien, rentra sur le terrain. Mais son retour passa inaperçu. Dès que Julius quitta le banc, le volume de décibels doubla. Il s'avança vers le terrain d'un pas conquérant et prit position sur le côté de la raquette. La simple présence de Van Beest perturba le tireur. Le centre de l'équipe adverse rata le second tir, sur quoi Julius récupéra le rebond.

Il y eut un coup de sifflet. Temps mort, avantage aux Pirates.

Dorothy se laissa aller en arrière, butant contre le siège rigide du stade.

– Ça bouge là-bas ?

Elle faisait allusion à la planque. Venant d'une autre que Dorothy, la question eût été irritante. Cette femme était la reine du compartimentage. Elle appelait ça «multitasker», la dernière rengaine de l'heure. Du coup McCain se demanda pourquoi les jeunes de notre époque prenaient des substantifs comme *multiple* et *task* et en faisaient des verbes.

– Aucun mouvement, lui répondit McCain. Feldspar a promis d'appeler si quelqu'un se montrait, mais à mon humble avis le gars a filé.

– Et la fille ?

– Rien.

– Les parents ?

McCain sortit son poignet de sa manche, révélant une Timex de quinze ans d'âge.

– Il y a vingt-six minutes très exactement, ils n'avaient toujours aucune nouvelle d'elle. Bon, alors ? Spencer ?

– Je ne t'ai pas parlé de la mi-temps ?

– Je pensais que tu pourrais me faire un résumé.

– C'est compliqué, Micky.

Il haussa les sourcils.

Le jeu reprit.

À la mi-temps, l'équipe locale avait assuré et menait de douze points. Alors que les Pirates quittaient le terrain, Dorothy hurla ses félicitations à Marcus, qui eut la bonté d'adresser un geste de la main en direction de sa mère.

– Pourquoi lui infliger ça ? lui demanda McCain en lui tendant une autre Francfort.

– Ça, quoi ?

Elle entama gaillardement son hot-dog.

– Lui crier des choses… Il ne sait plus où se mettre.

– Pas du tout !

– Si.

– Non.

Elle lui lança un regard noir.

– Je peux savourer mon hot-dog, oui ?

– C'est quoi le problème avec Spencer ?

– Tu peux quand même me laisser une minute en paix avant de me bombarder de questions déplaisantes !

– C'est toi qui as abordé le sujet.

– Pas du tout. Je t'ai juste dit. Toi tu me parles de choses désagréables.

– Moi aussi je t'adore, Dorothy.

Elle lui tapota le genou.

– Que vas-tu faire du dernier hot-dog qui était visiblement destiné à Spencer ?

– Tu le veux ?

– On partage ?

– Non, tu partages, dit McCain. Je ne tiens pas à me mettre de la moutarde et de l'oignon plein les mains.

D'un geste vif et précis, Dorothy rompit le hot-dog et lécha la moutarde et les condiments qui s'accrochaient à ses doigts. Elle donna à McCain la moitié qui lui revenait et mordit dans la sienne.

– Il avait une arme, Micky.

McCain, qui s'apprêtait à entamer son hot-dog, s'arrêta net.

– Qu'est-ce que tu racontes ?

– Spencer. (Nouvelle bouchée.) J'ai trouvé une arme dans son sac à dos.

– Ouh là… embêtant.

Le visage de Dorothy passa du marron acajou au noir ébène.

– Je n'ai jamais été aussi folle de rage de ma vie !

– Tu étais rudement en colère quand Gus Connelly t'a mordu la main.

– Pas autant.

– Comment l'as-tu découvert ?

– En nettoyant ses affaires. (Elle se tourna pour lui faire face, de la moutarde au coin de la bouche.) Il avait un déjeuner vieux de quatre jours qui puait comme le cul du diable. Je l'ai sorti, et c'est là que je l'ai vue. (Elle hocha la tête avec découragement.) Micky, j'étais tellement hors de moi que… tellement… déçue !

– Tu lui as demandé ce qu'elle faisait là ?

– Cette question !

– Il t'a répondu quoi ?

– L'explication vaseuse qu'ils te donnent tous. « On vit dans un monde dangereux. On a besoin de se protéger. » Je me suis retenue de le gifler. Après toutes les discussions que nous avons eues sur les armes à feu, toutes les mises en garde, toutes les photos de la morgue ! Mais qu'est-ce qui ne va pas chez ce garçon ?

– Il se sera senti menacé.

– Il aurait dû m'en parler !

– Peut-être qu'un jeune d'un bon mètre quatre-vingts a honte de se plaindre à sa maman-flic.

Elle vit rouge.

– Tu joues à quoi ? Au connard de psy ?

Il haussa les épaules et mordit une autre bouchée.

– Qu'est-ce que tu as fait de l'arme ?

Je l'ai à la maison.

– Tu vas faire une recherche au NCIC[1] ?

– Probable. (Elle haussa les épaules.) À tout hasard. Il ne veut même pas me dire comment il se l'est procurée. C'est ça qui me rend furieuse.

– Tu veux que ton fils soit une balance ?

De nouveau, elle le fusilla du regard.

– Rends-toi utile et va me chercher un autre café.

– Bien, m'dame !

Elle le regarda s'éloigner. Nouée par l'appréhension, elle téléphona chez elle. Et fut aussitôt soulagée : Spencer décrocha à la deuxième sonnerie. Elle l'avait mis aux arrêts, il n'avait pas bougé. Bon début.

C'est moi.

Silence à l'autre bout du fil.

– Qu'est-ce que tu fais ?

– Je regarde le match.

– Tout seul ?

– Oui, tout seul. Tu as dit pas de copains. Tu fais quoi, m'man ? Tu me surveilles ?

Oui, c'était exactement ça. Elle perçut l'accusation implicite : Tu ne me fais pas confiance.

– Écoute, si un de tes copains veut venir le voir avec toi, je suis d'accord.

Silence. Puis :

1. *National Crime Information Center*, fichier des recherches criminelles.

– Qu'est-ce qui se passe, m'man ? Tu te sens coupable ou quoi ?

– Je n'ai pas à me sentir coupable, Spencer Martin Breton. Je fais juste preuve d'un peu de souplesse. Tu le regrettes ?

– Non, non, pas du tout. (Un temps.) Merci, m'man. Je sais que Rashid est chez Richie à regarder le match. Est-ce qu'ils peuvent venir tous les deux ? Je te promets qu'on ne mettra pas la pagaille et que sinon on rangera.

– Ma foi, je pense que…

– Merci, m'man ! Tu es super !

– Il y a un sachet de bretzels et des chips dans le placard, et aussi des sodas. Mais pas de bière, Spencer. Je ne plaisante pas.

– Je n'aime pas la bière.

Comment le sait-il ?

– Mais il va falloir qu'on parle, tu sais.

– D'accord, d'accord. Je peux les appeler avant que ce soit la fin de la mi-temps ?

– Pas de…

– Au revoir !

Il raccrocha sans lui laisser le temps de répondre. McCain regagna sa place et lui tendit un café et un autre hot dog.

– Tout va bien ?

– Mmm… Pourquoi ?

– Ton expression… entre la colère et le remords.

Elle leva les yeux au ciel.

– C'est toi qui m'as donné mauvaise conscience. Je lui ai dit qu'il pouvait inviter deux copains pour regarder le match. (Elle avala à petites gorgées le liquide brûlant.) Tu crois que j'ai eu raison ?

– Absolument. Encore que ça ne change rien. Quoi que tu fasses, on te le reprochera.

– C'est vrai. (Elle réfléchit un instant.) Franchement,

ça me terrifie… que Spencer ait une arme. Je suis vraiment… Je suis inquiète, Micky.

McCain posa le plateau par terre et mit le bras autour
des épaules de sa collègue.

– Tu vas t'en sortir, ma douce.

Elle posa la tête sur son épaule.

– Il y a tellement de saloperies autour de nous, Micky.
J'essaie de me dire que ce que nous voyons n'est pas la
vraie vie… Mais avec ce qui se passe dans les établissements scolaires, même privés, ça devient de plus en
plus dur.

– Un peu d'objectivité, Dorothy, lui renvoya-t-il d'un
ton apaisant. Prends Marcus ! Pour lui, la fac de droit,
c'est dans la poche, et probablement avec une bourse
intégrale.

– Spencer n'est pas Marcus. Il n'est pas porté sur les
études comme lui, et faire des étincelles au basket ne
suffit pas.

– Mais c'est assez pour qu'il entre à l'université.

Elle se redressa.

– S'il ne s'investit pas dans ses études, ça ne servira
à rien.

– Chaque chose en son temps, ma belle. (Le signal
retentit, signalant la fin de la mi-temps.) Permets-moi
une suggestion : on ne pense ni au boulot, ni aux mômes,
ni au mariage et on prend du bon temps à regarder le
match ?

– Mmm… c'est toute la vertu du sport. On peut faire
comme s'il était important de gagner, mais, en réalité,
c'est du vent.

– Si c'est pas la vérité vraie ! lui renvoya McCain.

Le camp adverse mit le ballon en jeu et rata le premier
lancer.

Julius fut aussitôt sur le rebond et partit en dribbles en
direction du panier adverse. Les Seahawks assurèrent
leurs positions, jouant la zone plutôt que le un contre

un. Julius fut pris en sandwich entre deux adversaires dès qu'il eut le ballon et le lança vers le périmètre. B.G. tenta un tir de loin, le manqua, sur quoi Julius revint à la charge avec un rebond offensif.

Et se détendit pour le tir.

Aussitôt intercepté par le bras du centre adverse qu'il prit en pleine poitrine. Son corps fut projeté en arrière, et il frappa le parquet la tête la première ; son crâne cogna le bois avec un bruit mat et retentissant. Une exclamation étouffée jaillit de la foule. Puis un silence de mort tomba, tandis que le coach, l'entraîneur et les membres de l'équipe se ruaient vers le parquet et entouraient le corps inanimé de Van Beest. Pendant quelques minutes, le temps s'étira, à croire que l'horloge s'était arrêtée.

– Bon sang, qu'est-ce qui lui a pris ? marmonna McCain à mi-voix. Il se croit dans une bagarre d'ivrognes ou quoi !

– Et on te dit que le basket n'est pas un sport de contact, renchérit Dorothy. Quels idiots, ces gamins !

– Les coachs, oui ! Je te parie que celui de Ducaine lui a dit : «Je me fous de ce que tu fais, mais tu me le plaques. »

– S'il a vraiment dit ça, il doit être viré, s'écria Dorothy, hors d'elle. Mis en examen.

– Tout à fait d'accord. (McCain scruta le parquet.) J'ai l'impression qu'il bouge le pied. Je parle de Julius.

Dorothy se tordit le cou et leva les yeux vers l'écran géant.

– Oui… Ils lui parlent.

– Alors il est conscient ?

– Mmm… je crois que oui. Dieu merci !

Deux types arrivaient avec une civière, mais le coach de Boston Ferris les écarta d'un geste vif. Lentement, Julius s'assit et salua de la main.

La foule des spectateurs se déchaîna dans une ovation assourdissante.

Deux entraîneurs des Pirates aidèrent Julius à se remettre debout. Visiblement sonné, Van Beest passa un bras autour du cou d'un des deux hommes et amorça son départ. Si Van Beest était incapable de tenter ses lancers francs, il faudrait se passer de lui pour tout le match.

Au bout d'une ou deux minutes, Van Beest parvint à marcher jusqu'au couloir sans l'aide de personne. Secouant plusieurs fois la tête, ayant du mal à accommoder, il semblait déstabilisé et peinait à retrouver son souffle.

Il manqua le premier lancer, mais réussit le deuxième. Même dans cet état, il arrivait à vous faire une balle qui touchait le filet ! Hallucinant, pensa McCain. Un don pareil ne s'expliquait que par la main de Dieu.

Comme il y avait eu une faute flagrante, les Pirates restèrent en possession du ballon. Une interruption de jeu fut aussitôt demandée et on effectua les changements. Julius eut droit à une salve d'applaudissements tandis qu'on le conduisait au vestiaire. Marcus revint sur le terrain.

La star des Pirates resta absente plus de dix minutes du temps de jeu, ce qui permit à Ducaine de renaître de ses cendres et de réduire la marque à un seul panier. Mais alors – tout droit venu d'Hollywood – Julius remonta la rampe en petite foulée et tenue d'échauffement. Avec un détachement appuyé, il dégrafa son survêtement et, sans même un regard au coach, s'assit devant la table de l'arbitre et attendit que la corne annonce sa présence.

Une minute après, il était de retour sur le terrain, le visage ciselé comme au burin par la détermination et la concentration. Il effectua son premier essai – un tir de cinq mètres depuis le périmètre – montrant à tout le monde que ses mains et ses yeux fonctionnaient en parfaite synchronisation. À l'autre extrémité du terrain, il cueillit un rebond défensif, le mena lui-même au bout du terrain et fit un nouveau dunk.

Julius était en colère.

Turbocompressé.

Impossible à intercepter.

Au bout du compte, les Pirates inscrivirent un record contre Ducaine, gagnant par vingt-quatre points.

4

Pour empêcher ses orteils de geler, McCain sautait sur place en attendant avec Dorothy à l'extérieur du stade. Elle ne serait jamais partie sans dire au revoir à son rejeton. Les membres du service d'ordre les avaient éjectés du bâtiment et ils attendaient l'équipe dans le froid mordant de la nuit. Selon toute apparence, le coach avait été pris d'un sérieux accès de logorrhée d'après-match. Ils faisaient le pied de grue au milieu d'un échantillon d'admirateurs, amis et parents, auxquels se mêlaient les inconditionnels d'entre deux âges qui vivaient la victoire par équipe interposée.

Des paumés, oui.

La déprime frappa McCain, aussi aiguë qu'un coup de poignard. Il l'écarta, se protégeant la figure dans ses mains gantées et exhalant une bouffée d'haleine tiède qui remonta paresseusement jusqu'à son nez glacé.

– Je ne sais pas si je vais tenir encore longtemps, Dorothy, dit-il.

– Eh bien, va-t'en.

– Pas avant que tu te décides à rentrer.

Elle se tourna vers lui.

– Ce n'est pas moi qui gèle.

– Il n'a même pas envie de te voir là, Dorothy.

Elle lui lança un regard furieux.

– Ah bon ? Dixit ?

– Moi, un mâle dont les souvenirs remontent assez

loin pour savoir que les jeunes ne tiennent pas à la présence de leurs mères.

Une porte de service s'ouvrit et les membres de l'équipe commencèrent à sortir un à un. Les acclamations fusèrent aussitôt. Il y eut des accolades et embrassades générales. Marcus vint vers sa mère, et Dorothy, subtile comme toujours, noua ses mains derrière le cou de son fils et le serra à s'en faire craquer les jointures. Il condescendit à lui expédier deux tapes dans le dos, puis s'écarta.

– Salut, Micky ! (Marcus était tout sourire.) Merci d'être venu.

– Tu as fait quelques belles passes, ce soir, Marcus.

– Ma foi, c'était un bon match.

– Si nous fêtions ça autour d'un cheese-cake au Finale's ? proposa Dorothy.

Marcus sourit. Voilé, le sourire.

– À vrai dire, m'man, je vais prendre un pot avec les copains.

Dorothy plissa les paupières.

– Où ça ?

– Où ça ?

– Oui. Où ?

– M'man, j'ai vingt et un ans !

– Je sais quel âge tu as. C'est moi qui t'ai mis au monde, tu te rappelles ?

– On ne va pas discuter, m'man…

– Tu ne m'interromps pas.

Marcus resta stoïque, mais il avait le visage tendu.

– On va faire une boîte ou deux, c'est tout. (Il l'embrassa sur la joue.) Rentre à la maison. Ne m'attends pas pour te coucher.

Il s'éloigna d'un pas bondissant et rejoignit son équipe, échangeant des bourrades et des saluts vainqueurs avec ses copains. Julius s'approcha de Marcus et lui saisit la tête, labourant de ses phalanges l'épaisse tignasse du garçon.

Dorothy pinça les lèvres, cherchant à cacher sa déception. McCain lui passa un bras autour des épaules.

– Pourquoi on n'irait pas tous les deux au Finale's ?

Elle ne répondit pas.

– Dorothy ?

– Oui, oui, je suis là. Je crois que je suis un peu fatiguée. Et j'ai cette histoire à régler avec Spencer. Il faut que je rentre. (Elle se détourna.) Merci quand même.

– Ne m'arrache pas la tête, Dorothy, mais je pense que… Si tu me laissais parler à Spencer ? C'est juste une suggestion, d'accord ? Et réfléchis une seconde avant de dire non.

Elle soupesa la proposition.

– D'accord.

– « D'accord » ? répéta McCain, sidéré.

– Je ne suis pas dans les dispositions voulues pour le faire, Micky. Je suis assez maligne pour le savoir.

– Très bien. (Il sortit un chewing-gum à la nicotine et le fourra dans sa bouche.) Je te retrouve chez toi.

– Merci, Mick. Tu es vraiment un ami.

Elle se pencha vers lui et lui embrassa le sommet du crâne. Elle avait trois centimètres et dix kilos de plus que lui. Les jours de grande forme, elle le battait au bras de fer. C'était une femme solide, et intelligente. Elle ignorait la peur et pouvait en imposer à n'importe qui, du gros bonnet qui la ramenait au criminel le plus endurci. Une femme qu'on écoutait… sauf, bien sûr, ses propres enfants.

Non que Spencer se serait montré revêche ou insolent. Pas une fois il ne l'interrompit ni même ne leva les yeux au ciel – mimique légendaire de Micky Junior. Il hocha la tête aux moments voulus et afficha le sérieux qui s'imposait. Mais McCain ne se faisait pas d'illusion : le message ne passait pas. Spencer trimbalait une arme avec lui parce qu'il se sentait en danger, même si les statistiques prouvaient que le gamin risquait plus de se blesser lui-même ou de tirer sur un passant inoffensif que de recevoir la balle d'un truand lui fourrant son arme sous le nez.

– Tu dois bien savoir ce que tu fais, Spence, dit McCain. Sinon tu paniques et l'autre est brusquement en possession d'une arme à utiliser contre toi.

Hochement de tête.

– Tu ne te pardonnerais jamais d'avoir tué quelqu'un accidentellement… ni même volontairement. Ôter la vie à autrui, même si c'est justifié, on ne s'en remet jamais. Tu ne veux pas qu'un poids pareil pèse sur toi. Alors pourquoi courir le risque ?

Silence.

Ils étaient assis à la table du coin-repas, le sapin de Noël maigrichon des Breton niché dans un angle du séjour de dimension modeste. Les guirlandes ajoutaient un peu de gaieté à une conversation passablement grave.

En arrivant, Dorothy avait fait une cafetière de décaféiné. McCain venait de la vider tandis que le garçon faisait durer son unique boîte de Coca. Dorothy s'était enfermée dans sa chambre, mais restait sûrement aux aguets, une oreille contre la porte.

Le garçon se décida enfin à parler, d'une voix assourdie mais neutre.

– Vous avez déjà tué quelqu'un, Mickey ?

McCain hésita, puis hocha la tête.

– Deux fois. Et ça n'a pas été plus facile la deuxième fois que la première.

Spencer hocha la tête.

– Et vous avez eu du mal à encaisser, c'est ça ?

– Mal n'est pas le mot. Plutôt une vraie torture.

– Mais tous les matins vous vous levez et vous partez travailler avec un pistolet dans votre étui, en sachant que ça pourrait se reproduire. Pourquoi ?

– Pourquoi ? (McCain lâcha un petit rire.) Ça fait partie de mon boulot, Spencer. Je veille au bien public. Je suis tenu d'être armé. Franchement, je m'en passerais volontiers. Pour ce que je fais. Un policier en tenue, c'est différent… Sans arme… pchiiiit ! Cela pourrait vraiment mal tourner, et inutile de parler, je sais ce que tu penses. Je ne prétends pas que les établissements publics soient de tout repos, Spence. Je comprends ton attitude. Mais il faut peser les avantages et les inconvénients. Et les inconvénients sont bien pires quand on a une arme.

– Allez donc parler des inconvénients à Frankie Goshad et à Derek Trick ! Sauf qu'à six pieds sous terre, ils ne risquent pas de vous entendre.

– C'étaient des copains ?

– Derek plus que Frankie, mais là n'est pas l'important. Ils n'avaient rien fait, ils s'occupaient de leurs affaires sans rien demander à personne, et des racailles rappliquent en bagnole et se mettent à les traiter de tous les noms en agitant un automatique. La minute d'après, ils étaient morts. S'ils avaient été armés, ils auraient pu se défendre.

– Pas forcément.

– Alors ils seraient morts comme des hommes au lieu de se faire exploser comme des bonus de jeu vidéo !

– Ou ils auraient pu atteindre un gamin ou quelqu'un d'innocent avant de se faire descendre. (McCain changea de position sur son siège.) Dis-toi une chose, Spence : même si tu cherches une bonne raison, c'est illégal. Et non seulement tu cours un risque, mais tu en fais courir à ta mère.

Les yeux du garçon fixèrent le plafond. La sonnerie du téléphone lui évita d'avoir à répondre. Il haussa les sourcils et l'étonnement s'inscrivit sur son visage.

– Un copain à toi ? lui demanda McCain.

– Non, j'ai mon portable.

L'adolescent se leva sans hâte excessive et décrocha.

– Ouais ? (Ses yeux endormis s'écarquillèrent brusquement.) Qu'est-ce qui se passe ? Ça va ?

Des hurlements de sirènes parvinrent aux oreilles de McCain, puis une voix masculine qui hurlait : « Va chercher maman tout de suite ! » Il prit le combiné des mains de Spencer.

– Marcus, ici Micky. Qu'est-ce qui se passe ?

– C'est l'horreur, Mick !

– Qu'est-il arrivé ? Tu vas bien ?

– Moi oui, mais c'est l'horreur ! Il y a eu des coups de feu…

– Oh mon Dieu !

– Tout le monde hurle et pleure ! Il y a du sang partout ! Les flics ont bouclé les portes.

– Où es-tu, Marcus ?

Le cœur de McCain courait un steeple-chase.

– Dans une boîte du centre-ville.

– Où exactement ?

– Dans Landsdowne.

– L'Avalon ?

– Non, une nouvelle boîte… un nom avec Génie… Une seconde… J'y suis, le Génie du Pharaon. À deux rues de l'Avalon.

– Je prends ta mère, on arrive. Tu jures que tu ne me caches rien ? Tu n'as rien, vraiment ?

– Rien, je suis entier, Micky. Mais c'est affreux. Julius est mort.

5

Un ciel d'encre, une visibilité réduite et des chaussées verglacées s'alliaient pour ralentir le trajet et le rendre dangereux. Seule compensation : l'absence presque totale de circulation à cette heure tardive. McCain conduisait car il n'avait pas voulu laisser le volant à Dorothy. Même dans ses mains assurées, la voiture cahotait et dérapait dans des rues qui s'arrêtaient net et des allées et déviations de fortune.

Le centre-ville de Boston était une seule et même déviation gigantesque et hallucinante, due à l'obligeance du Big Dig[1], plus connu sous le nom de Big Boondoggle[2]. Les travaux s'éternisaient depuis des dizaines d'années, des dizaines de millions en dépassement de budget continuaient à être injectés dans le programme, et les heures de pointe se traduisaient toujours par des embouteillages monstrueux. On avait ouvert plusieurs grandes artères, mais il avait échappé aux urbanistes que la ville et sa banlieue se développeraient à un rythme qu'ils ne pourraient soutenir. Une vraie gabegie. D'aucuns faisaient leur beurre. Pas lui, comme toujours.

Sa coéquipière depuis huit ans occupait le siège du passager, raide, la mâchoire crispée. Elle était emmitouflée dans un manteau, des gants et une écharpe ; sur son

1. Grands Travaux Urbains.
2. Grands Travaux Bidons.

47

front perlaient de minuscules gouttes de sueur car il avait monté le chauffage au maximum. McCain pensa d'abord lui faire la conversation, mais écarta l'idée. Pour lui dire quoi, d'ailleurs ? N'ayant rien pour se distraire l'esprit, il commença à imaginer ce qui les attendait.

Marcus ne s'était pas répandu en détails : des coups de feu à la suite d'une vive altercation. Une fille qui aurait dansé avec le garçon qu'il ne fallait pas, mais il y avait quelque chose d'autre qui couvait. Des membres de l'équipe de basket de Ducaine avaient échangé des propos agressifs avec deux Pirates. Peut-être les tirs visaient-ils Julius, à moins que Van Beest ait juste été pris entre deux feux, cette fois sa taille jouant contre lui. À la connaissance de Marcus, Julius était la seule victime, mais il y avait des blessés.

– Je me demande qui a pris l'appel, dit Dorothy. (Perdu dans ses pensées, McCain sursauta au son de sa voix.) Je t'ai fait peur ? Excuse-moi.

– Non, non, je suis juste un peu déphasé. Oui, je pensais à la même chose. Sans doute Wilde et Gomes.

– Probable.

– Ils sont bons.

– Oui, ils sont bons. (Elle resta silencieuse un bon moment.) Pas trop jaloux de leur territoire.

– N'y songe même pas, Dorothy. Tu es trop proche de l'affaire pour la récupérer.

– Ce n'est pas mon gamin, Micky. En plus, j'ai un atout. Je connais Ellen Van Beest. Pas intimement, mais plus qu'eux.

– Ce qui peut jouer contre toi.

Elle ne tint pas compte de son objection.

– Tu crois que Julius était visé ?

– Va savoir.

– Bizarre qu'il soit le seul à avoir été tué.

– Marcus n'a pas tous les éléments. Il y a peut-être d'autres victimes.

– Seigneur, j'espère que non.

McCain prit trop vite un virage et la voiture se déporta sur la chaussée gelée.

– Ouh là ! Désolé !

Dorothy abaissa le volet du chauffage.

– Je ne sais pas, Micky. J'attends toujours que ça devienne plus facile d'être des parents. Autant attendre Godot.

– Qui ça ?

– Laisse tomber.

La voiture devint silencieuse, à part la ventilation régulière de l'air chaud expulsé par le moteur de la Honda.

Le Génie du Pharaon se trouvait dans Lansdowne Avenue, à presque deux rues des grilles de fer peintes en vert qui ceinturaient Fenway Park, non loin de Gold's Gym. Une large artère pour Boston, bordée de vieux bâtiments industriels en brique et d'entrepôts, dont certains avaient été rénovés et convertis en clubs et en bars. McCain ne réussit pas à s'approcher. Des voitures pie et banalisées, des ambulances et des véhicules de la police technique et scientifique bloquaient tout le pâté de maisons. La violente lumière blanche des projecteurs éclipsait les illuminations de Noël. De l'autre côté du cordon de sécurité, des badauds allaient et venaient, se frottant les mains et tapant du pied pour se réchauffer. Résolus à geler sur place pour entrevoir le malheur d'autrui.

McCain se gara et tous deux descendirent de voiture et se frayèrent un chemin vers la scène. Dès qu'ils furent à portée d'oreille, deux policiers en tenue tentèrent de s'interposer. Le plus petit du duo, un jeune Irlandais poil de carotte nommé Grady, cligna des yeux plusieurs fois, puis reconnut Dorothy. Difficile de se méprendre sur son physique, même sous des épaisseurs de lainages.

– Toutes mes excuses, inspecteur Breton. Je ne m'étais

pas rendu compte que c'était vous. (Il s'écarta pour la laisser passer.) Où est votre voiture ?

Accent de la banlieue sud. Chuintant les « r ». Puis le type avisa McCain, et il reprit son regard de représentant de l'ordre.

Comme si je n'avais pas l'air d'un flic, pensa McCain. Il sortit sa plaque dorée d'officier en civil.

– Nous avons dû nous garer au diable. L'appel remonte à combien de temps ?

– Disons quarante minutes. (Grady sautilla sur place.) Quelqu'un à la brigade des pompiers devrait fermer ces établissements. Rien que des problèmes.

– Ils rouvriraient ailleurs. (Dorothy se propulsa vers l'avant.) Il faut que je trouve Marcus.

McCain la suivit.

Le club, un ancien entrepôt, avait des murs extérieurs badigeonnés en noir mat. On y accédait par une petite porte d'acier, qui transformait les lieux en vraie souricière en cas d'incendie. Dès qu'il eut posé le pied à l'intérieur, McCain reçut en pleine figure un air surchauffé qui empestait le sang frais et la poudre. Le chaos régnait, la police s'efforçant en vain de calmer des témoins horrifiés pendant que les urgentistes soignaient les blessés. Un jeune Noir était allongé à plat ventre sur le sol, les mains dans le dos et menottées, gardé par quatre policiers en tenue car le jeune en question n'avait rien d'un avorton.

Dorothy inspecta rapidement la salle et essaya de repérer Marcus, mais la foule était dense et la lumière plus que tamisée. À l'intérieur, les murs avaient été aussi peints en noir, agrémentés d'un Day-Glo violacé qui dispensait un éclat glauque. Une vraie maison de fous. Le long bar doublé de glaces qui occupait le mur de droite renvoyait quelques reflets, mais plus pour l'ambiance que par souci de clarté. La salle était bourrée de gens, de tables renversées et d'une quantité de sièges. Des sapins de Noël en aluminium de cinq mètres de haut encadraient l'estrade de l'orchestre, enguirlandés de lucioles clignotantes qui ajoutaient au sentiment d'irréalité. Certaines décorations compliquées s'étaient brisées en mille morceaux sur la piste de danse. Des aides-soignants avaient dégagé plusieurs espaces et s'occupaient des blessés et des personnes en état de choc.

Une mezzanine réservée aux VIP se projetait en arrondi au-dessus du niveau inférieur. Cet étage possédait ses propres bars et serveuses. Des banquettes et des causeuses tendues de velours pelucheux y remplaçaient les tabourets ou les fauteuils de metteur en scène. Les techniciens du labo déployaient une activité intense dans ce périmètre. Même de loin, McCain distingua un bras inerte qui pendait.

Il échangea un regard avec sa collègue. Les yeux de Dorothy se remplirent de larmes.

– Je ne sais pas si je suis prête. Monte, toi. Laisse-moi d'abord trouver Marcus.

– Bonne idée.

McCain lui serra l'épaule d'une main ferme, puis il gagna l'escalier. Le ruban jaune délimitant la scène de crime interdisait l'accès à l'ascenseur. Comme il approchait du point fatidique, son estomac commença à se rebeller. Le hot dog qu'il avait mangé au match lui découpait le ventre au laser. Bon, de quoi s'agissait-il ? Il joua des coudes jusqu'au moment où l'espace fut assez dégagé pour voir. Il avala sa salive pour s'empêcher de vomir.

Trois heures avant, le garçon jouait le match de sa vie. Maintenant le beau visage de Julius Van Beest était d'une couleur de cire et vidé de son âme.

Yeux éteints, bouche béante, filets de sang gouttant sur la tempe gauche. Trois points d'impact : la tête, le bras droit et l'épaule droite.

McCain sentit quelqu'un lui toucher le dos, sursauta et se retourna brusquement. Cory Wilde. Avec à la main un sac à scellés ; il semblait sur la défensive.

Une petite trentaine guettée par la calvitie, Wilde se signalait par un visage sans rien de remarquable, sinon des yeux vairons, l'un vert, l'autre marron. Du coup, il paraissait asymétrique.

– Qu'est-ce que tu fais là, Micky ?

– J'accompagne ma coéquipière. Son gamin est ici. Il lui a téléphoné.

– Oh merde ! C'est qui ?

– Marcus Breton, gardien de BF.

Geste négatif de la tête.

– Je suis resté en haut depuis que je suis arrivé.

– Que s'est-il passé ? demanda McCain.

Wilde loucha vers le corps.

– On a un tireur menotté en bas.

– J'ai vu. C'est parti de quoi ?

– Une dispute à propos du match. (Wilde se frotta le nez contre son épaule car il avait les mains gantées de latex.) Tu y étais ?

– Oui, avec Dorothy.

– Julius a pris un coup sur le terrain ?

– Une interception brutale. C'est le type qui a tiré ?

– J'ignore si c'est lui personnellement, je n'ai pas vu le match. Mais l'équipe paraît l'avoir continué ailleurs. Les injures ont volé. Ensuite, quand Julius s'est intéressé à une fille, il y a eu un accrochage. Les videurs sont intervenus. La partie adverse a quitté les lieux et la soirée a continué, calme et paisible, la-di-da. Jusqu'au moment où le type est revenu avec deux copains, et pan ! les balles ont commencé à gicler.

– Revenu pour s'expliquer avec Julius ?

– On dirait. À voir comme il est tombé… Viens par ici. (Wilde conduisit McCain jusqu'au corps. Il enfonça un auriculaire ganté dans l'impact allongé qui trouait l'épaule de Julius.) On suit sans problème la trajectoire de la balle vers le haut. D'accord, n'importe qui le visant à la tête aurait tiré vers le haut, vu la taille du gars. Mais là, l'angle est sacrément vertical. (Il retira son doigt.) Tu veux vérifier ?

– Je te crois sur parole.

– Les balles sont forcément venues d'en bas et ont été tirées vers le haut. Et ça ne cadre pas avec les déclarations des témoins.

McCain se plia en deux et renifla la blessure. Aucune odeur puissante de poudre ne filtrait des vêtements de l'homme – logique, vu la distance.

– Julius est la seule victime ?

– Jusqu'ici, oui. Les urgentistes ont évacué deux personnes qui semblent sérieusement touchées, mais ça discutait sur les civières… c'est bon signe.

McCain hocha la tête.

– Quel est le nom du joli cœur qui a abattu Julius ?

– Un basketteur dénommé Delveccio. Le type joue les durs et refuse de parler sans la présence de qui tu sais.

– « J'ai rien fait ».

– Alors qui ? dit Wilde. Les coups de feu ont déclenché une panique générale. Ce connard soutient qu'il était juste là, que quelqu'un d'autre a tiré, et qu'on l'a interpellé pour la seule raison qu'il est de Ducaine. (Wilde se rembrunit.) Nous l'avons fouillé, mais nous n'avons pas trouvé d'arme.

– Mais ailleurs ?

– Vous seriez pas inspecteur ? lui lança Wilde. Oui, et c'est bien le problème. On a trouvé des armes. « Des », au pluriel. Des tas. (Il hocha la tête.) À croire que tous les idiots présents en trimbalaient. On n'est pas sortis de l'auberge ! Des aveux simplifieraient nettement les choses.

McCain acquiesça. Il connaissait la procédure. Les inspecteurs allaient examiner une à une toutes les armes confisquées pour voir si l'une d'elles correspondait au numéro de port d'arme du détenteur – à supposer qu'on ne l'ait pas limé ou effacé à l'acide –, au numéro d'enregistrement de l'État et aux empreintes. Mais même, on demanderait au labo balistique de décharger chaque arme dans un bloc de plastiline pour relever les rayures du canon. Avec un peu de chance, un groupe de stries coïnciderait avec celles de la balle fatale. C'était un travail assommant, excédant.

– Je vous filerai un coup de main, si vous voulez.

– Ça ne serait pas du luxe. (Wilde leva le sac de scellés.) Je porte ces balles au labo dès que le légiste en aura terminé. Gomes a trouvé des enveloppes en bas, à l'endroit où nous pensons que le meurtrier a tiré. L'angle paraît correct, mais la balistique doit nous le confirmer. Où est le fils de Dorothy ?

– Avec les autres témoins.

– Je vais aller l'interroger.

– Si tu me laissais m'en charger, Cory ?

Wilde le dévisagea.

– Tu es un peu trop proche de l'affaire, Micky.

– Avec moi il sera plus bavard.

Wilde ricana. Réfléchit.

– Sans Dorothy, dit-il.

Il avait raison, mais il faudrait ruser pour éloigner la lionne de son lionceau.

– J'ai une idée, Wilde. Si tu portais les balles au labo balistique et piquais un petit roupillon, pendant que Dorothy attendrait le légiste ? Elle te ferait le topo demain matin.

– Ce n'est pas réglementaire, Micky. Qu'espère-t-elle obtenir ?

– Elle connaît la mère… Ellen Van Beest.

Wilde soupesa l'argument.

– Si je comprends bien, elle veut en être.

– Je fais juste une supposition éclairée sur ma coéquipière.

– Et toi ?

– Nous travaillons en équipe. Voilà ce que je te propose : je t'aide à trier et à comparer les armes. Plus vite tu transmettras les cartouches au labo, plus vite on saura quel type d'arme a été utilisé. Ça restreindra les recherches. En attendant, un bon somme ne te fera pas de mal. Tu as une mine de déterré.

Wilde lui lança un regard noir.

– Tu m'étonnes. Dis-lui de monter.

– Tu pourrais faire pire, l'assura McCain. Dorothy a un flair imparable pour reconstituer les scènes de crime.

– Sûr qu'un indice ne serait pas du luxe. C'est un vrai bordel. (Wilde hocha la tête.) Alors, elle ou toi, vous me tenez au courant de ce qu'aura dit le légiste ?

– Compte sur nous.

McCain contempla le corps inerte de Julius Van Beest.

Comme s'il avait besoin d'un toubib pour lui dire que le malheureux avait été mortellement touché.

6

Dorothy Breton passait difficilement inaperçue, mais il fallut plus de dix minutes à McCain pour la localiser. Des individus bien plus grands qu'elle dominaient la foule : les géants du basket universitaire. À côté d'eux, Dorothy semblait de taille moyenne. Elle n'en imposait pas moins le respect, et McCain se guida à sa voix.

Elle était assise au bar, une main sur le bras de Marcus. Un geste de réconfort, mais qui ne calmait guère le garçon. Son visage exprimait une souffrance à vif. Il s'énervait.

– Je n'arrête pas de te dire que je ne me rappelle pas, maman ! Pourquoi tu me reposes toujours la même question ?

– Parce que chaque fois que nous en parlons des choses te reviennent.

McCain se fraya un passage dans la cohue et prit un siège à côté de sa coéquipière.

– On te demande là-haut, dit-il à Dorothy. (Elle lui lança un regard étonné.) J'ai dit à Wilde que tu serais là quand le légiste se pointerait. Ils n'ont pas encore emballé les mains.

– Tu as observé des traces de poudre ?

– Impossible de voir avec cet éclairage, en tout cas je n'ai pas senti d'odeur. Mais il faut s'en assurer. Si les avocats invoquent la légitime défense et que personne n'a vérifié s'il y a de la poudre sur ses mains, nous aurons l'air d'idiots.

– Tu as trouvé une arme vide à côté de lui ?

– Non, mais quelques douilles traînaient dans le périmètre. Peut-être des vieilles, mais il va falloir qu'on vérifie tout.

– Donc, il se peut que Van Beest ait riposté… ou tiré le premier.

– C'est une possibilité. (McCain haussa les épaules.) En tout cas, Wilde vient de partir pour apporter les munitions à la balistique. Ça ressemble à un calibre .32.

– Combien ?

– Quatre, je crois.

– D'autres victimes dans ce périmètre, à part Julius ?

– Pas à ma connaissance, lui répondit McCain.

– Donc, c'est lui qui était visé.

– On nous a parlé d'une altercation entre Julius et un joueur de Ducaine. L'offenseur est parti, puis est revenu peu après et il cherchait la bagarre. Nous ne savons pas qui a tiré le premier ou si Julius a tiré. C'est pourquoi il faut qu'on protège les mains avant l'arrivée du légiste.

– Pourquoi ne pas le faire toi-même ? lui demanda Dorothy. Je suis occupée.

– Je te remplace.

Les yeux de Dorothy flambèrent de colère. McCain n'en tint pas compte.

– J'ai dit à Wilde que tu avais un flair imparable pour les scènes de crime. Il veut que tu montes jeter un coup d'œil.

– J'ai un flair imparable pour les embrouilles. On essaie de me mettre hors jeu.

McCain ne répondit pas. Dorothy se renfrogna et quitta son siège. En s'éloignant, elle se retourna et lança un coup d'œil à son fils.

– Je m'occuperai de toi tout à l'heure ! lui promit-elle.

– Mais bon Dieu ! s'écria Marcus quand elle eut

disparu. Qu'est-ce qu'elle attend de moi ? Je n'ai rien vu !

McCain posa une main apaisante sur l'épaule du garçon.

– Une mère qui se fait du mauvais sang.

– Putain, moi aussi je m'en fais ! (Le garçon hurlait.) Je l'aurais aidée si j'avais pu, mais je me suis couché par terre comme tout le monde quand on s'est mis à tirer ! (Il plissa les paupières avec une expression de défi.) Je peux y aller maintenant ?

– Accorde-moi cinq minutes.

Le garçon leva les yeux au ciel d'un air excédé.

– Allez, Marcus, fais-le pour moi. (McCain se leva.) On sort marcher un peu. Un peu d'air ne nous fera pas de mal.

Marcus ne dit rien. Puis il se leva brusquement et saisit sa surveste.

– N'importe quoi du moment qu'on se tire d'ici !

L'adjointe du légiste était une enfant, même si pour Dorothy tous les moins de cinquante ans entraient dans cette catégorie. Mais celle-là l'était vraiment, avec son visage de Blanche fraîche comme une rose, ses grands yeux ronds et effarés à la «omondieu», son corps gracile et ses petits poignets maigrichons que recouvraient des gants en latex. Manteau de luxe, à première vue du cachemire, en tout cas un mélange.

Manifestement vierge sur une scène de crime, car une fois qu'on a gâché un joli vêtement avec ce qui s'écoule du corps humain, on prend ses précautions.

Dorothy s'approcha d'elle et se présenta – inspecteur Breton, brigade des Homicides de Boston –, à quoi la jeunette répondit qu'elle s'appelait Tiffany Artles. Son badge précisait «Dr», mais elle ne fit pas état de sa qualité. Comme si elle était gênée. Ou la regardait de haut.

Ce qui n'en rendit Dorothy que plus furax. Quand on est un foutu toubib et qu'on a un foutu diplôme, on mentionne son foutu titre, bordel ! Elle n'était quand même pas en danger, hein ?

Ces connes. Elle aurait mis la main au feu que le «Dr» de Tiffany Artles sortait tout droit d'Haaah-vah'd.

Encore une preuve que la ville, toute progressiste qu'elle fût, se foutait comme d'un cul de rat de la mort d'un jeune Noir. Sinon, on n'aurait pas dépêché une débutante en manteau de cachemire.

Regardez-moi ça, tremblant comme une feuille en ouvrant sa mallette de toubib. Évidemment, le regard furieux de Dorothy n'arrangeait rien. D'accord, ce n'était pas honnête de sa part, mais elle s'en foutait royalement aussi.

— L'équipe de balistique est déjà passée ? demanda Tiffany Artles.

Petite voix de clochette. Des cheveux châtain clair, lisses et luisants. Dorothy dut faire appel à toute sa force de volonté pour ne pas l'imiter.

— Non, je ne crois pas. N'importe comment, on ne m'a rien dit.

— Très bien. (La voix de Tiffany Artles devint encore plus cristalline.) Je voulais juste savoir si je devais bouger le corps ou…

— Les urgentistes ont fait un massage cardiaque, lui dit Dorothy d'un ton sec. Sa chemise est déboutonnée et il a des bleus sur la poitrine. C'est clair, ils ont essayé de le ranimer. Ils ont dû le bouger à ce moment-là, car les éclaboussures de sang ne correspondent pas à la position du corps. Regardez… tout ce sang sur la table. À mon avis, il a basculé vers l'avant, et après les urgentistes l'ont retourné. Je sais que le photographe a fait son boulot. Alors allez-y.

Le Dr Tiffany regarda le corps inerte de Julius. Elle parut prête à vomir.

– Désolée. Je dois vous paraître une mauviette. Mais c'est que je ne m'attendais pas à reconnaître la victime.

– On ne vous a pas dit qui c'était ?

– Non. Juste qu'il y avait eu une rixe au Génie du Pharaon et qu'il y avait un mort. (Elle fixa Dorothy.) Je l'ai vu jouer il y a une semaine. J'avais emmené ma petite sœur au match. Quel gâchis !

Elle se pencha en avant.

– D'accord. (Se parlant à elle-même.) Que voyons-nous…

Dorothy s'agenouilla à côté de la jeune femme, qui avait glissé sa main avec douceur sous la tête de Julius, puis la tournait pour inspecter les impacts sur la tempe.

– Deux éraflures. Elles se recoupent, mais on note deux ellipses distinctes. L'ellipse de droite est un peu plus profonde que celle de gauche, mais je dirais qu'aucune n'a entraîné la mort. Il y a saignement, mais il n'est pas excessif, comme dans le cas d'une artère sectionnée.

Elle souleva le bras flasque de Julius.

– Aucune rigidité mortelle apparente. Cela ne tardera pas… Quand avez-vous reçu l'appel, inspecteur ?

– Il y a environ une heure. Peut-être un peu plus.

– Donc, l'heure de la mort n'est pas en question. (Artles examina le bras.) J'observe deux blessures au bras. Les balles sont entrées et ressorties, et n'ont pas été tirées à bout portant. Je dirais, à en juger par l'impact, qu'elles ont été tirées à une distance de quinze à vingt mètres. Pour l'avoir atteint à la tête, l'agresseur doit être bon tireur ou avoir eu de la chance, ou les deux, et a bénéficié d'un champ dégagé. Personne d'autre n'a été tué, n'est-ce pas ?

– Personne.

– La dimension des perforations… je dirais un .32, quelque chose de ce genre.

Ses yeux bleus se plissèrent.

– Vous avez sans doute raison, dit Dorothy. L'inspecteur

Wilde apporte les munitions au labo en ce moment même. Nous avons trouvé des douilles en bas. (Dorothy se leva et tendit le bras.) Juste là, à l'angle gauche de la piste. Autrement dit, une trajectoire à quarante-cinq degrés.

– Je vais mesurer l'angle du trajet de la balle, pour confirmer. Comme ce tir... (elle montra la blessure à Dorothy) a déchiré le muscle, la trajectoire n'est pas assez précise pour nous éclairer. Mais, au-dessous, le projectile est entré et ressorti. (Elle baissa le bras de la victime.) Pour ce qui est de la blessure à l'épaule, la balle semble être entrée juste au-dessous de l'aisselle, avoir passé sous l'omoplate, et... (avec un effort, elle souleva le corps de Van Beest juste assez pour vérifier) oh... elle est ressortie ici, à la nuque. Elle a probablement perforé la carotide. Bien que la lividité soit peu marquée, l'accumulation de sang en raison de la gravité... (Elle s'interrompit.) Vous savez ce qu'est la lividité.

Dorothy daigna enfin lui sourire.

– Continuez, ma belle. Vous vous débrouillez comme un chef.

Tiffany lui décocha un large sourire.

– On m'a engagée il y a deux jours, inspecteur Breton. Je vous garantis que si les gros bonnets avaient su qu'il s'agissait d'une quasi-célébrité, ils auraient appelé un légiste chevronné !

– Mais qui se soucie qu'on ait abattu un jeune Noir de plus ?

– Ne croyez pas ça, inspecteur. Blanc ou Noir, il s'agissait d'un simple fait divers où la cause de la mort était facile à identifier. Inutile de réveiller le patron. Sauf quand la victime se trouve être une célébrité... qui a toutes les chances de faire la une.

Elle se releva et ôta ses gants d'un geste vif qui fit claquer le latex.

– Je ne peux pas dire en toute certitude quelle balle a été fatale tant qu'on n'aura pas procédé à l'autopsie.

– Et ce sera quand, d'après vous ?

– Probablement sans tarder, vu qui il est… qui il était. Je dirais d'ici deux à trois heures. Ils ne traîneront pas car la presse voudra des réponses. (Elle donna sa carte à Dorothy.) Je ne sais pas si c'est moi qui l'ouvrirai. Cela m'étonnerait. Mais n'hésitez pas à m'appeler.

– Merci, docteur.

Tiffany eut un faible sourire.

– Donc, je dis aux gars de la fourgonnette de l'emmener à la morgue… sauf si vous avez besoin de l'examiner.

– J'ai vérifié ce qu'il nous fallait avec la police scientifique. Le photographe a pris les clichés. (Quand Dorothy se releva, ses rotules craquèrent.) Et si nous laissions ce malheureux reposer en paix ?

McCain pilota Marcus à travers la cohue et tous deux sortirent. Le froid mordait, brûlant la gorge et les poumons de McCain à chaque inspiration. Des éclairs lumineux dansaient dans le ciel d'encre, jaillissant des gyrophares qui clignotaient au-dessus des ambulances, des lampadaires embrumés, des lampes-torches des policiers, des flashes indiscrets des appareils photo. McCain n'avait pas fait quelques pas qu'un type lui brandissait un micro sous le nez.

Hudson. La mouche du coche attitrée de l'équipe de nuit d'une station locale.

— Derek Hudson, inspecteur. Pouvez-vous nous dire ce qui se passe à l'intérieur ?

McCain regretta d'avoir laissé son insigne épinglé sur son manteau.

— Pas vraiment.

Il tira le bord de sa casquette sur ses oreilles et tint Marcus d'une poigne ferme tout en cherchant des yeux un véhicule de patrouille disponible.

Juste au moment où McCain s'éloignait d'Hudson, une jeune femme se fraya un passage vers l'avant ; son visage ne disait rien à McCain. Elle était emmitouflée jusqu'aux yeux dans ses vêtements et dut baisser l'écharpe qui lui couvrait la bouche pour parler.

— Liz Mantell, de CNN, dit-elle. Nous avons vu de nombreuses victimes de coups de feu qu'on évacuait sur des civières. Qu'est-ce qui a déclenché la fusillade, inspecteur ?

Elle claquait des dents tout en parlant. Une minute dans ce froid, et McCain avait déjà les plantes des pieds gelées. Et encore, le vent ne soufflait pas de la Back Bay. Même dans la lumière blafarde, le nez de la journaliste brillait comme un lumignon. Elle fit pitié à McCain, à grelotter dans ce froid sibérien. Enfin…, pas trop pitié.

– Je n'ai rien à dire.

Elle s'accrocha à ses basques.

– Il y a donc eu une série de coups de feu ?

– Rien n'est encore confirmé.

– Il paraît que des membres de l'équipe de basket de Boston Ferris seraient en cause ?

– Vous me l'apprenez.

Elle avisa Marcus. Lui décocha un sourire enjôleur.

– Vous êtes de Boston Ferris ?

– Bon pour moitié, dit McCain. Il est de Boston. Excusez-moi.

Apercevant enfin une voiture vide, McCain entraîna Marcus, sortit sa plaque et demanda au policier en tenue s'il pouvait s'installer sur la banquette arrière. Liz Mantell ne le lâchait pas, tandis qu'un opérateur de vidéo cadrait ses vaillants efforts pour obtenir le scoop de l'année.

– Vous faites partie de l'équipe de basket ?

McCain ne lui laissa pas le temps de répondre. Ouvrant la portière arrière de la voiture, il abaissa la tête du garçon et le poussa à l'intérieur.

– S'agit-il d'un suspect, inspecteur ?

McCain ne répondit pas et se glissa à côté de Marcus.

– Un fourgon de la morgue vient d'arriver, s'obstina Mantell. Combien de morts a-t-on à déplorer ?

McCain sourit et ferma la portière, manquant de peu de coincer les doigts de la journaliste. Dedans, il faisait aussi sombre et glacial que dans une crypte. McCain se pencha au-dessus du siège avant et réussit à allumer le moteur. De l'air froid s'échappa des grilles de ventilation. En moins d'une minute il devint tiède.

McCain se tourna vers Marcus, qui avait enfoui son visage dans ses gants fourrés. Le garçon releva enfin la tête.

– Je vais vous dire ce que j'ai dit à maman. Rien. Parce que je n'ai rien vu.

– Tu n'étais pas avec Julius ?

– Non, je n'étais pas avec Julius. Il était en haut à se faire cirer les pompes par un magnat de la chaussure de sport.

– Ce n'est pas contraire aux règles de la NCAA ?

– Non, du moment qu'il ne touche rien.

– Tu crois qu'il a payé ses consommations ?

Marcus se renfrogna.

– Le conseil a d'autres soucis que ce genre de faveurs, maugréa-t-il.

– Mais si quelqu'un l'en informait, Julius aurait pu avoir des problèmes, non ?

– Mmm… sans doute. Mais qui aurait fait ça ?

– Un adversaire.

– Personne du camp adverse n'irait dénoncer Julius pour avoir accepté un ou deux verres gratuits. Ce n'est pas une façon de neutraliser un mec. C'est minable.

– Mieux vaut le tuer ?

Marcus se massa les tempes.

– Non, bien sûr. C'est affreux, c'est… Ça me donne envie de vomir. Je joue au basket, je n'ai pas affaire aux voyous. Je fais mon boulot, ils me fichent la paix. Ils me respectent quand je joue. J'ai travaillé dur pour me faire respecter. Je n'arrive pas à croire… Mick, tout ce que je veux, c'est rentrer à la maison. S'il vous plaît, laissez-moi rentrer. J'ai besoin de dormir.

– Rends-moi juste un service. Donne-moi ta version de ce qui s'est passé.

Marcus poussa un long soupir, excédé.

– J'étais assis à côté de la piste. Sans rien faire de particulier. Juste à baratiner cette fille.

– Une fille de Ducaine ?

– Non, d'ici. Inscrite à Boston University, je crois. Julius tuait le temps lui aussi… il draguait. Je ne connais pas toutes les filles qui s'accrochent à ses baskets. Mais il y en avait une tripotée, ça, je peux vous le garantir. Pappy était furax. Pas à cause de la fille. Mais parce que Julius avait humilié Ducaine quand il était revenu après avoir été plaqué. Pappy et lui ont commencé à avoir des mots.

– Qui est Pappy ?

– Pappy, c'est Patrick Delveccio. L'ailier de Ducaine.

– C'est lui qui a flanqué un coup de coude à Julius sur le terrain ?

– Non, celui-là, c'est Mustafa Duran. Il joue en phase finale. Il est connu pour passer en force… il ne fait pas de cadeaux. Attention, ce n'est pas un as. Il fait son boulot, point. Mais là, au dernier match, il a franchement dépassé les limites.

– Que faisait-il quand Julius et Pappy ont commencé à s'envoyer des injures ?

– Mustafa n'est pas venu en boîte. Il savait ce qu'il risquait s'il se montrait.

McCain réprima son réflexe de sortir son carnet.

– Il risquait quoi ?

– Attendez… on ne commet pas une faute personnelle aussi grave sur le terrain sans en subir les conséquences !

– Quel genre de conséquences ?

Marcus se renfrogna.

– Allez, Micky. Vous savez comment ça se passe. Si on ne se défend pas, on en prend plein la gueule. Les types vous feront toutes les vacheries possibles s'ils croient que vous ne riposterez pas.

– Alors, quel genre de conséquences ?

– Pas un coup de feu, si c'est à quoi vous pensez. Je parle de représailles sur le terrain. Un coup de coude quand les arbitres ont les yeux ailleurs. Et même quand ils regardent, après une faute aussi grave… bof, personne ne dira rien.

– Mais nous ne parlons pas de sur le terrain, Marcus. Nous parlons d'ici. D'après toi, qu'aurait fait Julius si Mustafa s'était pointé ?

– Il ne l'a pas fait, donc ça relève de l'hypothèse.

– Qui a déclenché la bagarre, Marcus ?

– Ce n'était pas une bagarre. (Le garçon leva les yeux au ciel.) Juste des mots.

– Quels mots ?

– Julius a lancé des insanités, d'accord ? Et Pappy lui en a renvoyé. Mais ça a volé beaucoup plus entre nous qu'entre eux. Le ton a monté. Je pense qu'il y a eu des bousculades, mais rien de plus. Ducaine a quitté les lieux. Après, Julius a emmené des filles en haut, et c'est la dernière fois que je l'ai vu.

– Qu'a-t-il fait une fois les filles en haut ?

Marcus parut ahuri.

– Vous me demandez s'il se les est envoyées à la boîte ? Ça, je suis bien incapable de le dire ! Tout ce que je sais, c'est qu'elles étaient canon et que ça le posait vis-à-vis des sponsors.

McCain sortit son carnet.

– Tu connais les noms de ces filles ?

Marcus réfléchit un instant.

– Non, pas vraiment.

McCain attendit.

– Je crois avoir entendu quelqu'un en appeler une, Spring. Plutôt grandes… Une à peu près de ma taille. Peut-être des joueuses de basket, mais pas de Boston Ferris. Je connais toutes les filles de Boston Ferris.

– Qui d'autre est monté avec Julius ?

– Personne à ma connaissance.

– Pas de garde du corps ?

– Non, pas de garde du corps. Pourquoi aurait-on cherché des poux à Julius ?

– Il ne craignait pas des admirateurs trop enthousiastes ?

– Julius n'avait pas encore le gabarit. Il était bien parti pour la NBA, d'accord, mais une qualification en quart de finale aurait comblé ses rêves. (Marcus hocha la tête d'impuissance.) C'est trop con ! Quel gâchis !

– Donc, que s'est-il passé après qu'il est monté ?

– J'ignore ce que faisait Julius. En revanche, je sais que Pappy a rappliqué avec deux de ses lieutenants.

– Combien de temps s'est-il écoulé entre le départ de Pappy et son retour ?

Marcus souffla un grand coup.

– Disons une demi-heure environ, peut-être un peu plus. Je n'avais pas les yeux sur la pendule. Quand Pappy est revenu, tout le monde a su que ça allait péter. Je sortais des toilettes, et quand je l'ai vu, je n'ai eu qu'une idée : me tailler. Puis il y a eu des coups de feu. Je me suis plaqué au sol. Je n'ai vu aucune arme. Je serais même incapable de vous dire si c'est Pappy qui tirait. J'ai juste entendu les déflagrations et j'ai plongé pour me mettre à l'abri.

– Donc, Pappy et Julius ne s'étaient pas invectivés pour une fille ?

– Non, bien sûr ! Il n'a été question que du match. Tu m'as feinté, tu m'as tenu, tu m'as poussé, tu m'as fait un coude, bla-bla-bla. Mais rien sur une fille.

– Julius a peut-être fait du rentre-dedans à la dame qu'il ne fallait pas.

– Non, je n'ai rien vu de pareil. Il n'avait qu'à se baisser… toutes partantes, n'importe quand.

– Il y a des types que ça excite de piquer les filles des autres.

– Pas Julius. Sa seule passion était le ballon. Les filles

servaient juste à l'occuper quand il ne tapait pas la balle. S'il avait dû avoir une explication avec un mec, ça n'aurait pas été pour une fille.

– Alors qui a lancé ce bruit ?

– Comme si je savais ! Si on me demandait de deviner, je dirais Ducaine. Un prétexte pour se justifier. Tout le monde a dit que Pappy et ses copains l'ont descendu, Micky. Fauché, point barre.

– Mais tu ne l'as pas vu, de tes yeux vu.

– Cela ne prouve pas que ça n'ait pas été le cas. (Il regarda McCain.) Qui d'autre l'aurait tué ?

– Tu me dis donc que Van Beest n'avait énervé personne, hormis Ducaine ?

– Non, Julius s'était mis à dos des tonnes de gens. Moi, je ne le portais pas spécialement dans mon cœur. Mais je ne vois personne qui l'aurait détesté au point de le buter.

– Peut-être que tu ne regardes pas d'assez près.

– Peut-être que j'ai besoin de dormir ! explosa Marcus. Peut-être que si je pouvais dormir un peu, j'y verrais mieux ! (Il marqua un temps, puis rejeta la tête en arrière.) J'ai terriblement froid. Je suis complètement vanné. (Il fixa McCain.) Comment arrivez-vous, vous autres, à planquer des nuits durant par un temps pareil ?

– Nous avons froid et nous sommes vannés, nous aussi.

– Alors un peu de compassion, Micky. Laissez-moi rentrer.

McCain fit oui de la tête.

– Je vais demander à un policier de te raccompagner.

– Ne prenez pas cette peine. Je trouverai la bagnole d'un copain.

– Non, petit, lui dit McCain. Un policier va te reconduire chez toi. Sinon, ta mère ne me le pardonnerait jamais.

8

Back Bay était entièrement construit sur les terrains de remblai d'une ancienne zone de marais assainis, d'où son site historique le plus célèbre, Fenway Park, tirait son nom. À l'ère victorienne, le quartier s'était enorgueilli de posséder quelques-unes des demeures les plus élégantes de Boston. Plein de charme et offrant de beaux panoramas, agrémenté de trottoirs pavés et jouissant des petits vents venus de l'océan, il grouillait de touristes pendant les mois les plus cléments de l'année. Avec la présence, en outre, du stade de base-ball et des clubs, ce secteur se signalait par une constante effervescence, de même que la plus grande partie du D-4 – le district de police en charge du maintien de l'ordre. Et base de McCain et de Dorothy.

Il était cinq heures du matin et on procédait à la relève des équipes. De l'avis de l'inspecteur Cory Wilde, une brigade de verbalisation n'aurait pas été du luxe, mais inutile d'y songer. Breton et McCain assumant une bonne part des corvées, il pouvait difficilement râler, mais il était depuis vingt heures sur la brèche et commençait à fatiguer. Il soupçonnait que Pappy Delveccio le savait, car cette ordure ne lui donnait rien de rien. Il lui proposa une cigarette, que le jeune refusa d'un mouvement de tête offusqué.

– J'inhale pas cette saloperie dans mes poumons. Vous voulez quoi ? M'empoisonner ?

Si seulement…

– Juste te mettre à l'aise. Tu veux un autre verre d'eau ?

Pappy se pencha en avant et lui lança un regard vengeur.

– C'est d'air dont j'ai besoin, man ! Vous me coffrez ou vous me laissez rentrer.

Deux mètres dix ; dans les cent vingt kilos. Au-dessous de la ceinture, Patrick Luther Delveccio ressemblait à une perche à haricots. La silhouette type du basketteur : des jambes d'échassier faites pour courir et sauter.

Au-dessus de la ceinture, c'était un autre scénario. L'ailier vedette de Ducaine trimbalait une montagne de muscles autour des bras et des épaules. Il avait un visage allongé et foncé, et des traits fins – presque un Éthiopien.

Delveccio. Du sang italien. Encore que… Si on prenait Shaquille O'Neal et Tracy McGrady… Wilde était irlandais à soixante pour cent et avait cru en d'autres temps que le monde était simple.

Il se concentra de nouveau sur Pappy. Un gars coquet, cheveux départagés par un zigzag compliqué, cornrows ou tresses plaquées ou quel que soit leur nom dégoulinant sur une nuque longue et musclée. Sourcils broussailleux, fentes sombres en guise d'yeux, lèvres crispées dans un rictus.

Wilde s'efforça de ne pas le lui rendre.

– Tu peux accélérer la procédure en me disant la vérité, Pappy.

Les fentes des yeux devinrent celles d'un fauve.

– Vous avez écouté ou pas ? Je vous dis la vérité.

Des tatouages lui encraient les mains. À peine visibles sur la peau sombre. Et alors ?

Probable qu'il y en avait aussi sur les bras, mais Wilde ne les voyait pas. Pappy portait une chemise blanche à manches longues. Il avait ôté la veste de son costume en soie vert olive. Elle pendait sur son siège, lisse et luisante. Si longue qu'elle se cassait sur le sol.

– J'ai écouté. (Wilde haussa les épaules.) Mais je ne te crois pas. Tu sais pourquoi je ne te crois pas ? Parce que tu n'es pas crédible.

– Je n'ai tiré sur personne.

Delveccio croisa les bras sur la poitrine.

– Tu vois, tu recommences avec ton problème de crédibilité. Nous avons relevé des traces de poudre sur tes mains, Pappy. Tu t'es servi d'une arme à feu.

– Je n'ai tiré sur personne à la boîte, se défendit Pappy. J'ai juste tripoté une arme hier.

Wilde étouffa un rire de justesse.

– Quand ça, hier ?

– Dans la matinée.

– Et tu ne t'es pas lavé les mains depuis que tu as tiré ?

– Il se trouve que non.

– Tu ne t'es pas essuyé les mains avec une serviette après le repas ?

– Non.

Wilde le regarda fixement.

– Je mange proprement, lui envoya le jeune.

– Tu sais, Pappy, le match d'hier était télévisé. Toute cette sueur sur ta figure et tes mains… Je t'ai vu te les essuyer avec une serviette une bonne vingtaine de fois, et pas seulement moi, mais tous les gens qui suivaient le match. Tu veux modifier ta déclaration ?

– Je veux un avocat.

– Libre à toi, Pap, mais dans ce cas je ne peux pas travailler avec toi. Dans ce cas, nous ne pourrons pas trouver un terrain d'entente. Et tu sais que tu ne t'en sortiras que si tu négocies un arrangement.

Dorothy les observait de l'autre côté de la glace sans tain de la salle d'interrogatoire. Son regard s'arrêta sur le capitaine de nuit du D-4. Bien en chair, teint rubicond et cheveux de neige, Phil O'Toole était le flic-irlandais-de-base, la troisième génération à être dans la police. Il avait vu beaucoup de changements à Back Bay : plus d'immigrants, plus de drogue, plus de gens de passage et infiniment plus d'étudiants. Avec, pour conséquence, plus de fêtes et plus d'incidents liés à l'alcool. En revanche, les professions libérales amorçaient leur retour et rénovaient les vieilles demeures victoriennes. Pas des délinquants, ceux-là, juste des victimes occasionnelles.

— Un avocat de Ducaine arrive d'un instant à l'autre, dit-elle. À votre avis, combien de temps peut-on le retenir avant qu'il exige de voir son client ?

— Dix minutes au maximum, lui répondit O'Toole. Qu'avons-nous très exactement contre Delviccio ?

— Des témoins qui l'ont vu sortir une arme.

— Combien de témoins ?

— Trois ou quatre et nous poursuivons nos recherches, dit Dorothy.

— Quoi d'autre ?

— Des traces de poudre sur les mains. Il a de toute évidence utilisé une arme, et forcément après le match.

— Mais vous n'avez personne qui l'a vu tirer, n'est-ce pas ?

— Nous poursuivons nos recherches, répéta Dorothy. On a du mal à faire parler les témoins.

— Donc, vous les travaillez.

— Naturellement.

— Déchargement d'arme… Coup de feu, dit O'Toole en réfléchissant. On a de quoi le garder sous les verrous jusqu'à ce qu'il comparaisse devant le juge et qu'on fixe une caution. Ça représente quoi ? Trois heures ?

— Environ.

Tous deux fixèrent Wilde de l'autre côté de la vitre. L'inspecteur se frotta les yeux.

— Parle-moi des coups de feu, Pappy. Dis-moi ce qui

s'est passé. S'il s'agissait de légitime défense, je veux le savoir. Le district attorney le voudra aussi. La légitime défense, ça change tout.

L'ailier fixa Wilde et parut peser ses options.

– Vous avez des yeux pas de la même couleur, dit-il enfin. Comment ça se fait ? Votre maman a niqué deux types en même temps ?

Wilde sourit.

– Je lui poserai la question la prochaine fois que je la verrai.

– Bon, j'en ai ma dose. (O'Toole saisit le combiné et dit à Wilde de quitter la salle d'interrogatoire. Dès qu'il apparut, Wilde voulut se défendre. Mais O'Toole l'interrompit.) Il a demandé son avocat, Cory. On va le coffrer sur la base de ce que nous avons : des témoins de la bagarre, des témoins qui l'ont vu sortir une arme, les traces de poudre sur ses mains.

– Donnez-moi quelques minutes de plus avec lui, insista Wilde.

De rosé, la figure de O'Toole vira au steak saignant.

– Vous êtes sourd, inspecteur ? Il a déjà demandé son avocat. Et Ducaine porte plainte ou je ne sais quoi.

– Justement, je vais le lui dire. Qu'il n'a plus besoin de me répondre. Mais laissez-moi lui tenir compagnie, d'accord ?

O'Toole garda le silence.

– Juste compagnie, répéta Wilde. Rien qui fâche Miranda. Promis juré, croix de feu croix de fer.

Il se signa.

– Bien, dit O'Toole. Compagnie. Jusqu'à ce que l'avocat se manifeste.

Sur ce, McCain entra dans la pièce. Le capitaine le dévisagea.

– Qu'est-ce que vous fichiez ?

– J'interrogeais des témoins.

– Et… ?

– Et, à force de cajoleries et de menaces, j'ai deux jeunes dames qui reconnaissent avoir vu Pappy sortir une arme et tirer… une arme de poing.

– Alléluia ! s'exclama Wilde.

– Dans quelle mesure sont-elles fiables ? dit O'Toole.

– Aussi fiables que n'importe qui à la boîte. Autrement dit, encore des coquetteries pour l'instant. Il va falloir qu'on les babysitte un moment.

– L'une d'elles a-t-elle vu Pappy viser Julius ?

– Nous en sommes encore à préciser les détails.

– Quelqu'un a-t-il vu avec quelle arme Pappy a tiré ?

– Non, patron. Personne ne faisait vraiment attention. Trop de gens paniquaient quand les balles ont commencé à gicler. Tout le monde s'est aplati. (McCain consulta ses notes.) J'ai aussi une piste…, une femme qui se trouvait peut-être à l'étage avec Julius quand il a été abattu. Une certaine Spring Mathers, qui vit chez ses parents à Roxbury. (McCain jeta un coup d'œil à sa montre.) Il est cinq heures et des poussières. Je pense y faire un saut d'ici quelques heures.

– Non, vous y allez tout de suite et vous les réveillez, dit O'Toole. Nous avons besoin du maximum d'aide car notre bonhomme n'est pas très bavard.

La porte de la salle d'interrogatoire s'ouvrit. L'officier de police Rias Adajinian était jeune et mignonne, hormis les cernes sombres qu'elle avait sous les yeux. Nouvellement arrivée, on l'avait affectée à la brigade de nuit. Les horaires ne correspondaient pas à ses biorythmes.

– Quelqu'un de Ducaine University vient d'arriver et insiste pour parler à M. Delveccio. Et aussi… (Elle poussa un soupir.) Et Ellen Van Beest est là aussi.

O'Toole lança un regard à Dorothy.

– Je la connais, dit-elle aussitôt. Je m'en charge. (Elle considéra la jeune femme.) Où l'avez-vous installée ?

– Dans la cinq.

– Il me faut une carafe d'eau, deux verres et une grande boîte de mouchoirs en papier. (Dorothy marqua un arrêt.) Disons deux. Dites-lui que j'arrive dans une seconde. Le temps de reprendre mes esprits.

– Comment est-ce arrivé ? (Ellen saisit le bras de Dorothy, crispant les doigts au point que ses jointures blanchirent. Elle tremblait, la voix mouillée de larmes et d'une tristesse sans fond.) Comment est-ce arrivé ? Comment a-t-on pu…

Les sanglots la submergèrent, l'empêchant de parler.

Les yeux remplis de larmes aussi, Dorothy la prit dans ses bras, et la femme éperdue de douleur s'autorisa ce réconfort. Comme Dorothy, Ellen était une femme imposante – grande et corpulente –, mais le chagrin lui ôtait toute substance.

– Comment cela a-t-il pu arriver ? Ce n'est pas vrai. Ce n'est pas vrai, Dorothy ! Pas vrai !

Les larmes inondèrent les yeux de Dorothy.

– Nous allons le découvrir. Dans les moindres détails, Ellen. Je t'en fais la promesse, personnellement. Je ne prendrai pas de repos tant que l'assassin ne sera pas derrière les barreaux.

– Dis-moi juste une chose : c'est le porc qui a heurté mon Julius ? C'est lui qui l'a abattu ?

– À ce qui m'est revenu, ce garçon n'était même pas au club.

– Ce garçon… (Ellen parut prête à cracher.) Ce n'était pas un gars de Ducaine ?

Devant le silence de Dorothy, Ellen devint féroce.

– Si ce n'est pas lui, c'est son copain, hein ? Hein ! Dis-moi la vérité, Dorothy. Dis-moi ! Parle !!!

– C'étaient des joueurs de Ducaine.

– Je le savais ! (Ellen rompit l'étreinte.) Je le savais, je le savais ! Et on parle de match ! Ce n'est pas un match quand on laisse jouer des monstres et des casseurs ! C'est un monde de dingues ! (Elle criait.) De dingues !

– Je suis bien d'accord, mais nous ne savons pas tout pour l'ins…

– J'en sais assez pour savoir que c'est un monde de dingues !

On frappa à la porte. Rias Adajinian entra.

– Leo Van Beest est là.

Ellen tira un mouchoir en papier et s'essuya les yeux.

– Seigneur, il manquait plus que lui !

– Tu veux que je l'installe dans une autre pièce, Ellen ?

– Oui… non. Non, il peut venir. (Elle se tourna vers Rias.) Amenez-le ici.

Dès qu'Adajinian fut sortie, Ellen se mit à faire les cent pas.

– Nous avons divorcé quand Julius avait cinq ans. Ç'a été dur pour le petit parce que Leo jouait encore à l'étranger. Pas que Julius aurait souvent vu son père même si nous avions vécu en Italie. Avec ses déplacements perpétuels…

Son visage était devenu de marbre.

– Ç'a été dur pour Julius quand on s'est tous les deux remariés chacun de notre côté. Je ne pense pas qu'il nous ait jamais pardonnés. Il a refusé de porter le nom de mon mari même après que Paul l'a adopté. C'est pour ça que j'ai gardé le nom de Van Beest. Je voulais que Julius garde le lien… qu'il sente que nous restions toujours unis. Parce que Leo n'était jamais là.

Elle avala sa salive avec difficulté et continua à évacuer son énergie nerveuse en tournant en rond dans la pièce, comme un chien qui rassemble le troupeau.

– Il n'a jamais été là, jamais payé quoi que ce soit. Il dépensait son argent à Dieu sait quoi. Certainement pas pour son gamin. Pas seulement Julius, mais les autres qu'il a eus non plus. Ce n'était pas un mauvais bougre. Mais ce n'était pas un homme de bien. Juste un homme ordinaire.

Ellen se rongea l'ongle du pouce.

– La dernière fois que Leo a divorcé, il en a bavé. Vraiment bavé. Il était gros, vieux et perclus. Il avait perdu ses pieds, ses genoux, son dos. Incapable de toucher le ballon, presque sans un sou. Pas dans le dénuement, non. Il a sa maison, mais ce n'était pas comme du temps de sa splendeur, tu sais. Il s'est mis à boire, à boire beaucoup. Il me faisait presque pitié. Julius… lui, ça le rendait vraiment malheureux. Il mettait un point d'honneur à l'appeler toutes les semaines, ou une semaine sur deux. Quelque chose comme ça. Ils ont été plus proches que jamais par le passé.

– C'était bien, dit Dorothy.

– Oui, c'était bien. Julius essayait de renouer. Je crois qu'il était la seule lumière qui brillait dans la triste vie de Leo. Et maintenant il n'y a plus rien… Seigneur, j'ai besoin de m'asseoir.

Dorothy la conduisit jusqu'à une chaise.

– Quand as-tu parlé à Leo pour la dernière fois ?

– Pas plus tard que ce soir au match. (Ellen eut un rire amer.) On s'est adressé un signe de tête. C'est ce qu'on faisait quand on se voyait. Un petit signe de tête, bien poli.

La porte s'ouvrit d'un coup et Leo Van Beest entra comme un bolide.

– Ellen !

Il ouvrit grand les bras, mais elle n'eut pas la force de se lever. Elle se mit à sangloter, la tête dans les mains. Il posa ses grosses pattes sur les épaules d'Ellen secouée de hoquets. Des larmes roulaient sur les joues de Leo.

– Oh mon Dieu, mon Dieu… non, non.

Leo n'avait jamais été aussi grand que son fils et n'avait jamais égalé ses prouesses sportives. Il avait joué deux saisons à la NBA avant d'être éliminé et avait passé ensuite quinze années à l'étranger en espérant toujours faire la saison magique qui mettrait debout les recruteurs au pays et attirerait à nouveau leur attention. Dans ses jeunes années, avec ses deux mètres, il s'était montré un arrière aussi imprévisible qu'un ailier de petite stature. Mais l'âge ne lui avait pas fait de cadeaux. C'était désormais un homme replet, parcheminé et gris. Il ressemblait à un ballon lesté surdimensionné. La sueur perlait à son front. Il sortit un mouchoir et s'épongea la figure.

– Comment c'est arrivé ? demanda-t-il à Dorothy.

– Nous enquêtons et...

– Je ne veux pas des mots ! Je veux des réponses !

– Et je me ferai un plaisir de vous les donner dès que je saurai quelque chose.

– Encore des conneries !

Dorothy ouvrit la bouche pour répondre, puis se ravisa.

– Qui c'est, l'enfant de putain qui a tué mon fils ?

– Nous précisons les pistes.

– Je veux voir cet enfant de putain avec une corde autour du cou ! Vous comprenez ce que je dis ?

– Oui, monsieur. Je comprends.

– Et si vous autres ne le faites pas, j'en connais qui s'en chargeront !

– Monsieur, la police a la situation en main. Nous trouverons le meurtrier, je vous en fais la promesse.

– Oh oui, je sais ce que ça vaut, les promesses de la police !

De nouveau, Dorothy s'abstint de répondre.

La lèvre inférieure de Leo frémit.

– Où est-il ? Mon fils !

– Seigneur... (Ellen se mit à pleurer.) Je ne peux pas le voir comme ça, Leo. Je n'ai pas la force, tu m'entends ?

– Je sais, Ellen. Je vais y aller. Je m'occupe de tout. Tu n'auras pas à le faire. Je m'en charge. (Il fit face à Dorothy.) Je veux le voir !

– Je vais voir si je peux arranger ça.

– C'est ça, allez-y ! lui ordonna Leo. Arrangez ça, comme vous dites, et tout de suite, inspecteur ! Parce que Julius, il n'est pas à sa place au poste de police. (Il se mit à pleurer.) Il n'est pas à sa place !

Dorothy observait avec impuissance leur douleur et leur désarroi, ses propres problèmes lui paraissant très minimes en comparaison.

– Puis-je prévenir quelqu'un pour l'un ou l'autre de vous ? Un pasteur peut-être ?

– Le pasteur Ewing, dit Ellen.

– Église de la Foi, ajouta Leo. Il nous aidera pour… pour ce qui a besoin de son aide.

– Il prendra les dispositions nécessaires, dit Ellen.

Elle s'essuya le visage. D'une voix claire, elle dit à son mari qu'elle irait avec lui à la morgue.

– Tu n'es pas obligée, Ellen, l'assura Leo. Pas obligée du tout.

– Je sais, mais j'irai quand même. (Elle se leva, parut prise de vertiges, puis retrouva son aplomb.) Nous l'avons mis dans ce monde ensemble. Nous devons lui dire au revoir ensemble.

9

– Échec sur toute la ligne !

Même avec les grésillements de son portable, Dorothy entendit la frustration de son collègue.

– Spring Mathers n'était pas chez elle ?

– Elle n'est jamais revenue, dit McCain. Et c'est moi qui ai dû annoncer à ses parents qu'il y avait eu du grabuge au club. Ils n'étaient au courant de rien. Ils la croyaient en train de dormir dans son lit, bien bordée et bien au chaud. Ils se sont rués dans sa chambre, et quand ils ont vu que le lit n'avait pas été défait, ils ont paniqué. Ils se sont mis à téléphoner à tous les gens auxquels ils ont pensé pour la localiser.

– Ouh là…

– Comme tu dis ! (McCain pestait.) Si bien qu'au lieu de mettre la main sur le seul témoin qui aurait pu se trouver avec Julius quand on l'a abattu, nous avons deux parents fous d'angoisse qui signalent une disparition et exigent des réponses. Crois-moi, Dorothy, ça va faire un foin du diable à la municipalité. Notre ourisme vit des universités. Les parents vont être trop terrifiés pour envoyer leurs mômes chez nous ; on est dans la merde. Je ne parle pas d'Harvard ni du MIT. Cambridge a son pré carré. Mais que vont devenir toutes les écoles de Boston qui nourrissent ces bébés ?

Il s'énervait. Dorothy s'efforça de garder un ton égal.

– Je sais. Il y a des jours où on aimerait que les choses se passent bien.

Un blanc.

– Je ne devrais pas me plaindre, reprit McCain. Ta matinée n'a pas été exactement café et journal au lit. Ça s'est passé comment, avec Ellen Beest ?

– Comme prévu. Le père était là aussi…, Leo. Il a joué deux saisons en pro, mais sans me laisser de souvenir impérissable.

– À moi non plus. Bon sang, je suis désolé. Tu as dû passer un sale quart d'heure.

Des images de désespoir s'insinuèrent dans l'esprit de Dorothy, les visages des parents quand le toubib à l'écran avait ôté le drap. Encore heureux qu'elle ait réussi à les convaincre de le faire par caméra interposée. Voir le corps directement, ç'aurait été trop. Tout simplement.

Dorothy frissonna.

– Je pars me coucher, Micky. J'ai dit au docteur C. de me réveiller quand il en aurait fini avec l'autopsie. J'imagine que nous irons là-bas pour le rapport.

– Il va le découper lui-même ?

Dorothy tiqua en l'entendant. Ça changeait tout de connaître le mort et sa mère. Toute cette histoire lui donnait la nausée. Elle lutta pour garder un détachement de professionnelle.

– Tu le connais, répondit-elle. Il se réserve le beau linge.

– Bonne idée de dormir… D'après toi, qui met la pression ? Le maire ? Ou bien c'est remonté jusqu'au gouverneur ?

– Peut-être les deux. C'est du ressort de Boston, mais le gouverneur a de bonnes raisons de tirer le rideau car les deux universités sont dans le Massachusetts. (Dorothy changea son portable d'oreille.) N'importe comment, la politique va prendre le relais. On va se faire éreinter si on ne résout pas l'affaire vite fait bien fait.

– Une chance de retrouver l'arme qui correspond ?

– La police scientifique continue d'examiner celles qu'on a confisquées. Si nous trouvons la bonne, Pappy aura peut-être laissé dessus une empreinte exploitable. Il ne portait pas de gants quand il a tiré. Nous le savons aux traces de poudre.

– Sauf que la plupart des empreintes sont brouillées par le recul.

– Alors une empreinte de paume…

– À propos de l'enfant de salaud, où en est-on avec Pappy ?

– Ce n'est pas un gamin friqué, mais quelqu'un a versé une caution pour lui.

– Une caution pour un meurtre ?

– Pour le moment, on retient juste l'usage d'une arme à feu.

McCain lâcha un juron.

– Tous des politicards ! Ce n'est pas contraire aux règles de la NCAA d'accepter des cadeaux pour lui ? Une caution n'est pas un cadeau ?

– Ça m'étonnerait que ça figure dans le code de déontologie, Micky. Et Pappy a des affaires plus importantes à régler que négocier avec le conseil de la NCAA.

– Quelle ordure. Comme si nous ne savions pas, toi et moi, qu'il a tiré, même s'il ne visait pas Julius. On peut juste espérer bâtir un dossier solide contre lui. Tu connais les témoins. Leurs souvenirs se brouillent une fois la panique dissipée. Même sans les politicards, autant croiser les doigts pour que l'affaire soit élucidée d'ici deux jours, sinon on va vers l'enlisement.

– Rappelle-toi le temps qu'il leur a fallu pour arrêter ce garçon de Baylor… Son nom ne me revient pas…

– Carlton Dotson, lui dit McCain. C'est vrai, j'avais oublié. Mais qu'est-ce qu'ils ont, ces joueurs de basket ?

C'était une question de pure forme. Dorothy n'en tint pas compte.

– Voyons voir… Six mois avant de lancer le mandat ?

– À ceci près que Dotson avait avoué à un de ses amis qu'il avait abattu l'autre garçon… Dehenny. Et ça s'est éternisé parce qu'il n'y avait pas de corps. Nous, le corps, on l'a, mais je l'échangerais volontiers contre des aveux.

Brusquement, Dorothy se sentit anéantie par la fatigue des douze heures qui venaient de s'écouler.

– On perd son temps à en parler. Essaie de te reposer un peu, Micky.

– On peut toujours essayer, répondit McCain. Si je n'y arrive pas, je prendrai un comprimé.

Dorothy croyait trouver les garçons partis et espérait décompresser en ayant sa petite maison pour elle. Au lieu de quoi ils l'attendaient, le visage grave et comme marqué par le remords de toutes les fautes qu'ils avaient commises depuis leur naissance. Voir un « héros » tomber sous les balles pouvait vous faire ça.

Remords de première grandeur ; ils lui avaient préparé un petit déjeuner : tartines grillées et confiture, café, jus d'orange maison. Quand elle entra, Marcus marqua sa page dans son manuel d'anthropologie et Spencer leva les yeux de son devoir d'algèbre. Ils fixèrent leur mère ; elle leur rendit leur regard. Dorothy fut la première à rompre le silence.

– Vous n'avez pas cours, les garçons ?

– Pas aujourd'hui, dit Marcus.

– Comment l'équipe réagit-elle ?

L'aîné soupira et haussa les épaules.

– Elle gère. On a réunion, toute l'équipe, à trois heures.

Dorothy examina son cadet.

– Et toi ? Ta bonne raison ?

Spencer se mordit la lèvre.

– J'ai une masse de retard, maman. J'essaie de rattraper et je me suis dit…

– Tu rattraperas sur ton temps libre, jeune homme. Prépare ton sac.

– Si tu veux, maman, je peux téléphoner à l'école et les prévenir que je manquerai aujourd'hui. Je ne peux pas retourner au cours sans savoir où on en est en algèbre. Ce serait du temps perdu et je n'apprendrais rien. J'aimerais autant travailler à la maison, mais si tu me fiches dehors, j'irai en bibliothèque ou ailleurs.

Dorothy exhala un long soupir.

– Il te faut combien de temps pour rattraper ?

– Si je travaille toute la journée, disons deux jours.

– Je te garantis que tu vas travailler toute la journée. Surtout si je te fais un mot d'excuse ! Tu ne vois pas tes amis avant de t'être remis à niveau. (Spencer acquiesça et elle s'assit.) Merci les garçons de m'avoir préparé un petit déjeuner. Je sais que vous avez du mal à encaisser ce qui est arrivé à Julius. Et que ça vous ennuie que je m'en occupe… et aussi de ses parents.

– Ç'a dû être horrible, dit Spencer.

Les yeux de Dorothy se remplirent de larmes.

– Il n'y a pas de mot pour le dire. (Elle prit une tartine et mordit dedans machinalement.) Un de vous deux peut-il me servir du café ? (Elle but son jus d'orange.) Vous avez fait du déca ou de l'ordinaire ?

– Du déca, dit Marcus. J'ai pensé que tu aurais envie de dormir.

– Bien vu, dit-elle.

– Mais oui, on sait, le plus dégourdi des deux, lâcha Spencer.

– Oh, ça va, lui renvoya Marcus.

– Ne vous disputez pas, lança Dorothy.

– On ne se dispute pas, dit Spencer. Je peux te parler une minute ?

– C'est ce qu'on fait, non ?

Spencer garda le silence.

– Eh bien vas-y, insista sa mère.

– Ce n'est peut-être pas le bon moment…

– Vas-y ! lui ordonna Dorothy avec agacement.

Spencer se racla la gorge et jeta un coup d'œil à son frère aîné.

Marcus posa sur la table une tasse de café pour sa mère.

– Je vais dans l'autre pièce, si tu veux.

– Non, reste ici, lui dit Spencer. J'aurai peut-être besoin de ton aide.

Dorothy plissa les paupières.

– Qu'est-ce que tu as encore fait ?

– Rien. Tu écoutes, juste. D'accord ?

Brusquement, elle comprit pourquoi elle le grondait. Parce que le gronder lui donnait l'impression d'être un parent normal. À ce moment précis, si elle ne s'était pas comportée en parent normal, elle aurait craqué et éclaté en sanglots, remerciant le Seigneur de lui avoir donné deux fils magnifiques et en bonne santé. Mais pas question. Pas question de se montrer faible, et vulnérable, et impuissante, devant les garçons.

– J'écoute, mais tu ne dis rien.

Spencer se renfrogna.

– D'accord. Je vais vraiment bosser dur au lycée, maman, je vais… je vais essayer de ne pas me laisser distraire par tout ce qui s'y passe… les armes, la drogue, les bandes. C'est vraiment le bordel !

– Parle correctement !

– Excuse-moi.

– Plus question de trimbaler d'armes, d'accord ?

– O.K. d'accord, dit Spencer. Tu peux me laisser finir ?

– Qui t'en empêche ?

Spencer ne se soucia pas de répondre par ce qui allait de soi.

– Je vais vraiment me donner du mal. Mais je veux que tu saches une chose. Et Marcus aussi. Et je sais que j'en suis sûr.

– Sûr de quoi ?

– J'y viens, d'accord ?

Spencer poussa un soupir.

– Maman, je ne suis pas fait pour les études. Je n'aime pas le lycée, je n'aime pas les livres, et je n'aime pas rester coincé cinq heures sans bouger alors que rien ne se passe, sauf des crétins qui bâillent, qui se jettent des trucs, voire pire.

– Il y a de bons professeurs.

– Ils font de leur mieux, m'man, mais c'est la zone. Les classes sont surchargées, les manuels dépassés et assommants, et ce qu'ils enseignent ne m'intéresse pas.

Il jeta un regard désespéré en direction de son frère.

Marcus haussa les épaules.

– L'école ne convient pas à tout le monde.

– Toi, tu te tais, lui lança Dorothy. Maintenant, écoute-moi, jeune homme…

– Maman, s'il te plaît !

Dorothy voulut parler, mais se ravisa.

– Je peux finir ? demanda Spencer d'un ton plaintif. (Aucune remarque ne venant de sa redoutable mère, il poursuivit.) Je n'aime pas passer mon temps à me garer des couteaux, des balles, de la drogue, des mecs qui te demandent de prouver que t'es un homme ou qui la ramènent avec leur shit. Oui, je sais, je ne parle pas correctement. Seulement moi, c'est à quoi j'ai affaire à longueur de temps.

– Et moi, tu crois que j'ai affaire à quoi ?

– À la même chose. C'est pourquoi j'en suis venu à cette conclusion. Si je dois trafiquer de la came – tu vois, j'ai dit «came» –, autant être payé pour ça. Je ne veux pas aller à l'université. Je n'ai pas le cerveau pour ça, comme Marcus. Attends, maman, ne m'interromps pas.

– Je n'ai rien dit.

– C'est sur ta figure.

– Et pas qu'un peu, marmonna Marcus.

– Je ne t'ai pas dit de la fermer ? lui lança Dorothy.

– Oui, Votre Majesté, veuillez m'excuser pour cette intervention inopportune.

Dorothy ne put retenir un sourire.

Spencer se mordilla un ongle.

– M'man, je veux aller à l'Académie. C'est ce que je veux faire si je n'entre pas dans les pros.

Dorothy fixa son cadet d'un air sidéré.

– L'académie… de police ? !

– Non, d'Exeter !

– Pas d'insolence, je te prie.

– Oui, l'académie de police. Je veux être flic si je ne réussis pas au ballon.

Le silence régna.

– Ton café va être froid, m'man, dit enfin Marcus.

– Je me fiche de mon café !

– Ne crie pas, l'implora Spencer.

– Je ne crie pas, j'exprime mon enthousiasme ! Spencer Martin Breton, je ne veux pas que tu sois flic. Tu vaux beaucoup mieux que ça.

Spencer contempla la table. Ses lèvres frémirent.

– Quoi ? voulut-elle savoir.

– Rien.

– Quoi ? !

Il refusa de la regarder.

– Je suis fier de ce que tu fais. Peut-être qu'un jour tu seras fière de toi aussi, maman.

Elle en resta sans voix.

– Ce n'est pas ma première option, poursuivit Spencer. La première, c'est le basket en pro. Mais si je n'entre pas à la NBA, j'irai en Europe. Je sais bien que c'est un rêve. C'est pour ça que j'ai un plan de rechange. Mais je crois en moi. Notre lycée est allé jusqu'aux semi. Je pense pouvoir l'amener aux finales. Mon coach le pense aussi. Lui aussi croit en moi.

– Il a raison, dit Marcus.

– Moi aussi, je crois en toi, Spencer, dit Dorothy. Parce que tu es rudement bon. Et que tu peux décrocher une bourse de sport.

– C'est gaspiller son temps et son argent, maman. Laisse-les la donner à un mec qui a une tête pour les études. Moi, non. Je déteste les études !

– Aujourd'hui, tout le monde a besoin un diplôme.

– Non, maman, pas tout le monde. Mais tout le monde a besoin d'un plan, et d'un bon. Et je veux que tu m'aides.

Elle garda le silence.

– Ou alors… (Spencer s'éclaircit de nouveau la voix.) Ou alors, si tu ne peux pas m'aider tout de suite, au moins tu peux y réfléchir.

– Ça me semble une proposition honnête, dit Marcus.

Dorothy lui lança un regard furibond.

– Tu ne sais pas dans quoi tu t'engages, dit-elle en s'adressant à Spencer. Être policier n'a rien d'une plaisanterie. C'est un métier difficile, stressant, c'est travailler sans compter son temps, et ça n'a absolument rien de fascinant.

– Je suis bien placé pour le savoir, maman. Ce n'est pas une idée qui m'est venue brusquement. Ça fait longtemps que j'y pense. Et j'ai fini de parler. Maintenant, si tu permets, il faut que je bosse.

Il saisit son crayon et se lança dans des calculs.

Marcus et Dorothy échangèrent un regard. Le jeune homme haussa les épaules, se rassit et ouvrit son manuel de cours.

Alors comme ça, Spencer voulait être flic. Sa dernière invention ! Les ados changeaient d'idée comme de chaussettes. Mais la fusillade semblait l'avoir assagi, mûri. Il avait des projets. Il paraissait motivé. Il parlait avec conviction et assurance. Cela durerait peut-être un peu plus longtemps que trois jours, encore que Dorothy en doutât.

10

Parce qu'elle avait vu le corps troué d'impacts de balles sur la scène de crime, l'avait regardé sortir du tiroir de la chambre froide et déposer sur la table d'autopsie, Dorothy éprouvait une aversion viscérale à l'avoir de nouveau sous les yeux. Ouvert, débité et reconstitué – puzzle humain découpé à la scie et au bistouri.

Ce garçon avait le même âge que son fils et faisait partie de la même équipe que lui. Cette affaire la touchait de trop près, bien trop près. Elle demanda au pathologiste de leur parler, à Micky et elle, dans son bureau plutôt qu'autour de la table en inox glacée.

John Change, anatomopathologiste de cinquante ans formé à Harvard, était né et avait grandi à Taiwan. En s'inscrivant en médecine trente-deux ans auparavant, il avait jugé qu'un nom anglais lui ouvrirait plus facilement les portes. D'où le *e* ajouté à son patronyme. Une modification sur laquelle Change fondait tout son répertoire d'astuces vaseuses : « On gagne au change, j'en témoigne ! »

Chevillé à Boston, il brillait au marathon, n'avait pas pris un gramme ni perdu un centimètre en vingt-cinq ans. Seuls quelques fils argentés dans ses cheveux lisses et brillants d'un noir de jais révélaient les atteintes de l'âge.

Le laboratoire de la police scientifique et le bureau du

médecin légiste occupaient le sous-sol de la morgue d'Albany Street. D'une propreté rigoureuse et glacée, ils étaient dépourvus de fenêtres et inondés d'une lumière éclatante et impitoyable que le soleil n'aurait pas jugée digne d'imiter. Le bureau offrait un espace généreux, mais Change l'avait bourré de livres, de carnets de notes et de magazines, et de bocaux où des prélèvements de tissus baignaient dans le formol. Il s'agissait pour l'essentiel de tératomes, à savoir, comme l'avait appris Dorothy, des tumeurs bizarres provoquées par des cellules indifférenciées. Change avait un faible pour les prélèvements qui comportaient des cheveux, des fragments d'os et des dents ; vus sous un certain éclairage, ils ressemblaient à des gargouilles grimaçantes. Entre ces anomalies se glissaient des instantanés de la ravissante épouse de Change et de leurs deux enfants aux yeux vifs.

Dorothy était arrivée bonne dernière, mais Micky la rassura : lui-même n'était là que depuis quelques minutes. Il avait les traits tirés, le masque que vous valent beaucoup de tension, très peu de sommeil et l'absence de solution à l'horizon. Assis dans l'un des deux fauteuils placés devant le bureau de Change, il buvait du café dans un gobelet en carton. Elle s'en empara, en avala une gorgée et fit la grimace.

– Infect.

– Tu ne m'as pas laissé le temps de te prévenir. Assieds-toi donc.

Dorothy se demanda où accrocher son manteau, puis écarta cette idée. Il faisait plus froid qu'au rayon des surgelés.

– Delveccio a été relâché il y a quelques heures, dit McCain.

– Combien, la caution ?

– Cinquante mille.

– Versée par qui ?

– Ducaine, comme nous l'avions deviné.

– Où est le toubib ? lui demanda Dorothy.

– Change se change, répondit McCain, en souriant lui-même de son bon mot.

– Mais non, je suis là. (Change entra et ferma la porte. Il était en costume-cravate, mais il avait retroussé ses jambes de pantalon, et des boots de labo à semelles de crêpe lui protégeaient les pieds.) Mes bonnes chaussures sont là-haut. Pur lézard. C'est la croix et la bannière pour les désodoriser. Le cuir absorbe les odeurs et la peau de reptile semble particulièrement poreuse, ce qui manque de logique, non ? Moi, je ne sens plus rien, mais ma femme, si ! Nous fêtons notre anniversaire de mariage ce soir.

– Félicitations, dit McCain.

– Combien d'années ? demanda Dorothy.

– Vingt-huit.

– Un bail.

– Denise est d'une patience d'ange, dit Change. Je travaille jusqu'à des heures impossibles et j'ouvre des cadavres. Mais elle sait où je suis et que ma profession se prête mal aux infidélités. (Il s'assit et posa ses mains croisées sur le dessus du bureau.) Je m'attendais à de la routine. Au lieu de quoi j'ai découvert un détail intéressant. Julius Van Beest est bien mort d'une hémorragie, mais elle n'a pas été causée par ses blessures. Pour autant que je puisse en juger, aucune n'était fatale.

Change étala quatre photos Polaroïd sur sa table de travail.

– Ce sont les clichés des impacts : deux qui se sont confondus et ont effleuré la zone temporale droite, les deux qui ont perforé le bras, et celui qui a traversé l'épaule. Tout portait à croire que le dernier avait été fatal, jusqu'au moment où j'ai constaté que la balle avait seulement lésé les muscles.

Il posa deux autres clichés, atroces. Dorothy eut un geste de recul, McCain pinça les lèvres de dégoût.

– De quoi s'agit-il, Doc ?

– De l'intérieur de la cage thoracique de M. Van Beest. C'est ce que j'ai vu en l'ouvrant. Aucun détail anatomique n'est visible car le sang inonde toute cette région. (Change leva les yeux.) Après avoir nettoyé la région en question, je peux affirmer que le garçon est mort d'un éclatement de l'artère sous-clavière, au point où elle se détache de la crosse de l'aorte. Et d'après mon évaluation, la rupture a été causée par un anévrisme, terme compliqué par lequel on désigne une faiblesse de la paroi du vaisseau. La paroi étant fragile, il finit par se former une dilatation, une poche si vous préférez. C'est comme un ballon de baudruche. Et vous savez ce qui arrive quand on gonfle le ballon. La membrane devient de plus en plus fine jusqu'au moment où vous insufflez trop d'air et, gagné !, elle éclate.

Les inspecteurs en restèrent sans voix.

– Comment s'est-il formé ? L'anévrisme, je veux dire ?

– Habituellement, il s'agit d'un état préexistant. Mais je pourrais émettre l'hypothèse que les urgentistes ont peut-être provoqué involontairement un accident vasculaire en pratiquant un massage cardiaque. Une véritable tragédie grecque, quand on y réfléchit.

La gorge nouée, Dorothy ne parvenait pas à sortir un mot.

– Pour ce qui vous concerne, poursuivit Change, dites-vous bien que vous risquez de ne pas être en mesure d'accuser votre suspect de meurtre avec préméditation. Seulement de tentative de meurtre, car les blessures par balle n'ont pas été la cause directe de la mort.

– Mais… (Dorothy s'éclaircit la voix) pourquoi les urgentistes auraient-ils pratiqué un massage cardiaque si son cœur n'avait pas cessé de battre ?

McCain prit le relais.

– Eh bien, voilà ! Le choc qu'on lui tire dessus a, dans un premier temps, arrêté le cœur. Donc, vous pourriez nous fournir un lien de cause à effet avec Delveccio, Doc. Non ?

– Son cœur devait forcément s'arrêter, insista Dorothy.

– C'est une possibilité, reconnut Change. Mais même, la défense pourrait faire valoir que les blessures par balle combinées à une déficience artérielle antérieure auraient suffi à provoquer une chute brutale de la tension. Le pouls aurait continué à battre, mais de manière imperceptible, et les secours ne l'auraient pas détecté.

– N'empêche qu'il y a un rapport direct avec les coups de feu.

– Malheureusement, inspecteur Breton, tout cela relève de l'hypothèse. Du point de vue médico-légal, le coup de feu n'a pas causé la mort. M. Van Beest est décédé d'une rupture d'anévrisme. Et rien ne nous permet de savoir avec exactitude quand elle est survenue. La défense pourrait même poser que les urgentistes n'ont fait qu'empirer les choses, que, sans les pressions de leur massage, la victime aurait survécu. Chaque mouvement vers le bas contre le sternum aurait pu distendre la paroi, jusqu'au moment où elle se serait déchirée. La région est située juste au-dessous de la clavicule, à l'endroit où l'aorte se divise pour former l'artère carotide, qui irrigue la tête, et l'artère sous-clavière, qui irrigue la partie supérieure du corps. Ce sont des vaisseaux importants et qui véhiculent énormément de sang.

– C'est ridicule, lâcha McCain.

– Peut-être, mais c'est plus qu'une simple présomption.

Le silence s'installa dans la pièce.

McCain se racla la gorge.

– Le stress de voir qu'on lui tirait dessus a forcément accéléré les battements du cœur, provoquant un stress sur cette poche, non ?

Change garda le silence.

– Non, Doc ?

Change saisit un crayon et l'agita à la façon d'une baguette magique.

– Le système nerveux sympathique s'accélère quand il est soumis à un stress, c'est indiscutable. Et je suis certain qu'à ce moment précis son cœur battait très rapidement.

– Donc une rupture d'anévrisme n'en serait que plus vraisemblable ?

– C'est plus qu'une hypothèse. Je pourrais y souscrire, mais sans pouvoir préciser à quel rythme son cœur battait.

– Aberrant, dit McCain.

– Une tentative de meurtre vous le met quand même sous les verrous, lui fit remarquer Change.

– Ce n'est pas pareil, lui objecta McCain. Avec la préméditation, il prendrait la perpétuité sans conditionnelle, et c'est tout ce que mérite cette ordure. Un club n'est pas un tir au pigeon.

– Puis-je revenir sur un point ? dit Dorothy. Vous disiez que, d'après vous, il s'agissait d'un état préexistant.

– Presque certainement. S'il s'agit bien d'un anévrisme.

– Si ?

– En théorie, dit Change, la rupture pourrait avoir été causée par le stress. Mais j'estime la chose très improbable, et je le dirai à la barre.

– Improbable donc, enchaîna Dorothy, mais pas impossible. Et une rupture due au stress n'aurait-elle pas pu être causée par une mauvaise chute sur la table quand on lui a tiré dessus ? Ce qui nous renverrait aux coups de feu comme cause principale de la mort.

– Je ne pense pas qu'une chute sur la table aurait pu avoir cet effet.

– Mais s'il y avait un état préexistant ?

– Comment le savoir si on ne dispose pas de radios antérieures de la région ? lui renvoya Change.

Dorothy sourit.

– À Boston Ferris, tous les sportifs sont soumis à un bilan annuel, dont une radio de la cage thoracique. Je le sais à cause de mon petit. Julius entamait sa quatrième année dans l'équipe, on a donc quatre radios. Cet anévrisme, il apparaîtrait sur le cliché, d'accord ?

Change hocha la tête.

– S'il était assez important, oui.

– Et le médecin l'ayant détecté… on ne l'aurait sûrement pas autorisé à jouer avec ça, d'accord ?

De nouveau Change hocha la tête

– « Si » il était suffisamment développé, et « si » tout le monde l'avait détecté, dit-il. L'artère est placée derrière la clavicule. L'os aurait pu le cacher.

– Mais pas forcément. Et on l'a autorisé à jouer. Et il a joué pendant quatre ans sans problème.

Change haussa les épaules.

– À mon avis, Dorothy tient quelque chose, fit remarquer McCain. Ça vaut la peine de jeter un coup d'œil aux radios. On ne l'aura pas vu parce qu'il était peut-être caché par un os, d'accord. Mais rien ne prouve qu'il ait jamais existé. Le seul fait de tomber sur la table pourrait donc avoir causé la rupture de l'artère, Doc.

– Inspecteur, une artère n'explose pas.

– Mais vous ne pouvez pas me dire ce qui s'est passé avec un taux de certitude de cent pour cent, n'est-ce pas ?

– Je peux vous dire qu'aucun impact de balle n'a provoqué la rupture de l'artère. On n'observe aucune perforation due à une cause externe. Ni de fragment d'os ayant pu la produire. En conséquence, la cause est uniquement de nature idiopathique, à savoir un état interne propre à M. Van Beest.

– Pour moi, Doc, dit McCain, si personne n'a rien vu sur les radios que Julius a faites pendant quatre ans, cet anévrisme était franchement minuscule. Nous pouvons donc constituer un dossier solide établissant que le cœur a flanché pendant la fusillade.

– Moi, j'aime assez la chute sur la table, insista Dorothy. Sa tension, comme vous l'avez dit, a fait un plongeon et son cœur s'est arrêté.

– Exactement, renchérit McCain.

Dorothy se rapprocha du bureau de Change.

– Il était fichu avant même l'arrivée des urgentistes.

Change écouta leurs arguments et eut un léger sourire.

– Je ne pourrais rien déclarer d'aussi définitif, inspecteurs.

– Ni dire non plus que ça ne s'est pas passé comme ça, lui renvoya Dorothy. Et comme les radios n'ont rien montré…

– Commencez par convaincre le district attorney.

– Vous assurez l'angle médical, dit McCain, nous nous chargeons du DA.

– Je ne peux pas vous promettre d'abonder dans votre sens.

– Doc, vous faites votre boulot, et nous, nous ferons le nôtre. Ça me rend malade de laisser ces voyous s'en tirer avec une tape sur les doigts !

– La tentative de meurtre n'est pas une tape sur les doigts, lui fit remarquer Change.

– Si nous retenons la préméditation et qu'on la ramène à la tentative de meurtre, je m'en contenterai, dit McCain. Sinon, vous savez ce qu'on aura ? On aura une tentative de meurtre ramenée à un simple délit d'usage d'arme à feu dans un lieu public ayant provoqué la panique. Ce qui entraîne une peine d'emprisonnement, mais pas ce que mérite ce fumier.

– Vous me paraissez un peu pessimiste, dit Change. Les coups de feu ont bel et bien atteint la victime.

– Et cette ordure dira qu'il ne l'a pas fait exprès, juste qu'il chahutait et avait un peu trop picolé. Je sais comment fonctionnent les voyous, Doc. Surtout quand ce sont des vedettes sportives. Les avocats bourrent le jury de supporters. Nous devons l'accabler au maximum et le faire d'ici.

Change se renversa contre son dossier.

– C'est votre affaire.

– Parfaitement ! lui lança McCain qui s'énervait.

Dorothy intervint.

– Si je vous obtiens une radio récente, Doc, vous la regarderez, n'est-ce pas ?

– Bien entendu, lui dit Change. D'autant que vous avez éveillé ma curiosité. (Il marqua une pause.) Obtenir une radio… pas bête du tout.

– C'est une femme intelligente, dit McCain. C'est pour ça qu'on l'appelle inspecteur, et vous docteur.

11

Née d'une fusion entre l'École technique et électronique de Boston et l'Académie des beaux-arts Ferris, la fac de Boston Ferris avait comblé les vœux de deux institutions corsetées par les restrictions budgétaires des années cinquante. Grâce à la mise en commun de leurs ressources, le nouveau conseil d'administration de Boston Ferris avait racheté un établissement privé qui préparait aux études supérieures et conçu son hybride sur le modèle de l'Institut de Cooper Union à New York : à savoir un mélange de beaux-arts et d'études techniques et scientifiques.

Mais avec une entorse. La charte de Boston Ferris prévoyait de s'adresser à la portion «ville» de la dichotomie ville-université de Boston. Le comité d'admission de l'université pratiquait la liberté de choix et laissait parler son cœur.

Les disciplines sportives ne figuraient même pas à son programme d'enseignement, jusqu'au jour où le conseil avait constaté que de nombreux étudiants de l'endroit, élevés à l'école de la rue, passaient beaucoup d'heures à faire des paniers. Peu après, Boston Ferris avait commencé à courtiser les athlètes et ses effectifs s'étaient gonflés. L'établissement avait construit un gymnase, une salle d'entraînement, une piscine et un sauna dernier cri et commencé à proposer en matières principales des disciplines chères à son cœur, telles que «Électronique

105

appliquée » et « Services de conduits et canalisations »
– pour ne pas dire, plus simplement, plomberie. Ce
n'était pas ce recentrage subtil qui inquiétait Micky
McCain ni Dorothy Breton, mais bien que les services
de santé de la faculté n'aient jamais été rénovés depuis
la fusion.

Jamais, comme dans « au grand jamais ».

Les services cultivaient un amour de la paperasserie
seulement égalé par celui de la police de la ville et,
comme au Boston Police Department, toute demande
devait être formulée par écrit. Devant la stupidité absolue
du système, McCain se sentait bon pour la camisole de
force. Dorothy ne s'en tirait guère mieux.

– Il s'agit d'une enquête pour homicide, répéta-t-elle.
Nous ne pouvons pas avoir l'autorisation du patient pour
la bonne raison qu'il est mort !

Ils s'adressaient à Violet Smaltz, une vieille bique
de soixante-trois ans qui leur opposait une mine obsti-
nément revêche et un visage aussi fripé qu'un sac en
papier. Ses yeux s'amenuisèrent et elle renifla d'un air
méprisant.

– Je sais que le garçon est mort, inspecteur. Inutile de
me faire un dessin. Et cela ne changerait rien s'il était
vivant. Si le bureau du médecin légiste veut des dossiers
médicaux, alors que le bureau du médecin légiste rem-
plisse une demande de transfert des dossiers médicaux
en question et nous l'adresse avec les documents exigés.
Le transfert de dossiers médicaux ne se fait que de praticien à praticien.

– C'est de la connerie ! explosa McCain.

Violet le fusilla du regard.

– Inutile d'user d'un langage ordurier, inspecteur
McCain.

– Je vais vous produire une assignation…

– Eh bien, allez la chercher !

Violet se croisa les mains sur la poitrine. Elle était

vêtue d'une jupe longue grise et d'un cardigan gris qui pendait sur sa charpente osseuse comme à un porte-manteau. On aurait dit un épouvantail décoloré par les intempéries.

Dorothy abandonna.

– Pouvez-vous au moins nous donner les formulaires requis ?

Violet ne bougea pas. Défiant McCain du regard.

– S'il vous plaît ? insista Dorothy.

Nouveau reniflement.

– Une minute.

Dès qu'elle fut partie, Dorothy se tourna vers McCain.

– S'énerver ne sert à rien, Micky.

– Si. Ça me sert à moi.

Smaltz revint quelques minutes après.

– C'est en triple exemplaire. Veillez à les remplir tous les trois très lisiblement.

McCain lui arracha les formulaires.

– Je parie que je n'aurais pas à subir cette comédie si j'étais le président McCallum !

– Mais vous ne l'êtes pas, que je sache… ?

Une fois dehors, Dorothy enroula plusieurs fois son écharpe autour du cou.

– Du calme, Micky. Dès qu'elle recevra la demande, elle la mettra dans les tuyaux.

– Pas elle. Ce ne serait pas conforme à la procédure reconnue. Si seulement je pouvais foutre une raclée à cette garce !

– C'est sans doute la seule du service à savoir où se trouvent les dossiers.

– Personne n'est éternel.

– Qu'est-ce que je vais faire de toi ?

– Me féliciter, lui dit McCain. Je me suis donné une idée. Comme dans « président McCallum ». Si on se mettait à sa recherche ? Avec un peu de chance il mettra de l'huile dans les rouages.

– Qu'est-ce qui te fait croire qu'il nous recevra ?

– On ne le saura qui si on essaie.

Soit quarante-cinq minutes à brandir leurs plaques et à franchir une succession de postes de sécurité. On finit par les conduire à une suite de bureaux avec terrasse qui coiffait les cinq étages du centre administratif. Le président McCallum ne disposait pas d'une simple secrétaire, mais d'un cabinet personnel. Dorothy compta au moins quinze postes de travail séparés par des cloisons, la plupart occupés par des étudiants. Sans doute des petits boulots combinés avec les études.

McCain fut étonné par la dimension du bureau du président – beaucoup plus petit qu'il ne s'y attendait. Mais avec tous les agréments afférents à la fonction : murs lambrissés de noyer verni, bar intérieur bien fourni, bibliothèque sculptée, et un bureau en bois de rose satiné. Plus son arbre de Noël personnel, un grand sapin vert devant des fenêtres d'angle qui encadraient la vue comme une carte postale de l'hiver en Nouvelle-Angleterre.

McCallum était un homme bien en chair et aux cheveux blancs ; il avait le teint plus couperosé que celui d'un vieux loup de mer, un nez en patate et des yeux bleus larmoyants. Son visage défait et son costume froissé laissaient entendre qu'il n'avait pas beaucoup dormi ces dernières vingt-quatre heures.

Bienvenue au club, songea McCain. Il s'assit avec Dorothy en face de lui, devant son bureau délicat. Il régnait une chaleur d'enfer dans la pièce. Dorothy, qui avait gardé son manteau, transpirait. Comme elle l'ôtait, McCallum lui montra du geste un portemanteau en bois dur, auquel était accroché un pardessus en cachemire.

– Comment allez-vous, inspecteurs ?

– Bien, monsieur, répondit McCain.

– Eh bien, pas moi ! lui renvoya McCallum. J'ai passé une journée abominable et je crains de ne pas être dans une forme olympique. Installez-vous confortablement. Je me targue d'être plus à l'aise avec les travailleurs manuels qu'avec les mandarins de l'université. J'ai grandi dans cette ville. Mon père était docker et ma mère trimait à l'usine. Je suis moi-même passé par Boston Ferris.

– Le gars du coin qui a réussi, conclut McCain.

Il y avait du sarcasme dans sa voix, mais McCallum n'y fut pas sensible ou préféra ne pas relever.

– J'appelle ça payer ma dette à une communauté qui a cru en moi.

– Mes compliments, monsieur, dit McCain.

Dorothy lui expédia un coup de pied dans les mollets.

– Que pouvez-vous me dire à ce stade de l'enquête ? demanda McCallum. Avez-vous appréhendé cette brute ?

– Quelle brute ? dit McCain.

– Vous le savez aussi bien que moi. Ce garçon est une canaille. Il mérite d'être derrière les barreaux pour ce qu'il a fait.

– De qui parlez-vous ? demanda McCain.

– Nous n'essayons pas de… d'éluder, lança Dorothy. Nous voulons simplement nous assurer que nous en sommes bien tous à la même page.

Peut-être savez-vous quelque chose que nous ignorons ? ajouta Micky.

Le regard de McCallum se durcit. Il croisa les mains, les posa sur son bureau luisant et se pencha vers eux.

– L'institution déplore une perte terrible. Franchement, la ville entière est tétanisée ! Avez-vous lu la presse du matin ?

– Permettez-moi de vous donner un scoop, dit McCain. J'ai répondu aux correspondants locaux hier soir.

– Alors vous comprenez à quel enfer je suis soumis !

J'ai passé la matinée au téléphone avec Ellen Van Beest et, entre-temps, il m'a fallu répondre au pied levé aux appels de la police, du maire et du gouverneur. À ce que je comprends, l'assemblée s'apprête à demander une séance spéciale pour faire le point sur le sport et la violence. C'est d'autant plus irritant que c'est une fumisterie.

– La violence, une fumisterie ? dit Dorothy.

– Non, bien sûr. Mais ces boniments sur le lien entre sport et agressivité, ces inepties sur les clubs qui se seraient transformés en champs de bataille… On veut nous faire prendre des vessies pour des lanternes ! Un drame survient, et, naturellement et comme toujours, les médias en font une affaire hors de proportion ! Après quoi, les autorités entament leur cirque, craignant que les parents cessent d'envoyer leurs enfants à Boston Ferris. Tout ça parce qu'une idiotie survient tous les trente-six du mois !

– Tous les trente-six du mois ? répéta McCain.

– Quand avez-vous entendu parler pour la dernière fois d'un sportif abattu en boîte de nuit ?

– Que Paul Pierce se soit fait poignarder ne compte pas ?

– Ça remonte à cinq ans ! La dernière fois que j'ai entendu parler de lui, le garçon se portait comme un charme. C'était une star, bon sang ! Alors ne nous laissons pas troubler par l'incident d'hier. (Sa mâchoire se crispa.) J'ai un emploi du temps très chargé. Y a-t-il quelque chose de précis que je puisse faire pour vous ?

– À vrai dire… (Dorothy lui tendit le formulaire en trois exemplaires que lui avait remis Violet Smaltz.) Nous avons besoin des dossiers médicaux de Julius Van Beest et souhaiterions que vous nous facilitiez la tâche.

– C'est quoi, ça ?

– De la paperasserie, dit McCain. Émanant de votre centre médical.

McCallum parcourut les documents et fit la grimace.

— Pourquoi vous faut-il les dossiers médicaux de Julius ?

— Pour ne rien laisser dans l'ombre, monsieur, répondit Dorothy.

— Qui veut les voir ?

— Le médecin légiste.

— Dans quel but ?

— Ne rien laisser dans l'ombre, répéta Dorothy.

McCallum hocha la tête.

— Ce n'est pas de mon ressort, inspecteur. Si le médecin légiste veut consulter les dossiers, c'est à lui de faire une demande officielle. C'est la procédure type.

— En effet, nous le savons, dit McCain. Mais comme il s'agit d'une enquête pour homicide et que tout le monde est impatient qu'elle se règle vite, nous nous demandions juste si vous ne pourriez pas nous donner un coup de pouce.

— Vous savez comment ça se passe, monsieur, enchaîna Dorothy. La presse a soif d'informations et nous serions ravis de lui dire que Boston Ferris apporte sa pleine et entière collaboration sur tous les points de l'enquête.

— Et c'est l'exacte vérité, dit McCallum. Remplissez les documents requis et vous aurez les dossiers.

Aucun des deux inspecteurs ne bougea.

McCallum poussa un soupir écœuré.

— D'accord, d'accord. Je leur téléphone. (Il tapota les papiers.) Quand bien même… ce n'est pas la procédure requise.

— Merci infiniment, monsieur, dit Dorothy. Nous vous en sommes vraiment reconnaissants.

— Tout le monde y gagnera, ajouta McCain.

— Mais oui, mais oui. (McCallum saisit le combiné.) Vous n'imaginez pas quel service je vous rends. Car pour ajouter encore à mes tourments, je vais avoir affaire maintenant à Violet Smaltz !

12

– Plus en harmonie avec les travailleurs manuels! grommela McCain en allumant le moteur. Connard!

Dorothy brandit l'enveloppe en papier Kraft. Elle contenait la dernière radio de Van Beest pour Boston Ferris.

– Il nous a obtenu ce que nous voulions.

– Tu veux qu'j'te dise: si t'es snob, t'annonces la couleur et tu la joues snob. (Il monta le chauffage au maximum.) Alors on saura tous sur quel pied danser.

– C'est Boston. Tu devrais être rodé maintenant, lui renvoya-t-elle. On a d'abord eu les Brahmins[1]. Maintenant ce sont les universités. Nous servons et protégeons le territoire d'intellectuels prétentieux.

Le portable de McCain sonna. Il le récupéra dans sa poche et l'ouvrit.

– McCain à l'appareil… C'est magnifique, madame Mathers. Génial. J'aimerais lui… Oui… oui… oui… Je comprends, madame Mathers, mais c'est un témoin de fait et… Oui… Oui, je vois. Peut-être pourrions-nous passer pour juste bavarder avec vous quelques minutes? Je vous le promets, nous serons discrets… allô? (Il poussa un soupir excédé.) Elle m'a raccroché au nez.

– Qui ça?

1. Les intellectuels issus des vieilles familles bourgeoises et conservatrices de Boston.

– Rayella Mathers. Sa fille, Spring, est vivante et en bonne santé, et dans un lieu « tenu secret », texto, où elle se calme les nerfs.

– Elle a peur.

– Qui n'aurait pas peur de ce sale type ?

– Attends, de quel sale type parlons-nous ? lui lança Dorothy avec humour.

McCain sourit et réfléchit un moment.

– J'ai besoin que tu m'accompagnes chez les Mathers. Tu dois convaincre la dame de nous dire où se trouve Spring.

– Tu veux que je lui parle comme une Noire à une autre Noire.

– Comme une mère, noire, forte et courageuse, à une autre mère. On dépose la radio à la morgue et on se met à jour avec le toubib plus tard. Il faut contacter Spring avant que Pappy ne le fasse.

– Il ne serait pas assez idiot pour… N'importe. On y va.

Dorothy n'eut pas besoin de presser longtemps Rayella Mathers pour la convaincre de leur livrer le refuge « secret » de sa fille. L'appartement d'une cousine éloignée à Roxbury, encore une colocation.

En revanche, elle dut déployer des trésors de patience pour persuader ladite Rayella de ne pas prévenir sa petite que la police allait passer. Pas question de laisser filer la fille.

Dès qu'ils arrivèrent sur les lieux, les inspecteurs définirent leur stratégie. Inutile de compter que Spring leur ouvre la porte d'elle-même, et ni l'un ni l'autre n'avait les documents voulus pour le lui ordonner. Après quelques tergiversations, ils décidèrent que Dorothy se chargerait d'imiter de son mieux Rayella, tout en restant juste en dehors du champ du mouchard.

Spring Mathers ouvrit la porte, vit des inconnus et, terrifiée, recula. Elle faillit réussir à leur claquer la porte au nez, mais l'épaule de McCain fut plus rapide.

– Juste quelques minutes, Spring. (Il força le passage et sortit sa plaque.) Je vous jure que nous sommes là pour vous simplifier la vie.

– Alors barrez-vous avec vos culs puants ! Foutez le camp !

Elle parlait fort, mais Dorothy encore plus.

– Si on t'a trouvée, ma belle, tu crois que Pappy aura du mal à en faire autant ? Alors maintenant tu te calmes et tu remercies Jésus que nous soyons arrivés avant lui !

Les mots s'inscrivirent dans le cerveau terrifié de Spring. Elle recula de deux pas, puis elle croisa les bras sur sa poitrine. Pas étonnant qu'elle ait tapé dans l'œil de Julius. Canon, la fille : une peau pulpeuse couleur moka, d'immenses yeux ronds, des lèvres sensuelles, rouges et charnues, des pommettes parfaites. Svelte mais une poitrine épanouie et un impeccable petit cul insolent et haut perché. Même dans sa période liane, Dorothy n'avait jamais eu cette silhouette de rêve.

– Qu'est-ce que vous voulez ?

La voix de Spring avait viré au chuchotement rauque.

– Nous voulons mettre Pappy Delveccio derrière les barreaux. Ce n'est pas ce que tu veux, toi aussi ?

– Je n'ai pas vu de coups de feu. (Des larmes coulèrent sur les joues satinées de la fille.) C'est la vérité, madame. Je n'ai pas vu de coups de feu et je n'ai pas vu quelqu'un tirer ! (Cette fois, elle pleurait.) Pourquoi vous ne me laissez pas tranquille ?

– Parce que nous ne voulons pas que la brute qui a tiré sur Julius se taille, dit McCain.

– D'après toi, à qui va-t-il s'en prendre s'il n'est pas mis à l'ombre ? demanda Dorothy à la fille.

– Non, pas si je ne dis rien ! rétorqua Spring. Et il n'y

a rien à dire parce que je n'ai rien vu ! J'ai juste entendu. Pop, pop, pop, vous connaissez. C'est tout. J'étais trop terrifiée pour essayer de voir qui tirait.

McCain sortit son carnet.

– Où étiez-vous assise ?

– À côté de Julius. Il me draguait, il passait son temps à me dire des mots doux. Je savais ce qui s'annonçait. (Elle haussa les épaules.) Moi, j'étais d'accord.

– C'est bien, Spring, lui dit Dorothy. Maintenant, où Julius était-il assis ?

Elle lui lança un regard de commisération.

– À la table, cette question !

– Où ça, à la table ?

– Que voulez-vous dire ?

– Les tables étaient placées contre le balcon, c'est bien ça ?

Elle acquiesça d'un signe de tête.

– Il regardait par-dessus le balcon ou il lui tournait le dos ? demanda Dorothy.

Spring plissa les yeux, comme si elle faisait une recherche dans la banque de données de sa mémoire.

– Il était assis… et regardait par-dessus le balcon… vers la porte… pour voir qui entrait. Après, il a dit… il a dit : « Oh, oh, le dos de Pappy. » Et il s'est levé. C'est là que j'ai entendu les détonations. Tout le monde s'est mis à hurler.

Elle se couvrit le visage de ses mains.

– Je me suis jetée par terre, je me suis roulée en boule en me faisant toute petite, et j'ai commencé à prier Jésus. (Elle laissa retomber ses mains et secoua la tête d'un geste incrédule.) Quand ç'a été fini, Julius était couché en travers de la table et il perdait son sang. (Elle regarda Dorothy.) Je n'ai jamais vu Pappy et je ne l'ai jamais vu sortir une arme.

Dorothy essayait de se repasser la scène au ralenti.

– Spring, quand tu t'es relevée, tu te rappelles avoir

vu Julius en travers de la table. Il était sur le ventre ou sur le dos ?

– Sur le ventre, je crois. Il est tombé avec un grand coup sourd. Je l'ai entendu. Je me rappelle avoir pensé qu'il allait casser la table et m'écraser.

– Donc, le choc a été violent, fit remarquer Dorothy.

– Oui, lui confirma Spring. Violent. Mais je n'ai vu personne tirer sur lui.

– Si vous n'avez pas vu Pappy tirer, dit McCain, vous ne l'avez pas vu, point. Tout ce qu'on vous demande, Spring, c'est de nous rapporter ce que disait Julius et ce que vous avez vu.

– Comptez pas là-dessus ! Cette brute me fout les jetons !

– Nous pouvons vous protéger en…

– N'importe quoi ! La police ne protège personne, surtout pas une Black. (Elle regarda Dorothy.) Et c'est pas parce que vous êtes là que ça changera quelque chose.

– Nous allons vous assigner, Spring, dit McCain.

– Il faudra commencer par me trouver. La prochaine fois, je ferai plus compliqué !

– Nous devrions l'interpeller, dit McCain.

– Pour quel motif ? lui demanda Dorothy en sortant son portable.

– Témoin matériel d'un meurtre, et elle risque de filer. Plus hurlements à l'endroit de la force publique.

– Elle n'a été témoin de rien de factuel, dit Dorothy. Une fois qu'on aura mis Pappy sous les verrous, elle baissera le ton. Tu peux allumer le moteur et mettre le chauffage ? Je suis glacée. Seigneur, ce mois de décembre doit battre des records de froid.

– Tous les ans, tu me sors le même refrain.

– S'il te plaît, allume.

Il obéit et monta le chauffage au maximum pendant

qu'elle vérifiait ses messages. En moins de quelques secondes, la voiture sentit la laine cramée.

– Des trucs importants ?

– Le capitaine O'Toole veut nous parler.

– Mauvais signe.

– Probable.

– Il n'a pas dit pourquoi ?

– Juste sa secrétaire qui nous demande de passer à quatorze heures.

– Ça ne me dit rien de bon.

– Chut… (Doroty se concentra en écoutant sa boîte vocale, appuya sur la touche. Elle pressa le bouton de déconnexion et rabattit le capot de son téléphone.) Le Dr Change a appelé. Pas la moindre trace d'anévrisme sur la radio.

– Tu plaisantes !

– Pas du tout.

– Alors c'est parfait, non ?

– Mais il est quand même sûr que c'est un anévrisme qui a tué Julius.

– Comment ça ?

– Peut-être comme il l'avait supposé. Un os aura fait écran aux rayons.

– Ou bien Julius est mort d'une blessure par balle qui a échappé à Change.

– Tu as intérêt à garder cette réflexion pour toi quand on le verra, Micky. (Elle loucha vers sa montre. 13:15.) On n'a pas le temps de passer à la morgue et d'être rentrés pour deux heures. Je dis à Change qu'on arrive autour de trois heures et demie, quatre heures.

– Cela me paraît correct.

– On devrait peut-être déjeuner en attendant, suggéra Dorothy.

– Déjeuner ? (McCain se mit à rire.) Ça, c'est du nouveau !

13

– Va pour quatre heures, dit Change à Dorothy au bout du fil. Si j'ai un peu de retard, attendez-moi.

– Pas de problème, Doc. Puis-je vous poser quelques questions ?

– S'il s'agit de la radio, je ne suis pas à la morgue en ce moment.

– Juste vos impressions.

– Je sais ce que vous allez demander. En jetant un rapide coup d'œil, je n'ai observé aucune trace radiographique d'anévrisme. Mais ça ne signifie pas qu'il n'ait pas existé. Je persiste à dire que c'est presque à coup sûr la cause de la mort.

– D'accord, mettons que l'anévrisme y était. (Elle changea son portable d'oreille.) Pourrions-nous poser l'hypothèse qu'il était tout petit ?

– Peut-être.

– Et s'il était tout petit, une protubérance minuscule même pas visible sur la radio, et si Julius est tombé brutalement à plat sur la table, pourrions-nous estimer qu'un choc de cette nature puisse provoquer la rupture de ce minuscule anévrisme… en théorie ?

– Pourquoi ne pas attendre d'être à la morgue pour en discuter ? dit Change.

– Je vous demande juste de me répondre. Est-ce une possibilité, que sa chute ait ouvert l'anévrisme ?

– Tout est possible, dit-il. Mais il vous faudra une

preuve plus solide pour aller devant les tribunaux. (Un temps.) À mon avis, en tout cas.

– Merci. (Elle raccrocha et fixa McCain.) Je mangerais volontiers un pastrami cacher… le truc roumain. On est à deux rues du Rubin's. Tu es partant ?

– Ça me paraît un bon plan. Qu'a dit Change ?

– Le verdict est : ni oui ni non. Pas assez solide pour le mettre en accusation, d'après son opinion.

– Opinions, troufignons, même combat : tout le monde en a, dit McCain.

Le capitaine O'Toole ferma la porte de la salle d'interrogatoire, un espace sans fenêtre, sans air, avec à peine assez de place pour une table et des chaises de modèle courant. Le sol se signalait par une mosaïque de dalles de granit vert dépareillées ; les murs naguère jaune bouton d'or avaient viré au moutarde éventé. Le capitaine tira une chaise avec son pied et s'assit en la reculant, l'estomac comprimé par les planches. Il avait le sang aux joues et des gouttes de sueur lui piquetaient le front. Il sortit un mouchoir de sa poche et s'essuya la figure avec détermination.

Il était accompagné d'Harriet Gallway, qui comptait dix ans de bons et loyaux services au bureau du district attorney. C'était une miniature, si menue qu'on ne la remarquait qu'en raison de ses cheveux d'un roux flamboyant. Des masses de cheveux, des mèches mousseuses qui s'égaraient au-dessus de ses épaules pour se perdre dans son dos. Elle portait des souliers plats et un tailleur du vert qu'affectionnent les chasseurs. Ses yeux d'émeraude étincelaient quand elle souriait. Mais là, elle ne souriait pas.

– On cuit ici, maugréa-t-elle.

– Ça ne sent pas la rose non plus, ajouta O'Toole. Asseyez-vous tous.

Dorothy et McCain échangèrent un regard et obéirent.

– Les dames d'abord, dit O'Toole avec un hochement de tête à l'intention d'Harriet.

Harriet s'éclaircit la voix.

– D'après mon patron, l'avocat de Delveccio publie un article qui impute la mort de Julius à des causes naturelles.

– Pas exactement, dit McCain.

– Cette histoire ne me plaît pas, dit O'Toole. Que signifie «pas exactement»?

– C'est ce que nous tentons de déterminer, chef.

– Nous, qui? voulut savoir Harriet.

– Le Dr Change, répondit Dorothy. John Change. Il pense que Julius est mort d'une rupture d'anévrisme et non d'une blessure par balle.

– Comment ça, pour lui? demandait O'Toole.

– Il pense, donc il nous bousille notre théorie, marmonna McCain.

– Ce sont ses conclusions pour l'instant, dit Dorothy.

– Seigneur, lâcha Harriet.

– Cela dit, reprit Dorothy, les coups de feu tirés par Delveccio auraient pu être la cause de la rupture d'anévrisme. Car Julius, quand il a été touché, est tombé en avant sur une table.

– L'impact du thorax sur la table pourrait très bien avoir fait éclater l'anévrisme, ajouta McCain.

– Donc les tirs sont à l'origine d'un enchaînement de faits qui ont causé la mort de Julius Van Beest, résuma Harriet. Nous pourrions quand même invoquer le meurtre par préméditation.

– C'est vraiment ce qui s'est passé? demanda O'Toole. C'est sa chute qui l'a tué? C'est la conclusion de Change?

– La chute n'a pas causé l'anévrisme… s'il y en avait un, précisa Dorothy. Mais elle pourrait en avoir causé la rupture.

– Que voulez-vous dire, s'il y en avait un?

– Pour l'instant, la radio ne montre rien, expliqua Dorothy.

– C'est quoi exactement, ces conneries ? s'exclama O'Toole.

Harriet joua avec ses cheveux.

– Donc, il se peut qu'il n'ait pas eu d'anévrisme.

– Change dit qu'à ce stade de l'enquête, il n'existe aucune preuve matérielle de son existence sur la radio, précisa McCain.

– Alors comment en a-t-il conclu que Julius est mort d'une rupture d'anévrisme ?

– L'autopsie a révélé la rupture d'une artère et une accumulation de sang dans la cage thoracique, répondit Dorothy. Je respecte Change, mais je me demande si une blessure par balle ne lui a pas échappé.

– Vous nous dites que Change a foutu la merde ? demanda O'Toole.

– Personne n'est parfait, murmura McCain.

En voyant le capitaine virer au cramoisi, Dorothy intervint.

– Nous avons une réunion dans une heure. Nous examinerons tout dans les moindres détails.

– Annulez votre rendez-vous, dit sèchement O'Toole. Nous avons des points plus importants à régler. Par exemple, l'arme avec laquelle on a fait feu sur Julius et que nous avons identifiée dans l'arsenal qu'on a confisqué. Ou encore l'empreinte partielle du pouce de Delveccio qu'on y a relevée.

Dorothy et McCain eurent un grand sourire.

– Vous l'avez épinglé ? demanda-t-elle.

– Il est en garde à vue au moment précis où je vous parle. Moins réjouissant : nos témoins qui avaient affirmé voir Pappy sortir une arme se sont rétractés. Mais, avec l'empreinte, nous savons que ce connard a touché l'arme à un moment donné. Et nous savons que la même arme a atteint Julius.

– À mon avis, un jury saura faire le rapprochement, dit Dorothy.

– Minute ! lança Harriet. Si j'essaie de prouver la préméditation, je dois avoir la certitude que Julius a été tué par cette arme en vertu d'un acte intentionnel, direct et commis par l'accusé. Or vous êtes en train de me dire que nous l'ignorons.

O'Toole jeta un regard noir aux inspecteurs.

– C'est à Change qu'il faut poser la question, dit McCain. Mais en attendant…

– C'est bien là le problème, le coupa Harriet. Si nous invoquons la tentative de meurtre et non l'homicide, l'avocat de Pappy va savoir que nous sommes dans l'incapacité de prouver que l'arme a tué Julius. Il aura les munitions nécessaires pour réfuter jusqu'à cette accusation.

– Qu'attendez-vous de nous ? demanda Dorothy.

– Que vous lui fassiez craindre d'être accusé de meurtre avec préméditation, dit la DA. Alors, nous pourrons probablement l'amener à reconnaître la tentative de meurtre. Sinon, nous risquerions de nous retrouver avec un chef d'accusation mineur.

– C'est grotesque ! s'emporta McCain. Il visait Julius, il a touché le foutu flingue, et les balles ont atteint leur cible !

– Mais sans forcément provoquer la mort, inspecteur. Et si nous n'avons personne qui ait vu Pappy appuyer sur la détente, notre argumentation présente une faille. Et Pappy peut être très charmeur quand il le veut, dit Harriet. Mettez quelques mordus de basket dans le jury, au besoin une ou deux créatures qui se pâment d'admiration pour lui, et nous pourrions être dans la merde.

Le silence s'installa dans la pièce.

McCain fut le premier à le rompre.

– Imaginons. Nous n'avons aucune preuve concluante de l'existence d'un anévrisme sur la radio. Donc, en ce moment précis, j'ignore de quoi est mort Julius. Je peux donc dire à Delveccio que c'est sa balle qui l'a tué. (Il haussa les épaules.) Bon sang, la Cour suprême dit que je suis autorisé à user de subterfuges, non ? Laissez-moi y aller et je le mets en condition.

– Il a déjà demandé à voir son avocat, fit remarquer Harriet. La première fois qu'on l'a interpellé.

– Je ne l'ai pas entendu le faire aujourd'hui.

– Là n'est pas la question. Une fois qu'il a demandé…

– Sauf s'il décide de son plein gré de répondre à mes questions, dit McCain. Deux mecs qui taillent gentiment une petite bavette…

– Pourquoi diable accepterait-il ? demanda O'Toole.

McCain sourit.

– Vous savez, capitaine, quand je veux, je peux être charmeur moi aussi.

Derrière la glace sans tain, McCain jaugea Patrick Luther Delveccio : immense, une carrure impressionnante, à peine sorti de l'adolescence. Enfant gâté dans un corps surdimensionné, il intimidait. Tenue décontractée – jean et sweat-shirt. Aux pieds, des chaussures de sport – un cinquante fillette – bleu fantaisie. La rogne figeait la bouche du jeune, sinon tout son corps bougeait : ses mains tambourinaient sur la table, ses pieds faisaient des claquettes, sa tête marquait la cadence d'un rythme intérieur. Malgré quoi il paraissait détendu, comme si la perspective d'un séjour au frigo n'était guère plus qu'un camp de vacances.

McCain se lécha les lèvres et entra dans la salle d'interrogatoire.

– Salut, Pappy.

Delveccio lui lança un regard rageur.

– Je vous ai pas causé.

– Pourquoi ça ? Je suis si moche ?

– Ouais, comme vous dites. Mais je vous cause pas non plus parce que je cause pas aux flics.

– Tôt ou tard tu seras bien forcé d'y venir. Je me disais que si on était juste toi et moi… tu sais bien, un petit tête-à-tête… ça simplifierait les choses.

Delveccio se marra.

– J'en ai rien à branler.

McCain agita un doigt.

– Tu auras le temps d'y songer quand l'aiguille te piquera.

– Le Massachusetts ne reconnaît pas la peine de mort, lui renvoya Delveccio avec un ricanement mauvais. Et tout ce qu'on retiendra contre moi, c'est la malveillance criminelle ou une merde de ce genre.

– Qui t'a dit ça?

– Tout le monde.

– Ma foi, dit McCain (il s'installa sur une chaise et lui fit un clin d'œil), tu as raison pour l'injection, mais tu la réclameras peut-être au bout de cinquante ans de taule. Tu vois ce que je veux dire?

Delveccio rit.

– Vous êtes un sac de merde.

– Et toi, la merde, t'es dedans, mon bonhomme. Parce que aujourd'hui est un autre jour et devine quoi, Pappy? Nous avons l'arme. Une correspondance balistique claire et nette avec les balles dans le corps de Julius et une superbe empreinte qui correspond aux tiennes. Il s'agit d'un assassinat, Pappy. Nous te remettons au DA, signé, cacheté et avec accusé de réception.

Delveccio fit la moue, mais garda le silence. McCain décida de le laisser venir.

Delveccio dit enfin:

– Julius n'est pas mort d'un coup de feu. Vous n'avez rien contre moi.

– C'est ce qu'on t'a dit? (McCain hocha la tête.) Tout le monde te raconte des trucs, et après, les trucs changent.

À son tour de rire.

Delveccio essaya de ne pas s'émouvoir, mais l'impulsivité de la jeunesse l'emporta.

– Putain, y a quoi de si marrant ?

– Rien, le rassura McCain. Je ne te reproche rien, Pappy. La plupart des sportifs s'en sortent très bien au tribunal. Toutes les filles qui sont là à roucouler… (Il marqua un temps.) Seulement, là encore, la plupart des sportifs n'ont pas leurs empreintes sur l'arme du crime. Et la plupart des sportifs ne tuent pas d'autres sportifs. Julius plaisait au public. Peut-être plus que toi.

– On s'en fout parce que c'est pas une balle qui l'a tué.

– Continue à te le répéter, Pappy. Tu finiras peut-être par convaincre quelqu'un. (McCain se leva.) Ravi de t'avoir parlé. Et bonne chance avec ton avocat.

Il fit un pas en direction de la porte.

– Hé ! lui cria Pappy.

McCain se retourna, mais ne dit rien.

– Vous mentez, dit Pappy.

McCain fit mine de repartir vers la porte.

– Vous me racontez quoi ? Qu'est-ce que vous savez sur toute cette merde ?

– Désolé, dit McCain. Je ne peux rien te dire hors de la présence de ton avocat.

– Qu'il aille se faire foutre ! Vous me racontez quoi ?

McCain mit une main dans sa poche.

– Pourquoi devrais-je te le dire puisque, toi, tu ne dis rien ?

– Parce que… (Delveccio se pinça les lèvres.) Vous essayez de m'acheter. Mais moi, je joue pas à des jeux truqués. Ouais, je vais attendre mon avocat.

– Bon choix, dit McCain. J'espère pour toi que c'est pas un type qui va essayer de se faire un nom avec ton affaire.

Il se dirigea vers la sortie. Il avait la main sur le bouton quand Delveccio dit :

– Peut-être que je peux vous donner quelque chose. Parce que j'ai rien fait. Et que c'est la vérité.

McCain tournait toujours le dos au garçon.

– Vous m'entendez ? dit Pappy.

McCain se retourna et le regarda dans les yeux. Le vit ciller. Le garçon se lécha les lèvres, puis la pastille de barbe juste au-dessous.

– Quoi ?

– Asseyez-vous, dit le jeune. (Donnant un ordre à McCain, comme s'il était habitué à commander.) J'aime pas vous avoir au-dessus de moi comme ça.

McCain obtempéra.

– Voilà le marché, dit Delveccio. Je dis rien sur ce qui s'est passé en boîte. Je suis pas idiot.

Il se pencha en avant au-dessus de la table. Très en avant. Le premier réflexe de McCain fut de reculer, mais il le bloqua aussitôt. Et attendit.

– Ce que je dis n'a rien à voir avec Julius, reprit le jeune. Mais avec autre chose.

– J'écoute.

McCain s'appliquait à garder un ton de voix neutre. Pas vraiment facile avec cettte énorme bouille peu amène à quelques centimètres de sa figure.

– Dites-moi d'abord ce que vous, vous me filez.

– Impossible tant que j'ignore de quoi tu parles, Pappy.

– C'est donnant-donnant.

– Je vais te dire quoi, Pappy. Mets-moi sur la piste.

Delveccio s'avachit dans son siège et croisa les bras sur sa poitrine.

– Je pourrais avoir une idée de l'endroit où se planque une certaine personne que vous recherchez.

– Vraiment ?

McCain gardait un ton égal, mais ses méninges s'emballaient.

– Je peux pas le jurer, reprit Delveccio, mais j'entends des choses.

– Parle.

– Je fais pas de taule, d'accord ?

– Tu n'y couperas pas, Pappy.

– Bon… alors le minimum. Six mois pour usage imprudent d'une arme à feu ou ce qui vous chante. La détention en maison d'arrêt, c'est dans mes cordes. J'ai déjà connu ça quand j'avais quatorze ans.

– Tiens donc ! ?

– Comme je vous dis. (Il sourit de toutes ses dents.) Une petite bagarre avec des potes. Ça remonte à loin. Le dossier du tribunal pour enfants est pas consultable.

– Théoriquement, dit McCain.

– Trois mois, dit Pappy. Je suis sorti à temps pour la saison.

– Le garçon est mort, Pappy. Je jouerai franc jeu. Mais je ne dis pas que nous ne pourrons pas parvenir à un arrangement si tu nous donnes quelque chose de sérieux.

– Croyez-moi, c'est du sérieux.

– Écoute, Pappy, je vais faire de mon mieux. De quoi s'agit-il ?

Delveccio sourit.

– Vous recherchez quelqu'un, pas vrai ? (Il émit des bruits de baisers.) Mister Lover Boy. Et j'en dirai pas plus jusqu'à ce que vous m'obteniez un arrangement.

McCain le regarda fixement.

Vous recherchez quelqu'un.

Lover Boy.

Ce fumier parlait de leur tueur fou en fuite, recherché à Perciville, Tennessee.

Romeo Fritt.

14

À neuf heures et demie, Pappy et Lover Boy étaient à l'abri derrière les barreaux. Le lendemain, Romeo Fritt reprendrait la route du Tennessee, où il aurait droit à son injection. Et Delveccio monterait dans un bus à destination de la prison.

Les avocats de Pappy, en apprenant que McCain s'était entretenu avec leur client, avaient fait un raffut de tous les diables, brandi des menaces, puis compris que le garçon avait obtenu une transaction correcte. Trois heures d'arguties avec Harrict avaient débouché sur une inculpation pour homicide involontaire. Malgré le dossier définitivement archivé du tribunal pour enfants, c'était, officiellement, sa première infraction. Il pourrait retrouver les joies du temps de jeu dans moins de deux saisons.

Dorothy et McCain ne pavoisaient guère. Mais avec Change qui concluait mordicus à une mort par rupture d'anévrisme, il aurait été impossible d'obtenir une condamnation pour meurtre avec préméditation.

Même une tentative de meurtre eût été trop demander.

– C'est Boston, dit McCain. Il faut connaître son public. Je pense qu'on ne s'en est pas trop mal sortis.

Dorothy resserra son manteau autour d'elle. Un vent âpre soufflait par rafales de la baie. Le ciel était noir et limpide. Pas de neige ce soir-là, mais la température n'en paraissait que plus glaciale.

– Ça ne va pas faire l'affaire d'Ellen Van Beest, dit-elle en claquant des dents.

McCain entoura son cou, sa bouche et son nez de plusieurs tours d'écharpe.

– N'empêche que Pappy va purger sa peine et qu'on a un meurtrier particulièrement dangereux en moins dans les rues.

– Articule !

Il écarta l'écharpe de sa bouche et répéta.

– Tout bien considéré, ce n'est pas trop nul, non ?

– Mmm… Si tu te chargeais d'appeler Ellen ?

McCain garda le silence pendant qu'il récupérait les clés de la voiture au fond de sa poche.

– On dîne dehors. Je meurs de faim.

– Je veux rentrer retrouver les garçons.

– Sortons-les, lui proposa McCain. Je vous invite. J'ai des envies de homard. Au Legal, ça te dirait ?

Dorothy se sentit incapable de résister.

– Moi aussi, j'ai faim. J'appelle les garçons et je leur dis de nous y retrouver.

– Génial. (McCain ouvrit la portière et grelotta le temps d'allumer le moteur et de mettre le chauffage. Il fallut plusieurs minutes pour que l'air, à l'intérieur, devienne respirable.) Au début, passer Noël en Floride ne me tentait pas. Tu sais ce que je pense de la Floride. Mais après m'être gelé pendant cette période de froid et ne pas avoir fermé l'œil pendant deux jours, la Floride me paraît presque le rêve.

– Emmène-moi !

– Avec plaisir.

Dorothy chercha son portable dans son énorme fourre-tout, jeta un coup d'œil à l'écran et lut le texte du message.

– Le homard est à l'eau. Change veut nous voir séance tenante.

– L'affaire est réglée, grogna McCain.

– Apparemment non. Tu veux que je fasse l'impasse sur le déterreur de cadavres en chef ?

– Oui ! dit McCain. Non. (Il lui arracha le portable.) Tu le rappelles, mais après dîner.

Il faisait noir comme dans un four dans le labo en sous-sol, le temps que Change allume les néons. Les tubes fixés au plafond papillotèrent l'un après l'autre jusqu'à ce qu'une lumière éblouissante inonde la salle. Dorothy, une fois que ses yeux eurent accommodé, ôta son manteau et l'accrocha. Puis se ravisa et le remit. La salle était un véritable igloo.

– Bonsoir, inspecteurs, leur lança Change.

– Ne me dites pas que Julius est mort par balle. On a conclu une transaction avec Pappy.

– Non, il n'est pas mort d'une blessure par balle. (Il alluma l'éclairage d'un coffre mural monté sur un support, puis fourragea dans une série de grandes enveloppes en papier kraft.) Toutes mes excuses pour la température. Ça ne devrait pas nous prendre longtemps.

– Alors pourquoi ne pas attendre jusqu'à demain ? maugréa McCain.

– Je me suis dit que vous aimeriez voir, répondit Change. Votre programme de demain risque d'en être modifié.

– Alors montrez-nous ça demain, marmonna McCain.

Dorothy lui expédia un petit coup de coude dans les côtes.

– De quoi s'agit-il, Doc ?

– Nous y venons.

Change sortit une grande radio d'une enveloppe et la plaça sur l'écran rétro-éclairé.

– Radio du thorax, dit McCain.

– Exactement.

– Vous avez localisé l'anévrisme ? demanda Dorothy.

– Il n'y a pas d'anévrisme. Mais je suis plus que jamais convaincu que c'est bien ce qui a tué Julius. (Il saisit une baguette.) Il aurait dû se situer juste dans cette région. Vous voyez cette zone de gris ? Cette crosse ? C'est ici que l'aorte se divise en sous-clavière et carotide.

– Moi, je vois un tas de côtes, dit McCain sans amabilité excessive.

– Nous y viendrons tout à l'heure, continua Change. Cette radiographie ne présente strictement rien de suspect du point de vue anatomique. Tout paraît normal… Non, permettez-moi de rectifier. Tout paraît normal, du côté vasculaire ! (Il se tourna vers McCain.) Puisque les côtes vous intéressent tant, examinons-les. Nous en avons douze au total.

– Je dirais nettement plus, dit McCain d'un ton bougon.

– Parce que vous voyez une image double. Dix côtes sont fixes. Elles partent de la colonne vertébrale, s'incurvent et viennent s'articuler sur le sternum. (Il reprit une baguette et la pointa sur la radio.) Comme l'image est en deux dimensions, ce que nous avons sous les yeux est la même côte, vue à la fois de face et de dos.

– Pigé, dit McCain. Continuez.

– Ici, nous avons ce que nous appelons les côtes flottantes, là, les projections qui semblent pendre de part et d'autre de la colonne vertébrale.

– Et ce n'est pas normal ? demanda Dorothy.

– Si, tout à fait normal. Suivez-moi bien. (De nouveau, il pointa le tracé des côtes.) Cette douzième côte flotte librement… rien ne s'interpose. La onzième côte visible sur cette radio est légèrement plus courte que d'ordinaire, ce qui signifie que l'extrémité est partiellement cachée par la cage thoracique, et plus précisément par l'incurvation de la dixième côte. Mais si vous regardez avec attention ce que je vous montre, que voyez-vous ?

Les inspecteurs étudièrent la radio.

– Ça ressemble à une fente, dit McCain.

– Tout à fait, leur confirma Dorothy. Je la vois.

– Ça ne ressemble pas à une fente, dit Change, c'en est une. Cette côte est dite surnuméraire ; dans ce cas précis nous avons une côte bifide, soit une malformation congénitale un peu inhabituelle mais pas vraiment rare, disons… dans un cas sur vingt.

Il se tourna vers eux.

– J'ai autopsié le garçon. Je l'ai examiné de fond en comble. La côte en trop n'a rien à voir avec la mort de Julius. Mais rien à voir, non plus, avec Julius. Cette radio n'est pas celle du corps que j'ai autopsié. Le corps que j'ai autopsié ne possédait pas – je répète, ne possédait pas – de côte surnuméraire. Elle n'aurait pas pu m'échapper, et je l'aurais noté !

Le regard de Change flamba. Une première, pour les inspecteurs.

– Ce n'est pas la radio de Julius, répéta Dorothy.

– C'est vous, les inspecteurs. Vous souhaiteriez peut-être savoir de quoi il retourne ?

Silence.

Le légiste tapota la radio avec sa baguette.

– Si j'étais vous, je repartirais voir tous les dossiers médicaux de Julius, et pas seulement ceux de l'année la plus récente. Celui que vous a remis la fac semblait devoir suffire, mais nous voulons maintenant les voir tous, sans exception. En quoi était Julius ? En dernière année ?

Dorothy acquiesça d'un signe de tête.

– Donc les services de santé de Boston Ferris devraient avoir d'autres radios thoraciques. Retournez-y et voyez si vous en trouvez… au moins une qui soit bien de Julius.

Il enleva le cliché et le remit dans l'enveloppe.

– Je le garde pour mes dossiers.

– Grand Dieu, tu sais ce que ça signifie, Dorothy ? s'exclama McCain. Rien moins que de repartir à Boston Ferris et affronter Violet Smaltz !

– Cette femme est impossible, expliqua Dorothy. Elle va se perdre en tergiversations… non qu'elle ait quelque chose à cacher, je ne crois pas, mais parce qu'elle adore noyer les gens dans la paperasserie.

– Je connais, dit Change. Vous savez quoi ? Je vous accompagne. Ça accélérera peut-être la procédure.

– Ça l'accélérerait aussi si le président McCallum venait une fois de plus à la rescousse, dit Dorothy.

– Il a intérêt, dit McCain. Il y a quelque chose de pourri sur son sacré campus !

15

À huit heures du matin, un ciel lourd et humide assombrissait le campus. Quelque part derrière la brume d'un gris d'étain, le soleil essayait de percer, ajoutant un peu de clarté, mais pas de chaleur. La glace transformait les allées qui serpentaient à travers les jardins en vraies patinoires. Les boots de McCain crissaient. Le froid lui crispait le nez. Dorothy, Change et lui peinaient pour rester à la hauteur du président McCallum.

– Je suis sûr qu'il s'agit d'une négligence. (McCallum resserra son manteau.) Une simple confusion. (Le ton manquait de conviction.) Ce sont des choses qui arrivent, vous savez. Les erreurs dans les hôpitaux.

– Celle-ci a été fatale. (Les dents de McCain jouaient des castagnettes.) Aucun médecin doté de bon sens n'aurait autorisé Julius Van Beest à jouer avec un anévrisme majeur.

McCallum se rembrunit, ouvrit d'un geste décidé la double porte d'entrée vitrée du centre médical et s'effaça pour les laisser passer. Une armada d'étudiants blêmes, grelottants, toussant et éternuant à qui mieux mieux, était affalée sur des sièges et tremblait de fièvre. Les infirmières saluèrent avec étonnement et déférence McCallum qui entra vivement dans la salle des archives, où Violet Smaltz rendait ses dévotions à la paperasserie.

Elle leva la tête de son bureau, son regard acéré comme une flèche allant de l'un à l'autre des visiteurs.

Puis elle se leva et tenta de réprimer un petit rire sarcastique.

– Monsieur le Président…

– Sortez-moi tous les dossiers médicaux de Julius Van Beest ! lança-t-il.

La mâchoire de la femme s'affaissa.

– Monsieur, ce n'est pas la procédure normale. Il me faut l'autorisation…

– Le gamin est mort ! hurla McCallum. Sortez-moi ses dossiers, et tout de suite !

Violet se mordit la lèvre.

– Cela prendra un certain temps.

– Alors inutile d'en perdre ! (McCallum se rongea l'ongle du pouce. Inspira, souffla. Adoucit le ton.) C'est de la plus haute importance, Violet. Il y va de la réputation de la faculté.

Violet Smaltz hocha la tête d'un air compassé et disparut derrière les rayonnages de dossiers.

McCallum se frotta les mains l'une contre l'autre.

– Et vous affirmez catégoriquement, docteur Change, que la radio que vous avez vue ne pourrait en aucun cas être celle de Julius Van Beest ?

– Avec cent pour cent de certitude.

– Dans ce cas, il ne nous reste plus qu'à attendre et…

Personne ne souffla mot jusqu'au retour de Violet, qui revint avec les dossiers en main.

– Ils sont tous là, dit-elle.

Elle les tendit à McCallum qui les passa à Change.

Le légiste sortit les radios du thorax.

– Auriez-vous un négatoscope ?

– Évidemment ! lui renvoya Violet. Nous ne travaillons pas dans un camping, vous savez ?

Elle les conduisit dans un cabinet de consultation désert et alluma le négatoscope. Change fixa les radios aux pinces et étudia les images.

McCain fut le premier à parler.

– La côte est toujours fendue.

– Tout à fait, dit Change. Aucune de ces radios n'est de Julius.

– Comment pouvez-vous en être si sûr ? le contra McCallum. Il aurait pu se faire opérer pour se faire retirer cette côte en trop ?

Change étudia la question.

– Quand doit-il être inhumé ?

– Il a été enterré hier, dit Dorothy.

– Je vais rédiger une demande d'exhumation.

– Doc ! s'écria Dorothy. Si nous réfléchissions un peu avant de nous mettre à déterrer les morts… ? Première question : vous êtes certain qu'il est mort d'une rupture d'anévrisme ?

– Je serais prêt à mettre en jeu ma réputation et à affirmer que ce garçon souffrait d'une anomalie pré-existante d'un vaisseau. Et je ne vois aucune raison qui ait pu le pousser à se faire enlever cette côte surnumé-raire. En l'occurrence, je suis certain qu'il ne l'a pas fait, aucune cicatrice ancienne ne l'attestant. Ces radios ne sont pas celles de Julius Van Beest.

– J'ignore si ce sont les radios de Julius Van Beest ou pas, mais je peux vous affirmer une chose : aucune n'a été prise dans les locaux de cette faculté, lâcha Violet.

Quatre paires d'yeux se rivèrent sur les siens. Elle montra du doigt les spécifications au bas des clichés.

– « Cabinet d'imagerie médicale ». Je n'ai jamais entendu parler de ce labo. Probablement véreux, si vous voulez mon avis.

McCain se tourna vers le président.

– Les sportifs se font-ils radiographier en règle géné-rale dans les locaux de cette faculté ?

– Pourquoi lui poser la question à lui ! pesta Violet. Je peux parfaitement vous répondre !

McCain attendit.

– La réponse est oui. En temps normal, les examens

médicaux sont effectués quinze jours avant la rentrée. Je viens surveiller personnellement l'établissement des dossiers. Il m'est arrivé une fois de déléguer cette responsabilité à une subordonnée, et je ne vous dis pas la pagaille !

– J'imagine qu'il vous a fallu des heures pour tout ranger, susurra McCain.

Violet lui jeta un regard assassin, mais elle tint sa langue.

– Non seulement cette radio n'a pas été faite sur le campus, mais elle a été prise avec retard. Regardez la date : un mois après le début du semestre ! C'est absolument contraire à la procédure.

Dorothy se tourna vers Change.

– Vous dites qu'aucun médecin doué de bon sens n'aurait autorisé Julius à jouer avec un anévrisme ?

– Exactement.

– Et si le médecin de l'équipe l'avait caché à Julius ?

– Il s'agirait d'un psychopathe, dit Change.

– C'est absurde ! protesta McCallum. Notre personnel est d'une compétence irréprochable, et je ne tolérerai aucune accu…

– Accusations ou pas, le coupa Dorothy, nous ferions preuve de négligence si nous n'interrogions pas ce médecin.

– Je suis sûr, intervint McCain, qu'il serait aussi troublé que nous, dit McCain. Vu sa compétence irréprochable…

McCallum fit la grimace. Fixa le plafond. Leva les mains en l'air en un geste d'impuissance.

– Je ne sais même pas s'il est ici.

– Le coach est là, Dorothy. L'équipe avait une réunion à huit heures aujourd'hui pour parler de Julius. Tout le monde, sans exception. J'imagine que ça inclut le médecin.

– Alors qu'attendons-nous ? demanda Violet.

– C'est nous qui attendons, lui renvoya McCain.

– Le garçon s'est fait radiographier hors du campus et en est probablement mort. Il n'aurait pas dû être autorisé à agir de la sorte. Toute cette histoire met en cause le sérieux de mes dossiers et de mes méthodes, c'est inadmissible ! (Elle décrocha son manteau d'un geste vif.) Allons-y ! Qu'on en ait le cœur net.

Les garçons s'entraînaient sans conviction, sans doute pour préserver une apparence de normalité. Mais rien qu'à voir les épaules tombantes de son fils, Dorothy comprit qu'il manquait de concentration, et ses camarades probablement tout autant. Ils suivaient les indications d'Albert Ryan, ancien coach des Boston Celtics avec, à son actif, vingt-quatre ans comme entraîneur universitaire. Un mètre quatre-vingt-quinze, chauve et mince comme un poteau télégraphique, Ryan, d'ordinaire taciturne, semblait paralysé par la tragédie. Son expression était celle du capitaine qui sombre avec son navire. Lorsque les arrivants s'adressèrent à lui, il fit signe que non de la tête et leur montra un homme de haute stature et bedonnant, la fin de la cinquantaine, en blazer bleu, pantalon gris et polo bleu, qui se tenait sur la ligne de touche.

Chirurgien orthopédiste, Martin Green s'était spécialisé dans la médecine du sport. Tout en exerçant en médecine libérale à plein temps, il travaillait avec Boston Ferris depuis quinze ans. Il s'exprimait d'une voix autoritaire, mais Dorothy l'entendait à peine dans le vacarme des pas et des rebonds de ballon qui se répercutaient dans la salle.

– Dites, nous ne pourrions pas discuter dans un coin un peu plus tranquille ?

– Monsieur Ryan, lui lança McCallum, disons que c'est tout pour aujourd'hui.

Ryan acquiesça, donna un coup de sifflet et informa les garçons qu'on s'en tenait là. Ils sortirent lentement du gymnase en file indienne. Marcus consentit à saluer sa mère d'un hochement de tête imperceptible, mais resta soudé à ses coéquipiers.

Le pied de McCallum tapota le sol. Maintenant déserte, la salle résonna comme une cathédrale.

– Julius a insisté pour se faire radiographier hors du campus. L'examen le terrifiait et il voulait que son médecin personnel s'en charge.

– Terrifié par une radio ? dit McCain.

– Apparemment, son grand-père était mort d'un cancer dû à une surexposition aux radiations. Il ne faisait pas confiance aux équipements de l'université. Trop peu étanches ou une absurdité de ce genre.

– Une absurdité totale ! renchérit Violet.

– À quel type de radiations son grand-père avait-il été soumis ? demanda McCallum.

– Il aurait travaillé comme assistant dans un labo universitaire. (Green haussa les épaules.) Je n'ai jamais eu le fin mot de l'histoire, et le peu que m'en a dit Julius m'a paru bizarre. Quoi qu'il en soit, Julius était anxieux et avait déjà prévu de se faire radiographier à son labo personnel. Je n'ai pas jugé utile de pinailler.

– C'est contraire à la procédure ! lança Violet d'un ton pincé.

– Certes, reconnut Green. Mais je n'y ai vu aucun mal. Il l'avait toujours fait depuis le lycée. J'ai d'ailleurs appelé son coach là-bas, et cette partie au moins de son histoire était vraie. Comme la plupart des super-athlètes, Julius était super-compliqué. Il avait ses superstitions, ses rituels et ses manies, et j'en ai conclu qu'il rejoignait le lot. D'ailleurs, du moment que sa radio était nette, qu'importe d'où elle venait ?

– Vous avez donc examiné le cliché, dit Change.

– Naturellement. Il me l'a remis lui-même et nous

l'avons étudié ensemble. (Les yeux de Green s'assombrirent.) Pourquoi ? Qu'est-ce qui ne va pas ?

– Savez-vous de quoi Julius est mort ? lui demanda Change.

– On a tiré sur lui.

– On a tiré sur lui, mais c'est la rupture d'un vaisseau sanguin qui a entraîné la mort, probablement l'artère sous-clavière. Je suis certain que le garçon souffrait d'anévrisme.

– Qu'est-ce que vous me racontez là ? s'étrangla Green. Je n'ai jamais relevé le moindre anévrisme !

– Parce que vous n'avez jamais vu de radio de Julius, lui répondit Dorothy.

Green parut abasourdi.

– Mais de quoi parlez-vous ?

Dorothy jeta un regard à Change, qui expliqua la situation.

Ryan se mit de la partie.

– Bon sang ! explosa-t-il. Que voulez-vous dire exactement ? Que c'est le coup porté à Julius par ce connard de Duran qui l'a tué ?

Il était d'une blancheur de craie et la sueur ruisselait sur sa figure.

– Albert, asseyez-vous, lui dit le Dr Green.

– Non, je vais très bien ! Je veux savoir ce qui se passe. Vous êtes en train de me dire que le basket l'a tué ? !

– Pas vraiment, dit Change.

– Alors expliquez-vous, bon Dieu !

– Albert, dit McCallum.

Ryan se tassa.

– Excusez-moi, monsieur. Les nerfs…

McCallum lui tapota l'épaule.

– Nous sommes tous sous le choc. (Il se tourna vers Change.) Pouvons-nous avoir une explication détaillée, je vous prie ?

– La cause précise de la rupture de l'artère relève de

l'hypothèse, mais une chose est claire : Julius aurait dû s'abstenir de tout sport de contact, quel qu'il soit.

– Je ne l'aurais jamais laissé jouer si j'avais vu un foutu anévrisme sur sa foutue radio, bordel ! se défendit Green.

– Vous voyez le résultat quand on ne suit pas la procédure ! susurra Violet.

Elle eut droit à des regards furibonds. Mais, en l'occurrence, elle se trouvait avoir raison. Même McCain dut le reconnaître.

– Si le gamin procédait ainsi depuis le lycée, dit-il, s'il présentait d'autres radios que les siennes, il savait à quoi s'en tenir. Donc, à un moment quelconque, une radio a dû montrer l'existence d'un anévrisme.

– Notre responsabilité n'est engagée que sur les clichés qui nous ont été présentés, déclara McCallum. (Sa voix trahissait un profond soulagement.) Et ces radios sont limpides. À notre connaissance, le garçon était en bonne santé.

– Elles sont limpides et ce ne sont pas celles de Julius.

– Mais c'est abominable ! s'exclama Green.

– L'inspecteur McCain a raison, dit Dorothy. Il y a forcément une radio quelque part. Reste à savoir jusqu'à quand nous devons remonter.

– Un pédiatre conserve sûrement une radio de lui quand il était petit, dit McCain.

– Et il aurait sûrement averti la mère de Julius, ajouta Change.

– Pas une mère dotée de sens commun n'aurait laissé son fils mettre sa vie en danger, dit Dorothy. Je suis sûre et certaine qu'Ellen l'ignorait.

– Est-ce la norme qu'on radiographie un enfant ? demanda McCain.

– La radiographie du thorax ne fait pas partie du suivi infantile, répondit Green. On évite d'exposer inutilement un enfant aux rayons X. Mais en cas de toux persistante, de mauvaise bronchite ou de présomption de pneumonie, on pourrait avoir demandé une radio.

– Alors posons la question au pédiatre de Julius.

– Il nous faut l'autorisation d'Ellen, lui rappela Dorothy. Pour l'instant, je ne veux pas lui annoncer ce genre de chose. C'est trop tragique. (Elle regarda le médecin de l'équipe.) Docteur Green, vous disiez avoir parlé au coach qui entraînait Julius au lycée et qu'ils gardaient des radios ?

Green fit oui de la tête.

– Commençons par là, comparons leurs clichés à ceux-ci. Nous saurons au moins s'il a usé du même subterfuge.

– Où était-il inscrit ? demanda McCain.

– À St. Paul's, dit Ryan.

– St. Paul's, à Newton ? demanda Dorothy.

– Tout à fait, répondit le président McCallum. Comme la majorité de nos étudiants, c'était un gars du coin.

– Alors on va à Newton, conclut McCain. J'ai toujours aimé les banlieues en hiver.

16

St. Paul's se déployait sur trois hectares de terrain vallonné et hautement coté dans les collines de Newton. L'établissement se conformait aux canons d'un lycée privé épiscopalien, mais un écriteau apposé sur la chapelle de style colonial proclamait : « Assister aux offices est facultatif. Nous sommes tous les enfants de Dieu. »

Le directeur sportif, Jim Winfield, un autre suppléant de la NBA, tutoyait les deux mètres quinze. Crâne rasé, barbiche, le visage sculpté d'un guerrier maori.

Black is beautiful, songea Dorothy. Absolument somptueux. Quelle impression cela faisait-il de vivre avec un individu doté d'une telle présence ?

Comme Ryan, Winfield semblait anesthésié par la mort de Julius. Il déclara aux inspecteurs qu'il se rappelait effectivement avoir reçu un appel de Boston Ferris au sujet des radios thoraciques de Julius Van Beest.

– Je ne me souviens plus si c'était le Dr Green ou Al Ryan. Je les connais bien tous les deux. Au cours de ces dernières années, nous nous sommes fait pas mal de renvois d'ascenseur. Enfin… façon de parler.

Ils étaient assis dans son bureau, une pièce aux proportions généreuses lambrissée de chêne, et où des vitrines débordaient de coupes et de trophées. Le lycée s'était classé premier en football américain, basket, football, hockey, tennis, natation, polo, escrime et lacrosse[1]. St. Paul's prenait le sport très au sérieux.

— Et de quoi avez-vous parlé avec la personne en question ? demanda Dorothy.

— Je ne me rappelle pas exactement la conversation, madame, répondit Winfield. Ça remonte à plus de trois ans. Ils voulaient savoir si Julius apportait toujours ses radios personnelles, à quoi j'ai répondu que c'était le cas de tous nos jeunes inscrits en sport. Nous n'avons pas d'équipement radiologique sur place.

On frappa à la porte. Un adolescent bâti en armoire à glace, pantalon de flanelle gris, chemise blanche, blazer marine et cravate de reps, entra dans le bureau, plusieurs enveloppes Kraft à la main.

Bien sapé, pensa McCain. Mieux que lui ne l'avait jamais été, même pour l'enterrement de son propre père.

— Ah… nous y voici, dit Winfield. Merci, Tom. Comment va la cheville ?

— Tous les jours un peu mieux, Coach.

— Ravi de l'apprendre.

Tom sourit et repartit.

— Le gamin s'est foulé la cheville avant un match important et a joué malgré la blessure. Ce qui n'était qu'une foulure est devenu une déchirure de ligament.

— Mais c'est horriblement douloureux ! s'exclama Dorothy. À quoi pensaient les parents ?

— À mon avis, ils n'étaient pas au courant. Ces jeunes en veulent. Ils guignent tous les mêmes bourses d'étude et la concurrence est féroce. C'est terrible, mais c'est la réalité. (Il tendit les enveloppes à Change.) Tenez, docteur.

---

1. Jeu d'origine indienne très en vogue au Canada qui se joue entre deux équipes de douze joueurs munis de raquettes (crosse) à longs manches, l'objet étant de faire entrer une balle dans le but adverse.

– Je suis étonné que l'établissement ait conservé si longtemps les dossiers médicaux de Julius, dit le médecin légiste.

– Nous gardons tout pendant dix ans, ensuite nous mettons tout sur microfilm. (Il sourit.) St. Paul's a un grand sens de l'histoire. Beaucoup d'anciens élèves sont devenus célèbres, ou en tout cas se sont fait un nom.

Change sortit le cliché radiographique de Julius en classe de terminale et l'examina à contre-jour. La lumière n'était pas parfaite, mais suffisante pour éclairer la même côte bifide.

Les inspecteurs laissèrent échapper un soupir de frustration.

– Elles sont toutes identiques ? demanda Dorothy.

– Nous allons vérifier tout de suite, dit Change.

Il sortit un autre cliché.

– Que cherchez-vous ? demanda Winfield.

Change lui montra la côte surnuméraire.

– Ceci.

Winfield plissa les paupières.

– Ah… je vois. L'os est fendu. Ça signifie quelque chose ?

– Que ce n'est pas une radio de Julius Van Beest, répondit Change.

– Comment ça ? demanda Winfield. Je ne comprends pas. Que se passe-t-il ?

– Si seulement nous le savions ! (McCain se tourna vers Dorothy.) Explique-lui.

Winfield écouta, ses yeux s'écarquillant sous le choc à mesure que Dorothy lui résumait ce qu'ils avaient découvert les quelques jours précédents. Quand elle eut fini, Winfield se frappa la joue.

– Seigneur ! Je n'aurais jamais imaginé !

– Apparemment, personne d'autre non plus, lui dit Dorothy. Pourquoi aller penser que le garçon essayait de cacher quelque chose ?

Le troisième cliché était identique aux deux premiers. McCain souffla un grand coup.

– On dirait qu'il va falloir remonter encore plus loin dans son passé médical. (Il regarda Winfield.) Ce serait la radio de qui ? Vous avez une idée ?

– Strictement aucune.

– Qui Julius fréquentait-il pendant ses années de lycée ?

– C'était une superstar, leur dit Winfield. Il avait son club d'admirateurs. (Il marqua un temps.) À dire vrai, j'ai applaudi, mais ça m'a fait aussi un coup quand il a choisi l'université plutôt que la NBA. Tout le monde le voulait. Tout le monde savait qu'il avait l'étoffe d'un pro. Je me suis toujours demandé pourquoi il n'avait pas sauté le pas. Maintenant je me rends compte qu'il savait probablement que jouer en professionnel aurait mis sa santé en danger. Et il aura compris que son petit stratagème ne marcherait pas dans les ligues. Mais même le sport universitaire… À quoi songeait ce malheureux ?

– On a abusé ce garçon, dit McCain. (Il resta silencieux un moment, puis il fixa les trois radios.) C'est un lycée de trois années ou de quatre ? demanda-t-il enfin.

– Quatre.

– Où est la quatrième radio ? enchaîna Dorothy.

– Julius a intégré St. Paul's en milieu de première année.

– Il venait d'où ? demanda McCain.

– Je crois qu'il avait suivi des cours par correspondance pendant deux mois, dit Winfield. Avant ça, il était inscrit à Lancaster Prep, à Brookline.

– Pourquoi a-t-il changé d'établissement ?

– Nous lui avons accordé une bourse intégrale, et j'ai cru que c'était pour cette raison. Mais comme j'ai découvert par la suite qu'il bénéficiait d'une bourse intégrale à Lancaster aussi, la réponse est que je l'ignore. Je me suis toujours posé la question, mais… il avait d'excellents résultats ici, et tout le monde était ravi de l'avoir à bord. Nous nous étions distingués dans toutes les disciplines sportives, sauf le basket. Avec Julius dans l'équipe, ça s'est amélioré.

Winfield se cala contre le dossier de son siège et soupira.

– Lancaster était peut-être au courant, moi pas. (Il hocha la tête.) Et ça fait mal.

Lancaster Prep était une pépinière qui préparait aux grandes universités. Le lycée privé appliquait des méthodes passées de mode et était financé par des fortunes établies de longue date. Épiscopalien aussi, mais là, pas question de se soustraire aux pratiques religieuses. La population d'élèves représentait largement sept générations de legs et donations, exception faite des sportifs que Lancaster recrutait avec zèle. Remporter le match de football contre Xavier lors de la fête annuelle se situait en tête de ses priorités.

Encore un coach, encore un pro de troisième équipe en retraite. Richard Farnsworth, un arrière d'un mètre quatre-vingt-dix qui s'était empâté au fil des ans, avait joué six saisons dans huit équipes différentes. Il reconnaissait volontiers être un bourreau de travail, et il était rare de ne pas le trouver dans son bureau ou sur le terrain.

Le bureau en question, ramassé et fonctionnel, exhibait lui aussi une abondance de trophées. Assis à sa table de travail, le coach passa sa main dans sa tignasse grise et bouclée.

– Ne perdez pas votre temps à chercher ses dossiers médicaux. Le lycée ne les a pas. Quand Julius a quitté l'établissement, la paperasserie l'a suivi.

– Il y a eu un problème, dit Change.

Farnsworth eut un sourire méprisant.

– On m'a menacé d'un énorme procès au civil et de licenciement si j'en parlais à qui que ce soit. Secret médical et le toutim.

– Le garçon est mort, et il s'agit d'une enquête pour meurtre, dit Dorothy.

– Comment ça? dit Farnsworth. Julius a reçu une balle.

Change le mit au courant. Farnsworth parut sur le point de vomir.

– Oh, non, non… ! Ne me dites pas ça ! (Il abattit son poing sur la table.) Seigneur, mais c'est ignoble !

– Que savez-vous de tout ça, monsieur ? demanda McCain.

Farnsworth saisit une poignée de mouchoirs dans une boîte de Kleenex et se tamponna violemment le visage.

– Bon Dieu ! Quand j'ai eu le rapport, j'ai tout de suite appelé les parents pour leur dire qu'il n'était pas question que le lycée l'autorise à faire du basket.

– Vous avez parlé à Ellen Van Beest ? demanda Dorothy.

– Non, pas elle, répondit Farnsworth. J'ai parlé au vieux… à Leon.

– Leo, rectifia Dorothy.

– C'est ça. Leo savait que son fils ne devait pas jouer. Leo était lui-même de la partie, il avait tourné dans le circuit quelques années avant moi.

Les yeux de Farnsworth s'obscurcirent, remontèrent le temps et fixèrent un point précis de son passé.

– Donc, vous avez parlé à Leo, reprit Dorothy.

– Je lui ai dit qu'il fallait que je les voie. Il m'a répondu que la mère croulait sous le travail, mais que lui viendrait. Je lui ai dit qu'il fallait montrer Julius à un spécialiste. Il m'a promis de s'en occuper sur-le-champ. Je n'avais aucune raison de me méfier. Après tout, c'était son fils, n'est-ce pas ?

Farnsworth marmonna quelque chose d'inaudible.

– Peu de temps après, il a retiré le gamin de l'établissement. Il disait qu'il allait le faire travailler à la maison le temps qu'on règle son problème sur le plan médical… une intervention, je crois. Ça m'a paru très sensé. Julius n'était pas un cancre, mais nous ne l'avions pas accepté pour ses notes aux examens. C'est pourquoi l'enseignement à domicile représentait la meilleure solution s'il devait se retrouver au lit.

– Et Leo a emporté les radiographies, dit Dorothy.

– Oui, pour avoir un deuxième avis. Ça aussi, ça se comprenait, non ?

Le coach lâcha un juron entre ses dents.

– Trois, quatre mois plus tard environ, j'ai vu Julius jouer pour St. Paul's aux matches en interne. Ma première pensée a été qu'il était tombé sur un chirurgien de premier ordre. Ce qui me chagrinait, c'est qu'il n'ait pas réintégré Lancaster. Ensuite, après avoir tourné et retourné ça dans ma tête, j'ai trouvé quand même bizarre que Julius fasse un sport de contact, n'importe lequel, après une opération aussi grave. D'accord, ça ne me regardait pas, mais je l'ai appelé.

– Qui ça ?

– Julius, précisa Farnsworth. Probable que j'espérais à part moi qu'il reviendrait à Lancaster si je trouvais les bons arguments. Le gamin a été glacial. Il m'a dit que son problème était résolu. Merci. Au revoir.

Il s'humecta les lèvres.

– Ça m'a paru pas net. J'ai appelé le vieux qui m'est tombé dessus à bras raccourcis en me disant que si je me mêlais des affaires de son fils, lui me ferait ma fête. Il m'a dit que si j'en parlais à quelqu'un, je ne respectais pas mon obligation de confidentialité et qu'il foutrait en l'air mes gosses et ma maison. (Il leva les mains en signe d'impuissance.) Ne me dites pas que le gamin ne savait rien !

– Vous n'avez pas jugé bon d'appeler sa mère ? demanda Dorothy.

— Je croyais que le garçon vivait avec son père. Je me suis dit que si j'en parlais à la mère et que le vieux en avait la garde, il tiendrait parole et me flanquerait un procès. (Les larmes affluèrent aux yeux de Farnsworth.) Je n'y ai pas vraiment réfléchi parce que Leo était le père de Julius.

Il frappa de nouveau la table.

— Mais où avais-je la tête, bon Dieu !

— Vous pensiez que Leo prenait à cœur les intérêts de son fils, dit Dorothy.

Farnsworth hocha la tête, soulagé par la porte de sortie qu'elle lui offrait.

— Vous ne pensiez que pas qu'un père puisse mettre volontairement la vie de son fils en danger.

— Bien entendu ! Aussi sûr qu'un et un font deux !

— Vous pensiez que si Julius jouait, c'est qu'il était assez solide pour le faire.

— Oui, oui ! Exactement !

— Votre raisonnement était bon de A à Z, lui dit Dorothy. Malheureusement, votre conclusion avait tout faux.

17

À deux heures et demie de l'après-midi, Leo Van Bœst marinait déjà dans des souvenirs imbibés d'alcool. Revenu à son époque Ferrari. Pendant un temps, il avait vécu une vie de bolide, folle, dangereusement excitante.

Maintenant deux inspecteurs le dominaient de toute leur hauteur, le rêve s'était évanoui, et Leo n'en menait pas large.

Sa maison se résumait à un deux-pièces cuisine, un trou tapissé de bardeaux en façade, pas entretenu et pas aimé, avec de la neige sale et verglacée en guise de jardin de devant. Une Mercedes berline à moteur diesel, verte et rouillée, squattait l'allée défoncée.

À l'intérieur, une moquette usée jusqu'à la trame recouvrait le sol et des draps tenaient lieu de doubles rideaux devant les fenêtres. De la vaisselle sale traînait dans l'évier, des vêtements froissés et des journaux périmés s'éparpillaient partout. Une odeur de pourri imprégnait la pièce de devant dans laquelle on étouffait. Des photos noir et blanc de Leo à ses heures de gloire en Europe étaient accrochées aux murs jaunis. Vêtu d'un survêtement déchiré, le vieux buvait le contenu d'une tasse de café, dont il contemplait le fond. Une vapeur alcoolisée s'échappait du bord et embuait son visage.

– Je l'aurais jamais fait, sauf que Julius, il y tenait.

– Les parents sont censés raisonner leurs enfants et les

empêcher de prendre de mauvaises décisions, monsieur Van Beest, lui renvoya Dorothy.

Leo sortit de sa contemplation. Des yeux auréolés de rouge se centrèrent tant bien que mal sur la figure de Dorothy. Il était assis, mais elle était restée debout. Pas question de même seulement effleurer ce canapé. Allez savoir ce qu'il avait fait dessus !

– Vous pensez que c'était une mauvaise décision, hein ? (Le vieux avala de petites gorgées.) J'aurais dû dissuader mon fils d'être quelqu'un d'important… de célèbre ? Pour qu'il s'éreinte à trimer le restant de ses jours ?

– Il y avait d'autres choix, dit McCain.

Leo sourit, puis se mit à rire.

– C'est ça. D'autres choix. Comme l'université. Comme si Julius était assez intelligent pour ça. (Nouveau rire, mais sans joie.) Ce gamin était né pour bouger… pour courir et sauter, pour être une star. C'était un pur-sang, pas un vieux cheval de labour. Julius, c'était un géant ! Une force de la nature, tout en harmonie, et il avait un don qu'une créature de Dieu ne possède qu'une fois dans la vie. Ce garçon était un géant dans un monde de géants. Et j'étais censé lui dire de ne pas s'en servir, de ce don ?

Il fit non de la tête, puis il leva de nouveau les yeux.

– Vous voulez savoir ce que le gamin m'a dit ? Il m'a dit : « P'pa, je préfère être une étoile filante que pas une étoile du tout. Tu vas garder le secret. Tu ne vas pas en parler à maman ! Sous aucun prétexte ! Tu vas te conduire comme un homme, p'pa. Et tu vas me laisser en être un. »

– Pour vous, c'est ça, être un homme ? dit McCain. Savoir que chaque fois que votre fils posait le pied sur un terrain de basket, il risquait de tomber raide mort ?

– Parce qu'un flic ne regarde pas la mort dans les yeux chaque fois qu'il prend un appel ?

– Ça ne vaut pas cher comme argument, dit Dorothy.

– Non, vous ne pouvez pas comprendre ! leur lança Leo avec véhémence. (Il agita le doigt dans le vide.) Vous êtes flics, c'est votre boulot. Julius était basketteur. C'était son boulot ! Et j'aurais donné mon âme au diable si je ne l'avais pas laissé vivre son rêve.

– Son rêve ou le vôtre ? dit Dorothy.

– On s'en fout maintenant, gronda Leo. Parce que maintenant, c'est plus le rêve de personne.

Silence.

– Je sais ce que vous pensez tous : que j'ai tué mon fils en le laissant jouer. C'est de la connerie ! Il valait mieux qu'il meure brusquement que d'une mort lente et douloureuse. Vous voyez ce que je dis ?

– Non, je ne vois pas ce que vous dites, monsieur, lui renvoya Dorothy. Mais là n'est pas la question. Si Julius était mort au lycée, je vous aurais arrêté… pour mise en danger de la vie de votre enfant, voire pour meurtre. Mais Julius est mort trois ans après avoir atteint sa majorité. Il connaissait son état et il savait qu'il courait un danger. Dans un sens, c'est lui le responsable.

Leo acquiesça d'un signe de tête.

– Là-dessus vous avez raison, madame. Le gamin voulait jouer à tout prix.

– C'est pour ça qu'il a apporté vos radios au lieu des siennes, dit McCain.

Leo ne répondit pas.

– C'étaient bien vos radios, n'est-ce pas ? dit Dorothy.

– Mon garçon m'a demandé de l'aider, je l'ai fait, déclara Leo.

Dorothy serra les poings. Il refusait de comprendre.

– Vous avez aidé votre fils à clouer son propre cercueil, monsieur Van Beest, reprit McCain. Mais comme l'inspecteur Breton l'a dit, au bout du compte, c'est Julius qui a pris la décision.

– Et maintenant, il va se passer quoi ?

– Sur le plan juridique, vous êtes tiré d'affaire, dit

Dorothy. Mais moralement… (Elle ne termina pas sa phrase.) Nous allons repartir. Si vous désirez nous contacter pour une raison ou pour une autre, vous pouvez me joindre à ce numéro.

Elle lui tendit sa carte.

Leo pinça les lèvres et la jeta de côté.

– Pourquoi je voudrais vous parler ?

– On ne sait jamais, dit McCain.

– Ellen sait comment le garçon est mort ?

McCain hocha la tête.

– Elle croit qu'il est mort d'une rupture d'anévrisme.

– Mais elle ne connaît pas toute l'histoire ?

– Nous ne voyons aucune raison d'aggraver son chagrin, dit Dorothy. Je ne vais pas vous balancer, si c'est ça qui vous tourmente.

Leo digéra l'insulte. Hocha la tête et se leva du canapé.

– Je vous raccompagne.

– Inutile, dit McCain. On ne risque pas de se perdre.

Ils refermèrent la porte et s'éloignèrent en silence, trop déprimés pour parler. Ils arrivaient au milieu de l'allée, juste après la Mercedes, quand la détonation claqua.

Le fait divers fit la une du *Globe* et du *Herald*. Leo avait vécu une vie de clodo, mais il était mort en héros au cœur brisé. Ellen Van Beest assista à deux enterrements en une semaine, puis elle prit un congé prolongé afin d'être avec les siens.

– Moi aussi, ça ne me ferait pas de mal, dit Dorothy à McCain. Un congé prolongé. Sans blague, je suis partante pour n'importe quelle formule.

– Il est juste deux heures de l'après-midi. (Il ferma sa valise.) Tu as encore le temps d'aller chercher les garçons et de descendre en Floride avec moi. On fêterait ça ensemble.

– Micky, Noël, c'est la neige sur les pentes, un feu d'enfer dans la cheminée et un punch brûlant qui t'incendie la gorge. Pas des palmiers ni des coups de soleil.

– T'es en colère ?

– Seulement quand des andouilles me tapent sur les nerfs.

McCain eut un grand sourire enjôleur.

– Il y a du rhum à Miami, collègue !

Elle lui fit les gros yeux et consulta sa montre. L'avion de Micky décollait dans une heure. À la différence de nombreux aéroports, Logan International est situé près du centre-ville – c'était bien son seul avantage. N'empêche qu'il fallait compter avec les chaussées verglacées et une circulation infernale, surtout la veille de Noël.

– On ferait mieux de se remuer, Micky.

Il saisit sa valise.

– Paré, inspecteur !

Malgré une route embouteillée et des conducteurs à cran, Dorothy arriva à l'heure. Elle regarda Micky disparaître dans le terminal, puis elle reprit la bretelle de l'autoroute pour faire le trajet en sens inverse. En n'aspirant qu'à une chose : rentrer chez elle et serrer ses petits dans ses bras.

Trois rues avant sa maison, il se mit à neiger... une neige poudreuse, aérienne. Une neige affectueuse, de celles qui vous chatouillent le nez et la figure et qui vous donnent envie de tirer la langue pour la manger. De celles qui vous transforment le vieux Boston crasseux en ville désuète et pittoresque de la Nouvelle-Angleterre.

Dorothy plissa les yeux et sentit ses joues devenir humides.

Ça allait être un beau Noël. Il valait mieux le croire.

SANTA FE
NATURE MORTE

À nos enfants
Jesse et Gabriella Kellerman
Jonathan et Rachel Kessler
Ilana Kellerman
Aliza Kellerman

Merci tout spécialement à Michael McGarrity,
à Beverly Lennen, chef de la police
de Santa Fe, Nouveau-Mexique,
et au sergent inspecteur Jerry Trujillo

1

Darrel Deux-Lunes et Steve Katz dînaient à une heure tardive au Café Karma quand l'appel leur parvint. C'était Katz qui avait choisi le restaurant. Comme toujours. Deux-Lunes regarda son coéquipier abandonner de très mauvais gré son « Agneau-bio-élevé-en-terre-d'Éden avec Burrito de petits légumes éclectiques » et fourrager dans sa poche à la recherche de son biper au doux gazouillis.

Vingt-deux heures trente passées de peu. Sans doute des violences conjugales dans les quartiers Sud. Durant cinq semaines d'affilée, Darrel et Katz avaient été sur le pont de seize heures à deux heures du matin. Unité d'inspection générale de la police. Jusque-là les appels avaient porté sur des conjoints en bisbille, voies de fait organisées, problèmes divers et variés liés à l'excès d'alcool, tous survenus au sud de St. Michael's – la Mason-Dixon Line qui coupe en deux Santa Fe et représente bien plus qu'un simple trait de plume arbitraire sur le plan de la ville.

On était à trois semaines de Noël, et les premiers jours de décembre paraissaient annoncer un hiver clément, avec des températures diurnes avoisinant les quatre degrés. Mais quatre jours avant, le thermomètre avait chuté : moins dix la nuit. La neige qui était tombée pendant cette année de grande sécheresse restait blanche et poudreuse. L'air était glacial et mordant. Le froid les brûlait à vif.

Au moins les énergumènes qui tenaient le Café Karma chauffaient-ils leur boui-boui. Une étuve. Bâti en hercule, Darrel marinait dans ses vêtements, transpirant dans sa chemise noire en lainage cravatée de noir, veste de sport noire en velours côtelé et épais pantalon noir en gabardine de confection allemande, héritage de son père. Sa doudoune de ski noire enveloppait le dossier d'une atroce chaise peinte à la main, mais il gardait sa veste pour dissimuler le holster en vachette du .45 de service. Pas de problème pour cacher son très peu légal .22 plaqué nickel : il lui câlinait le mollet, douillettement protégé par un étui cousu main Tony Lamy en peau d'éléphant.

Katz avait sur lui ce qu'il portait tous les soirs depuis le changement de météo : une chemise à carreaux marron et blanc sur pull à col roulé blanc en coton, blue jean délavé, baskets noir et blanc. Plié en deux sur le dossier de sa chaise, son foutu pardessus en lainage gris qui boulochait – pur style New Yo'k. Allez donc garder les pieds au chaud dans ces satanés Keds !

Deux-Lunes but quelques gorgées de son café et poursuivit son dîner sans hâte excessive pendant que Katz extirpait enfin son biper à présent silencieux. De l'autre côté de la vitrine des desserts, la serveuse style gothique à multiples piercings qui s'était occupée d'eux – ou avait essayé en tout cas – fixait le vide. Elle avait pris leur commande d'un air absent, puis actionné le percolateur où il lui avait fallu six bonnes minutes pour embrumer de mousse blanche le Chai Lattee au thé vert de Katz. Six et demie pour être exact : les inspecteurs l'avaient chronométrée.

Fascinée par la mousse, la dame, comme s'il s'y cachait un grand secret cosmique.

Darrel et Katz avaient échangé des regards entendus, puis Deux-Lunes s'était interrogé entre ses dents sur ce qui se tramait réellement dans l'arrière-salle. Katz avait éclaté de rire dans un va-et-vient de sa grosse moustache rousse. Ce mois-ci, c'était une autre équipe qui s'occupait des narcotiques.

Katz examina le numéro affiché sur son biper.

– Dispatcheur, dit-il.

Et farfouilla de nouveau dans une autre poche et en sortit son petit portable bleu.

Encore un repas écourté. Deux-Lunes accéléra le rythme pendant que Katz appelait. Il n'avait rien commandé d'excentrique dans cette cantine paumée : hamburger aux champignons accompagné de frites maison au piment et rondelles de tomates. Précisant pas de soja mais se voyant quand même gratifié d'un buisson de trucs divers dans son assiette. Darrel ne supportait pas : ça lui faisait penser à de la bouffe pour ruminants. Ou à des trucs qu'on ramasse entre les dents d'un peigne. Rien que de les voir, il avait envie de vomir. Il les ôta et les enveloppa dans une serviette en papier, que Katz s'empressa de subtiliser.

Il n'aurait tenu qu'à Katz, ils seraient venus là tous les soirs. D'accord, la qualité était toujours au rendez-vous, mais l'ambiance laissait à désirer. Avec sa serpentine allée incrustée de cailloux et d'éclats de verre miroir, ses pétitions hostiles à la guerre punaisées sur les murs en Technicolor de la minuscule entrée, ses salles encombrées de mobilier trouvé aux puces et dépareillé, et ses vapeurs d'encens, son karma penchait vers ce que son vieux briscard de sergent de père appelait « tout ce fatras hippie de gauchistes à la con ».

Son père était revenu sur sa position au fil des ans, mais son éducation de fils de militaire collait à la peau de Darrel. Un hamburger-frites sans garniture chichiteuse suffisait à son bonheur.

Katz obtint le dispatcheur. Le bureau avait quitté les locaux de la police de Santa Fe pour s'installer dans le bâtiment du comté de l'A 14 – police, pompiers, ville, comté, tout intégré –, en vertu de quoi on tombait désormais sur des voix en général inconnues au bataillon. Sauf là.

– Salut, Loretta ! De quoi s'agit-il ? demanda Katz, un sourire aux lèvres.

Le sourire disparut et la grosse moustache rousse en paillasson chut d'un cran.

– Oh… Oui, pas de problème… Où ?… Sans blague ? Il raccrocha.

– Devine un peu, Mister Inspecteur ?

Darrel mordit dans son hamburger, et avala.

– Tueur en série.

– Exact à cinquante pour cent. Rien qu'un. Homicide par objet contondant dans Canyon.

Canyon Road. Des locations à prix faramineux juste à l'est de la Plaza, dans le quartier historique, un étroit périmètre tranquille, plein de charme, bordé de résidences sécurisées, de galeries et de cafés hors de prix. Le cœur de la scène artistique de Santa Fe.

Le pouls de Darrel s'accéléra, passant de quarante à cinquante pulsations par minute.

– Résidence privée, hein ? Quand même pas une galerie à cette heure-ci.

– Détrompe-toi, amigo ! dit Katz en se levant et en enfilant son pardessus gris bouloché. Tout ce qu'il y a de plus galerie. La victime est Larry Olafson…

2

Mains gantées d'agneau velours, Deux-Lunes agrippait le volant pendant que la voiture descendait en roue libre Paseo de Peralta, la rue principale qui s'incurve en fer à cheval autour du centre de la ville. Des traînées de neige s'accrochaient aux branches des pins pignons et aux buissons de genévriers, mais la chaussée était dégagée. On était à trois semaines de Noël et les *farolitos* avec leurs bougies sépia soulignaient les toits de toute la ville. Comme de coutume, des guirlandes multicolores illuminaient les arbres de la Plaza. Largement le temps de faire une virée dans les magasins pour les cadeaux de Kristin et des filles, pensa Darrel... s'il arrivait à se libérer.

Et maintenant, ça.

Lui entre tous !

Lawrence Leonard Olafson avait fondu sur Santa Fe dix ans avant, comme un de ces brusques orages d'été qui brisent le ciel en plein après-midi et vous électrisent l'air du désert.

Mais, à la différence d'un déluge estival, Olafson avait perduré.

Fils d'un instituteur et d'une comptable, il était entré à Princeton avec une bourse d'études, avait obtenu une licence en finances assortie d'une option en histoire de l'art, et surpris tout le monde en faisant l'impasse sur Wall Street. Au lieu de ça, il avait préféré accepter un emploi sans joie au bas de l'échelle chez Sotheby's – comme coursier d'un expert en Peinture américaine imbu de sa personne. Il avait appris ce qui se vendait et ce qui restait sur le carreau, et que l'art de collectionner peut frôler le pathologique chez certains individus ou représenter une tentative pathétique pour se hausser du col chez d'autres. Il avait aussi appris à faire de la lèche, à aller chercher des cafés, à se faire les bonnes relations aux bons endroits et à gravir les échelons sans perdre de temps. Trois ans plus tard, il était chef de département. Encore un an, et il négociait un contrat plus juteux chez Christie's, entraînant dans son sillage une flopée de riches clients. Dix-huit mois après, il dirigeait une galerie à commis gantés de blanc dans le haut de Madison Avenue et y écoulait des pièces européennes et américaines. Et y élargissait son carnet d'adresses.

À trente ans, l'homme possédait sa propre maison, au Fuller Building dans la 57e Rue, une chambre forte à hauts plafonds et éclairage tamisé où il démarchait des Sargent, des Hassam, des Frieske et des Head, ainsi que des naturalistes flamands de troisième ordre auprès des fortunes établies et des fortunes légèrement plus récentes qui se prétendaient ancestrales.

Moins de trois mois après, il ouvrait sa deuxième petite entreprise : Olafson South, dans la 21e Rue, à Chelsea, événement salué par une soirée qu'avait couverte le *Village Voice*. Musique de Lou Reed, fins de race européens aux yeux caverneux, arrivistes sortis des grandes écoles et nouveaux riches du cybercommerce qui se disputaient l'achat de tableaux contemporains à la pointe de l'avant-garde.

Jonglant avec ses deux maisons, Olafson avait fait fortune, épousé une avocate d'affaires, engendré deux gamins et acquis un appartement en copropriété de dix pièces avec vue sur Central Park, à l'angle de la Cinquième Avenue et de la 79e Rue. Et cimenté de nouvelles relations.

Malgré quelques grains.

Ainsi les trois peintures du Yosemite par Albert Bierstadt écoulées à l'héritier d'une banque munichoise et qui étaient très probablement l'œuvre d'un peintre mineur – au mieux, de l'avis des experts, d'Hermann Herzog. Ou la scène de jardin non signée de Richard Miller exhumée lors de la dispersion d'une succession à Indianapolis et accordée illico à un rejeton de l'industrie pharmaceutique, qui s'était empressé de l'accrocher dans son appartement en terrasse de Michigan Avenue – jusqu'au jour où la provenance du tableau avait commencé à carrément empester.

D'autres mésaventures avaient marqué le fil des ans, mais chaque fois soustraites avec soin à l'attention des médias, les acheteurs ne souhaitant pas passer pour des gogos. En outre, Olafson avait aussitôt repris les peintures et remboursé intégralement les acquéreurs lésés, en se confondant en excuses sincères et en protestant de sa bonne foi.

Tout baignait jusqu'au moment où l'âge mûr avait fait valoir ses droits, ceci à une époque où tout un chacun à New York aspirait plus ou moins à se ressourcer ou à faire l'expérience d'une conversion spirituelle. À quarante-huit ans, Olafson s'était retrouvé divorcé, éloigné de ses enfants, incapable de tenir en place et prêt pour de nouvelles perspectives. Dans un secteur plus calme. Bien qu'il n'eût abandonné New York pour rien au monde, il souhaitait ardemment changer de rythme. Les Hamptons n'avaient pas résolu le problème.

Comme tout acteur important de la scène artistique, il avait séjourné à Santa Fe, y faisant un tour d'horizon, achetant et dînant au Geronimo. Y récupérant aussi quelques O'Keeffe mineurs et un Henning, qu'il avait revendus en l'espace de quelques jours. Y appréciant la gastronomie locale, l'ambiance et la lumière, mais déplorant l'absence d'un hôtel digne de ce nom.

Pourquoi ne pas y avoir un pied-à-terre ? Les prix très raisonnables de l'immobilier l'avaient amené à conclure affaire : pour le tiers du prix payé dix ans auparavant pour son appartement en copropriété, il pouvait acquérir un domaine.

Il s'était offert un empilement d'adobe de six cents mètres carrés sur deux hectares de terrain à Los Caminitos, au nord de Tesuque, et dont l'aménagement paysagé ne demandait que peu d'entretien, tout cela avec vue sur le Colorado depuis la terrasse. Décorant les treize pièces avec un goût d'esthète, il s'était empressé de garnir les murs de plâtre à losanges d'œuvres reconnues : quelques maîtres du groupe de Taos et deux dessins d'O'Keeffe rapportés du Connecticut, question d'asseoir sa réputation. Mais surtout, il s'était orienté vers des horizons nouveaux : des peintres et des sculpteurs contemporains du Sud-Ouest encore néophytes et prêts à vendre leur âme pour figurer au catalogue d'un marchand d'art.

Des donations stratégiques aux « bonnes » sociétés caritatives, assorties de réceptions fastueuses à la villa, avaient scellé sa position dans la société locale. En moins d'un an, il « en » était.

Son physique ne le desservait pas non plus. Olafson savait depuis le lycée que son grand gabarit et sa voix de stentor étaient des dons de Dieu faits pour être exploités. Avec son mètre quatre-vingt-dix et sa carrure, il était toujours passé pour un beau gosse. Même avec son crâne dégarni hormis une couronne de cheveux blancs retenus en queue-de-cheval, il attirait l'attention. Une barbe neigeuse et taillée court lui donnait un air d'assurance. Les soirs de première à l'Opéra, il circulait parmi les nantis en smoking de soie noire, chemise de soie blanche sans col fermée au cou par un bouton de turquoise, mules personnalisées en cuir d'autruche portées sans chaussettes, une jeune beauté brune à son bras

– quand bien même les mauvaises langues soutenaient que c'était pour la frime. Le bruit courait, en effet, que le marchand d'art préférait la compagnie des jeunes éphèbes qu'il engageait comme « gardiens ».

Santa Fe se distinguait depuis toujours par son ouverture d'esprit dans un État conservateur, et Olafson s'y trouvait à son exacte place. Il arrosait généreusement tout un assortiment de causes, certaines populaires, d'autres moins. Dernièrement, le « moins » avait dominé : Olafson avait été la cible d'articles de presse après être entré au conseil d'administration d'un groupe de défense de l'environnement dénommé ForestHaven, et avoir intenté une série d'actions contre de petits fermiers qui faisaient pâturer leur bétail sur des terres fédérales.

Cette cause, en particulier, lui avait valu des torrents d'acrimonie fielleuse ; les journaux avaient publié quelques papiers du style « papa-maman-trimant-pour-joindre-les-deux-bouts » à vous fendre le cœur. Quand on lui avait demandé ce qu'il avait à répondre, il s'était signalé par son arrogance et son manque de compassion.

Tout en roulant vers la scène de crime, Steve Katz rappela l'épisode à Deux-Lunes.

– Oui, je m'en souviens, dit Darrel. J'étais furieux moi aussi.

Katz se mit à rire.

– Pas de compassion pour la terre sacrée, grand chef ?

Darrel fit un geste vers le pare-brise.

– La terre ne me pose pas de problème, rabbi. Ma compassion va aux petites gens qui la travaillent pour gagner leur subsistance.

– Parce que tu ne penses pas qu'Olafson travaillait pour gagner la sienne ?

– L'important n'est pas ce qu'on pense, toi ou moi, lui renvoya Deux-Lunes avec un rire sec. L'important est de trouver qui lui a défoncé le crâne.

Olafson Southwest occupait un terrain en pente tout en haut de Canyon, très au-delà des odeurs appétissantes qui s'échappaient du Geronimo et du parking payant à ciel ouvert géré par la municipalité pour pressurer les 4 × 4 des touristes. La propriété était vaste et ombragée, agrémentée de petites allées de gravier, d'une fontaine et d'un portail de cuivre artisanal. Un pavillon en adobe se devinait dans le fond, mais la construction était sombre et fermée à clé, et personne ne sut dire à Katz et Deux-Lunes s'il était habité.

La galerie comportait quatre ailes badigeonnées à la chaux et une grande arrière-salle où une profusion de peintures et de dessins s'alignaient dans des casiers verticaux – des centaines d'œuvres à première vue. Les inspecteurs revinrent sur leurs pas sans but précis. Tout ce plâtre blafard, les planchers décolorés et les ampoules halogènes fixées entre les poutres apparentes du plafond taillées à la main, créaient une lumière factice et dérangeante. Katz sentit ses pupilles tellement se contracter qu'il en eut mal aux yeux. Inutile d'inspecter les lieux. Le principal sujet d'intérêt se trouvait dans la chambre numéro deux. Le corps gisait à l'endroit où il était tombé, étendu de tout son long sur le parquet en pin décoloré.

Une nature morte grand format, et fort déplaisante.

Larry Olafson reposait à plat ventre, son bras droit arrondi sous lui, le gauche déporté sur le côté, doigts ouverts. Deux bagues à la main, un diamant et un saphir, et une Breguet en or de toute beauté au poignet. Olafson était vêtu d'une chemise de lainage grège, d'une veste de cuir souple beurre de cacahuète et d'un pantalon de flanelle grise. Le sang avait éclaboussé les trois vêtements et goutté par terre. Des boots en daim cachaient ses pieds.

À un mètre de là se dressait une sculpture : une énorme

vis de chrome sur un socle de bois noir. Katz examina l'inscription : *La Persévérance*. D'un certain Miles D'Angelo. Deux autres œuvres du même bonhomme : un tournevis massif, et un écrou de la dimension d'un pneu de semi-remorque. Derrière elles, un socle vide : *La Force*.

L'ex-femme de Katz avait cru en sa vocation de sculpteur, mais cela faisait un bail qu'il n'avait pas parlé à Valerie ni à aucun de ses nouveaux copains, et le nom de D'Angelo ne lui disait rien.

Il s'approcha du corps avec Darrel, et tous deux examinèrent ce qui avait été l'occiput de Larry Olafson.

La peau chauve et bronzée n'était plus qu'un magma informe. Du sang et des fragments de cervelle s'incrustaient dans la couronne de cheveux et la queue-de-cheval neigeuses. Poissant les mèches, les teignant en rouge foncé – un foutu henné au sang. Quelques éclaboussures de sang ponctuaient d'un aérosol léger le mur voisin, à la droite d'Olafson. Un sérieux impact. L'air sentait le cuivre.

La présence des bijoux d'Olafson écartait l'hypothèse du crime crapuleux.

Sur quoi Katz se maudit alors pour l'étroitesse de son raisonnement. Olafson roulait sa bosse dans l'Art, avec un grand A. Les crimes crapuleux, il y en avait de toutes sortes.

Ce socle vide...

Le coroner, le Dr Ruiz, avait planté un thermomètre dans le foie du mort. Il jeta un regard aux inspecteurs, puis il remit l'instrument dans son étui et étudia la blessure.

– Deux heures, trois au grand maximum, dit-il.

Deux-Lunes se tourna vers la femme en tenue qui les avait accueillis sur la scène. Une bleusaille dénommée Debbie Santana, ancienne employée de bureau à Los Alamos et moins d'un an de service. C'était son premier macchabée et elle paraissait d'attaque. Travailler dans le nucléaire était peut-être plus terrifiant. Darrel lui demanda qui avait donné l'alerte.

– L'employé de maison d'Olafson, répondit-elle. Il est arrivé il y a une demi-heure pour prendre son patron. Il semblerait qu'Olafson travaillait tard, il rencontrait un client. Lui et le garçon, Sammy Reed, devaient dîner ensemble à dix heures, à l'Osteria.

– Le client a un nom ?

Debbie fit non de la tête.

– Reed affirme ne pas être au courant. Il est sous le choc et n'arrête pas de pleurer. Il dit avoir trouvé la porte fermée, utilisé sa clé et appelé Olafson. Comme personne ne répondait, il est entré et l'a découvert. Aucune trace d'effraction. Je suppose que ça cadre avec sa version.

– Où est-il en ce moment ?

– Dans la voiture de patrouille. Sous la surveillance de Randolph Loring.

– Donc, ça s'est passé entre huit et dix, dit Katz.

– Approximativement, lui confirma le Dr Ruiz. On peut élargir la fourchette à sept et demie.

Deux-Lunes quitta la pièce et revint au bout de quelques minutes.

– L'avis sur la porte dit que la galerie est ouverte jusqu'à six heures. Pour rester deux heures de plus, Olafson a dû juger que le client en valait la peine.

– Ou s'est fait piéger.

– N'importe comment, s'il se croyait sur un gros coup, il n'aurait pas compté son temps. (Darrel se mordit la lèvre inférieure avec vigueur.) Ce type adorait son compte en banque.

L'agressivité de la remarque jeta un froid. Santana et Ruiz dévisagèrent Deux-Lunes. Il les ignora et entreprit d'étudier les peintures accrochées au mur. Une série d'abstractions bleu-gris.

– Tu en penses quoi, Steve ?

– Ça se défend, lui répondit Katz.

Il était toujours agenouillé près du corps. Un peu étonné par cette sortie, mais pas autrement ému. Depuis quelque temps, Darrel était à cran. Ça lui passerait. Comme toujours.

Il interrogea le Dr Ruiz sur les taches de sang.

– Je ne suis pas expert en éclaboussures, mais comme il n'y a aucune trace de sang dans les autres pièces, il semble évident qu'on l'a frappé ici même. Le coup a fracassé l'occiput jusqu'à la tempe droite. À première vue, un seul coup. Je ne relève aucune trace de lutte. Il s'est effondré net.

– Il est grand, dit Katz. Le coup a été porté d'en haut ou d'en bas ?

– Plutôt à même hauteur.

– Il s'agirait donc d'un agresseur de la même taille.

– Logiquement, oui, convint Ruiz. Mais je vous en dirai plus quand je l'aurai ouvert.

– Des idées sur l'arme ?

Ruiz réfléchit un instant.

– Tout ce que je peux dire à ce stade, c'est qu'elle était massive et pesante, et à bords arrondis. (Il s'accroupit à côté de Katz et lui montra les chairs en bouillie.) Regardez. Dépression unique, mais extrêmement profonde. L'impact a réduit l'os en miettes. À la loupe, on ne détecte pas de petits éclats, comme ce serait le cas avec un objet tranchant. Bref, pas de lacérations. Quel que soit l'instrument utilisé, celui-ci a endommagé une surface relativement importante et enfoncé les fragments dans le cerveau. On ne plaisantait pas.

– Un pied-de-biche ?

– Plus gros. Nous parlons d'un coup d'une force foudroyante.

– Beaucoup de colère, dit Darrel.

Ruiz se leva et s'étira. Toucha son genou et fit la grimace.

– Douloureux, Doc ?

– La rançon de l'âge.

Katz sourit et montra de la tête le socle vide.

– J'ai vu, lui dit Ruiz. Peut-être. Si c'est dans le style des autres productions…

– Emporter un truc d'un poids pareil ne doit pas être facile. Et il n'y a pas de traces de sang.

– Si c'est du chrome, lui fit remarquer Ruiz, le sang ne pouvait pas adhérer… il aura glissé très vite après l'impact. Ou alors votre meurtrier l'aura essuyé et emporté.

– Comme souvenir ?

Ruiz sourit.

– Peut-être un amateur d'art.

Katz lui rendit son sourire.

– Ou un type défoncé ou bourré d'adrénaline, qui l'aura gardé et abandonné dans les parages.

Darrel consulta sa montre.

– C'est le moment ou jamais de ratisser les lieux.

– Il fait noir comme dans un four, lui objecta Katz, et je ne vois pas d'éclairage extérieur aux abords du pavillon.

– Pas de problème, dit Deux-Lunes. On boucle le secteur, on monte des projecteurs et on bloque le haut de Canyon Road.

Ruiz lui sourit de toutes ses dents.

– Si vous bloquez le haut de Canyon, vous avez intérêt à finir vite.

Un sourire d'idiot, se dit Katz. Peut-être sa façon de négocier avec la mort. Petit homme rond d'une intelligence supérieure, David Ruiz était fils de plâtrier-staffeur né à Hispaniola ; il avait intégré l'université du Nouveau-Mexique grâce à une bourse, fait sa médecine à Johns Hopkins, et ses deux dernières années d'internat en anatomopathologie au New York Hospital. Suivies de deux autres années auprès du Dr Michael Baden, au bureau de médecine légale de New York. Katz et lui avaient échangé leurs souvenirs d'anciens combattants new-yorkais, intarissables sur le sujet. Son affectation à Santa Fe avait rapatrié Ruiz dans son État d'origine. Il vivait à l'extérieur de la ville, dans un ranchero proche de Galisteo, avec chevaux, vaches, chiens et chats, et deux lamas. Il avait une femme qui aimait les animaux et une tripotée d'enfants.

– Neuf heures dernière limite, continuait Ruiz. C'est l'heure à laquelle les touristes commencent à affluer. En bloquant Canyon, vous entravez le bon fonctionnement de la municipalité.

– Moi qui me croyais un serviteur de l'État, lui renvoya Deux-Lunes, de sa voix laconique.

– N'oubliez pas, dit Ruiz. Il y a quelques heures, Olafson était un haut personnage. Maintenant c'est lui qui entrave.

Les inspecteurs demandèrent à la police scientifique d'effectuer un relevé d'empreintes dans toute la galerie et dans le bureau d'Olafson situé à l'arrière. Le saupoudrage en révéla aussitôt une quantité phénoménale, ce qui ne valait guère mieux qu'un écran vide. Après avoir tout photographié, ils enfilèrent des gants et fouillèrent le bureau du marchand d'art. Dans un tiroir du haut, Katz découvrit son Palm Pilot. Une kyrielle de noms, dont certains qu'il reconnut. Y compris celui de Valerie. Bizarre. À ce qu'il savait, elle avait renoncé à ses ambitions d'artiste et atteint un niveau de satisfaction acceptable en travaillant à la galerie Sarah Levy sur la Plaza, où elle vendait des poteries pueblo très cotées.

– Ce sont des artistes authentiques, Steve, lui avait-elle dit un jour qu'il était passé. Au moins, je suis assez intelligente pour faire la différence.

Katz avait cru entrevoir l'amorce d'une larme au coin

de ses yeux. À moins qu'il ne se soit trompé. Avec Valerie, il s'était souvent gouré.

S'assurant qu'il n'y avait aucun trou d'aiguille ni fente sur ses gants, il déroula la suite du fichier de noms sur le Pilot.

– Trop d'informations, dit Deux-Lunes. On est mal barrés. On étiquette et on emballe, on examinera tout ça plus tard. En attendant, si on s'occupait de l'employé de maison ?

Vingt-quatre ans, fragile et noir, Sammy Reed pleurait toujours.

– Je n'arrive pas à y croire, c'est pas possible !

Il demanda à sortir de la voiture pour se dégourdir un peu, désir auquel les inspecteurs accédèrent. Reed flottait dans un pardessus en tweed à chevrons et à col de velours qui semblait d'époque. Jean noir, Doc Martens noires, un éclat de diamant dans le lobe de l'oreille droite. Pendant qu'il se livrait à quelques étirements, ils le jaugèrent.

Un mètre soixante-huit talons compris, dans les soixante-trois kilos.

Il réintégra la banquette arrière de la voiture et se retrouva coincé entre Deux-Lunes et Katz. Le chauffage bourdonnait par intermittence, et la température ambiante oscillait entre glaciale et passable. Reed renifla et dit ignorer avec qui « Larry » avait rendez-vous après la fermeture. Olafson ne discutait pas de ses affaires avec lui. Ses devoirs d'employé de maison consistaient à maintenir la villa dans un état impeccable, à faire un peu de cuisine diététique et à s'occuper du bassin, et de la piscine, et du borzoï de Larry.

– Elle va avoir le cœur brisé, dit-il. En mille morceaux.

Comme pour l'attester, Reed se remit à pleurer.

Darrel lui tendit un mouchoir en papier.

– La chienne, dit-il.

– Anastasia. Elle a six ans. C'est rare pour un borzoï. Maintenant que Larry n'est plus… je m'entends et je ne peux pas y croire. Disparu. Omondieu…

– Vous avez une idée de qui aurait fait ça ?

– Non, dit Reed. Pas la moindre. Larry était adoré.

– Populaire, c'est ça ?

– Plus que populaire. Adoré !

– N'empêche, dit Katz, quelquefois on tombe sur des mauvais coucheurs.

– Si c'est le cas pour Larry, je ne suis pas au courant.

– Il ne parlait pas boutique avec vous ?

– Non, dit Reed. Ce n'était pas mon rôle.

– Qui travaille à la galerie ?

– Juste Larry et une assistante. Larry essayait de réduire.

– Des problèmes d'argent ?

– Non, bien sûr que non. (Reed déglutit.) En tout cas, pas à ma connaissance, et Larry ne paraissait pas avoir de soucis de cette nature. Au contraire. Il parlait d'acheter encore plus de terrain. Ça devait bien aller pour lui.

– Du terrain où ça ?

Reed hocha la tête d'un geste d'ignorance.

– Comment s'appelle l'assistante ?

– Summer Riley.

Katz se rappela avoir vu le nom dans le Palm Pilot.

– Où habite-t-elle ?

– Dans le pavillon de derrière.

Les inspecteurs gardèrent le silence, se demandant tous les deux ce qui gisait derrière la porte du pavillon en question.

– Savez-vous si Larry a reçu des menaces ? demanda Darrel.

Reed fit signe que non.

– Des appels anonymes, des mails bizarres, ce genre de choses ?

Encore trois gestes de dénégation.

– Rien d'inhabituel ? insista Katz. En particulier ces dernières semaines ?

– Rien, affirma Reed. Larry menait une vie contemplative.

– Contemplative, répéta Deux-Lunes.

– Je veux dire… comparée à sa période new-yorkaise, précisa Reed. Il adorait Santa Fe. Un jour, il m'a dit qu'il avait d'abord envisagé de passer juste quelques mois ici, mais qu'il s'était tellement épris de l'endroit qu'il avait décidé d'en faire sa résidence principale. Il parlait même de fermer une des galeries de New York.

– Laquelle ? demanda Katz.

– Pardon ?

– Il en avait deux, non ?

– Oui, dit Reed. Celle de Chelsea.

– 21e Rue Ouest. Art contemporain.

Reed écarquilla les yeux, sidéré.

– Vous y êtes allé ?

– J'ai vécu à New York. Ainsi donc, M. Olafson envisageait de réduire ?

– Je ne peux pas l'affirmer, mais il y a fait allusion.

– Quand ça ?

– Oh… il y a un mois, disons.

– Dans quelles circonstances ? demanda Katz.

– Circonstances ?

– Il ne parlait pas boutique avec vous, lui rappela Katz.

– Oh… Ce n'était pas «boutique» à vrai dire. Mais plutôt… Larry était de bonne humeur, du genre… disons, loquace… réfléchissant à la vie. Nous étions dehors, sur le *portal*, il faisait nuit. Vous vous rappelez quand on a eu ce coup de chaud ?

– Oui, il y a un mois de ça, dit Deux-Lunes.

Un siècle en heures d'hiver.

– Où en étais-je ? lança Reed.

– Sur le *portal*, lui glissa Katz.

– Oui, c'est ça, dit Reed. Le *portal*. Larry attendait son dîner. Il buvait du vin. J'avais prévu un filet de flétan avec une sauce à l'huile d'olive et des penne aux pistaches. Quand j'ai apporté le dîner, Larry m'a dit de m'asseoir et de partager son repas. La journée avait été longue. Anastasia avait des problèmes gastriques. Larry a dit que je méritais de faire une pause. Donc, je me suis assis, il m'a servi du vin et nous avons bavardé. (Il poussa un soupir.) C'était une nuit limpide, constellée d'étoiles. Larry a dit qu'il se sentait comme imprégné d'un sentiment de spiritualité, une impression qu'il n'avait jamais éprouvée dans l'Est. (Ses lèvres frémirent.) Et maintenant, ça… Je n'arrive pas à y croire…

– Fermer une galerie, répéta Katz. Quelles auraient été les conséquences pour les artistes qu'il représentait ?

Reed voulut hausser les épaules. Il était pris en sandwich entre les deux inspecteurs et sa tentative avorta.

– Ils en trouveront probablement une autre.

– À condition d'avoir du talent, dit Katz. Ça se passe comme ça dans le monde de l'art, non ? Les nuls contre les surdoués. Certains se seraient retrouvés en panne de marchand.

Reed le regarda fixement sans comprendre.

– Probablement, dit-il.

– Vous êtes artiste ?

– Moi ? Je ne saurais même pas tracer un trait ! Je suis cuisinier. J'ai mon diplôme de chef du CIA, le Culinary Institute of America, là-haut, dans la vallée de l'Hudson, mais je me suis surtout retrouvé aux casseroles. À vrai dire, je faisais un travail de marmiton pour un salaire dérisoire au Bernardin et dans d'autres établissements de prestige. Aussi, quand Larry a proposé de m'engager à Santa Fe, j'ai sauté sur l'occasion, croyez-moi !

– Comment M. Olafson vous a-t-il trouvé ?

– Je travaillais dans la journée pour un traiteur de luxe, mais j'en aurais des choses à vous raconter… Bref, Larry a organisé un brunch dominical à la galerie. Les invités ont dû me juger passable. L'ananas fumé et les crevettes épicées à la habanera ont dû jouer aussi. (Petit sourire.) Il m'a dit qu'il aimait ma façon d'officier.

– Depuis quand travailliez-vous pour lui ?

– Trois mois.

– Agréable ?

– Le paradis…

Reed craqua, puis retrouva son souffle, le temps de mendier un autre mouchoir.

Une demi-heure d'interrogatoire supplémentaire ne déboucha sur aucune piste. Reed nia toute relation intime avec son patron, mais sans être autrement convaincant. Katz capta le regard entendu de Deux-Lunes par-dessus la tête de l'employé de maison.

On consulte le fichier avant de le relâcher.

Mais tous deux sentaient que ça ne les avancerait guère. Quand la recherche effectuée pendant la garde à vue révéla un casier vierge, hormis une contravention pour excès de vitesse vieille de deux mois sur l'A 25 à la sortie d'Albuquerque, personne ne fut étonné. Reed avait la taille d'un gamin, et pour frapper Olafson à la tête, il lui aurait fallu monter sur un escabeau.

Sans même parler de manipuler un instrument contondant particulièrement lourd.

Il était temps de rejoindre ceux qui recherchaient l'instrument en question.

Probablement une autre impasse.

Katz et Deux-Lunes s'attardèrent sur les lieux une heure et demie de plus, surveillant la protection du périmètre et l'installation des projecteurs et donnant un coup de main à trois gars en tenue et deux de la police scientifique qui fouillaient la propriété. La police de Santa Fe n'avait pas lésiné sur les moyens. Cet homicide était une première pour tous les policiers en tenue et personne ne souhaitait saboter le travail.

Ils forcèrent la serrure du pavillon. Personne à l'intérieur, juste un atelier en désordre. Les effets personnels de Summer Riley, un peu d'herbe et un chilom dans un tiroir de la table de nuit, un chevalet et une boîte de couleurs dans la cuisine, plusieurs huiles franchement mauvaises – des femmes anguleuses et laides, et une facture brouillonne – appuyées contre les murs. Une pile de vêtements sales sur le lit.

Deux-Lunes découvrit le numéro de portable de Summer Riley dans le Palm d'Olafson, l'appela et tomba sur sa boîte vocale. Avec le tact qui le caractérisait, il lui laissa un message lui intimant l'ordre de rentrer parce que le patron était mort.

Ce fut Katz qui découvrit l'arme du crime sous un genièvre rampant, juste en deçà de l'allée qui conduisait au pavillon.

On n'avait fait aucun effort pour la cacher. La chose avait roulé jusque dans un creux du jardin.

Un gros marteau à panne-boule en chrome, de la taille d'un moteur de moto, et portant de légères salissures roses – la faible adhérence qu'avait prévue le Dr Ruiz. Quelques fragments de cervelle sur la panne. Exactement la surface large et arrondie que Ruiz avait décrite.

Il fallut trois hommes de la police scientifique pour emballer et étiqueter le marteau. Énorme et peu maniable, il devait faire dans les vingt-sept à trente kilos. Ce qui signifiait un meurtrier très, très costaud, même en tenant compte de la poussée d'adrénaline.

– Tué par l'art, dit Darrel. Il n'y a pas un type, un peintre, qui a dit un jour que son but était de faire un tableau qu'il suffirait de regarder pour tomber raide mort ?

– Jamais entendu parler de ça, marmonna Katz.

– Je l'ai appris au cours. Le bonhomme avait un nom bizarre… Man quelque chose.

– Man Ray ?

– Tout juste.

– Tu as étudié l'art ?

– L'histoire de l'art, précisa Darrel. En première année de fac. Parce que c'était facile.

– Et ça t'a appris quoi ?

– Que j'aimais sincèrement les belles choses comme tout un chacun, mais qu'il était ridicule de se tuer aux études.

– C'est valable pour tout, lui fit remarquer Katz. Dieu nous donne un bon matériau et c'est nous qui compliquons.

Darrel lui lança un regard en biais.

– Tu donnes dans la religion ?

– Je parlais… au sens métaphorique.

– Ah… lâcha Deux-Lunes. Eh bien, la grande métaphore de la soirée est : « Enfoncé comme un clou. » Des idées ?

– On jette un œil chez lui, répondit Katz. On met la main sur ses relevés téléphoniques, on trouve Summer Riley pour voir ce qu'elle sait, on interroge son ex-femme à New York ou ailleurs, et on se documente sur les galeries d'Olafson. Et aussi sur l'affaire Forest-Haven. Il serait intéressant de voir ce que les éleveurs à qui il a fait un procès ont à dire.

– Bref, on fait le tour de la question, Steve.

Ils regagnèrent la voiture.

– Comme je le vois, reprit Darrel, nous cherchons des

ennemis partout où il risque d'y en avoir. Mon petit doigt me dit qu'on a du pain sur la planche.

– On a de la visite ! s'exclama un gars en tenue au moment où ils allaient démarrer.

Pleins phares, puis passage en code tandis qu'une voiture radio approchait. Shirley Bacon, chef de la police, en descendit, vêtue d'un tailleur-pantalon en jersey bleu marine sous un long manteau noir en peau lainée, ses cheveux noirs ramenés au sommet du crâne et laqués à mort, encore plus maquillée qu'au service. Ce qui n'était pas peu dire.

C'était une ancienne enseignante de quarante-huit ans à la silhouette compacte et au visage ouvert, la fille d'un shérif du comté et la sœur d'un flic de l'État, d'un autre shérif et d'un contrôleur de conditionnelle. Elle avait commencé par des études de violon et fini par donner des cours de musique et par travailler comme secrétaire à l'Opéra en attendant des jours meilleurs. Une main brisée à trente-cinq ans l'avait expédiée dans les services de police en qualité de secrétaire. Et de fil en aiguille elle avait atterri à la police de Santa Fe.

Son intelligence et son efficacité lui avaient valu de gravir rapidement les échelons et d'être nommée chef l'année précédente. Elle traitait ses hommes avec respect, avait obtenu une police d'assurance sur les voitures radio utilisées comme voitures de fonction dans un rayon de cent kilomètres, et fait voter une augmentation de salaire dans une ère de coupes budgétaires. Personne n'avait le moindre reproche à lui adresser, personne ne se formalisait de son sexe.

Elle alla droit sur eux.

– Darrel… Steve…

– On était de sortie, patron ? lui demanda Katz.

– On lève des fonds. Une fondation d'art indien, chez le Dr Haskell et Madame, dans Circle Drive. De quoi s'agit-il ?

Ils l'éclairèrent, elle fit la grimace.

– Toutes les possibilités sont envisageables. Je m'occupe de la presse. Tenez-moi au courant.

Quelques instants plus tard, son adjoint, Lon Maguire, fit son apparition à bord de sa camionnette personnelle, et le lieutenant Almodovar se joignit au petit groupe peu après.

Pas d'hypothèses de la part des chefs. Mais pas d'inquiétude excessive ni de critiques non plus. Depuis trois ans qu'il travaillait dans le service, Katz appréciait l'absence d'allusions perfides et d'agressivité à fleur de peau, toutes ces joies avec lesquelles il lui avait fallu composer à New York. D'accord, le NYPD traitait plus d'homicides par semaine qu'il n'en avait vu là en trois ans.

La patronne leur fit un simple geste de la main, puis tourna les talons.

– On repart à la fête, chef ? lui demanda Katz.

– Mon œil ! D'un ennui à périr ! leur cria-t-elle en s'éloignant. Mais la prochaine fois, trouvez-moi un prétexte plus simple pour m'éclipser !

À deux heures cinquante-trois très exactement, près d'une heure après la fin de leur service et alors qu'ils s'apprêtaient à partir vers la maison d'Olafson, ils avisèrent un couple, jeune et beau, coincé de l'autre côté du cordon de police, tout au bout, qui discutait avec l'agent de police Randolph Loring.

– Voilà Mlle Riley, leur dit Loring quand ils approchèrent. Elle habite là-derrière.

Summer Riley, cheveux de jais et peau d'ivoire, offrait une silhouette pulpeuse que même sa doudoune de ski se refusait à dissimuler. Ses grands yeux bleus faisaient songer à ceux d'un lapin acculé. Pas encore trente ans, d'après Katz.

Le type tout en denim qui l'escortait était grand, brun et beau garçon, le genre *latin lover*. Des cheveux foncés et ondulés qui lui arrivaient au-dessous des omoplates, un visage à la peau claire et à l'ossature affirmée. L'air tout aussi affolé qu'elle.

Une vraie pub Calvin Klein, pensa Katz. Même terrifiés. Surtout terrifiés.

Summer Riley n'avait pas écouté le message de Deux-Lunes. Elle rentrait tout juste d'un rendez-vous galant. Darrel la mit au courant sans plus de ménagements que dans son message laissé sur sa boîte vocale, sur quoi elle s'effondra dans les bras du jeune type. Il la soutint, l'air gauche. Lui caressa les cheveux avec l'entrain d'un robot.

Il s'appelait Kyle Morales, faisait sa licence de danse à l'université du Nouveau-Mexique et se produisait à mi-temps dans le spectacle flamenco du Radisson. Il marquait une pause jusqu'au printemps suivant.

Katz avait vu le spectacle, assis en solitaire au fond de la salle avec l'unique Tanqueray-tonic qu'il s'autorisait. Légèrement en retrait du public, dont l'âge moyen tournait autour des soixante-cinq ans.

La prestation l'avait agréablement surpris : bons danseurs, excellents guitaristes. Il le dit à Kyle Morales.

– Merci, répondit celui-ci sans autre émotion.

Quand Katz émit le désir de les interroger séparément, Morales s'éloigna sans discuter.

Darrel fit entrer Summer Riley dans le périmètre de protection et l'emmena vers le pavillon, tandis que Katz restait sur place avec Morales.

C'était la deuxième fois que Morales sortait avec Summer. Il avait fait sa connaissance dans un bar de San Francisco Street et la trouvait « cool ». Olafson était pour lui un parfait inconnu et il ignorait tout de l'art.

– Deuxième rendez-vous, répéta Katz.

– Le premier, c'était juste histoire de prendre un verre, précisa Morales.

– Et ce soir ?

– Ce soir, nous sommes allés voir une comédie au DeVargas Center.

– Drôle ?

– Très, répondit Morales en essayant d'avoir l'air sincère.

Danseur, mais pas acteur.

– Et après ?

– Après, nous sommes allés manger une pizza. Et on est rentrés.

– La première fois que vous veniez chez elle ?

– C'est ce qu'on avait prévu.

Du regret dans la voix.

Pas de bol, pensa Katz. Tout espoir de septième ciel volatilisé par une chiennerie de meurtre.

Il poussa un peu plus loin l'interrogatoire, pour en venir à la conclusion que le garçon n'avait pas inventé la poudre. L'histoire classique : au mauvais endroit au mauvais moment.

– O.K. Vous pouvez partir.

– Je pensais que quand vous en auriez fini avec elle, nous pourrions traîner un peu, dit Morales.

– Rien ne vous empêche de tenter le coup et d'attendre, lui répondit Katz en tripotant le cordon de protection, mais croyez-moi, mon vieux, le cœur n'y sera pas.

Finalement Morales décida de laisser tomber. Katz rejoignit Deux-Lunes et Summer Riley dans la pièce unique du pavillon. Au désordre ambiant s'était ajoutée une couche de poudre pour le relevé d'empreintes. La fille essuyait ses larmes. Difficile de dire si elles étaient dues à la situation ou au tact de Darrel – ou aux deux.

– Mlle Riley ne voit personne qui ait pu vouloir nuire à M. Olafson, lui annonça Darrel.

– Il était vraiment merveilleux, dit Summer en reniflant. Darrel ne réagit pas.

– Comme je vous l'ai dit, reprit la fille, il faut absolument vérifier si des œuvres ont disparu.

– Vol, dit Darrel en lui faisant le coup de sa voix sans intonation.

– C'est une possibilité, insista Summer. Larry est le plus grand marchand d'art de Santa Fe, et il a des tableaux d'une très grande valeur à la galerie.

– O'Keeffe ?

– Non, pas en ce moment, répondit Summer, sur la défensive. Mais nous en avons déjà vendu plusieurs.

– Qu'avez-vous de fortement coté en ce moment ?

– Une somptueuse peinture indienne d'Henry Sharp, quelques Berninghaus et un Thomas Hill. Cela ne vous dit peut-être rien, mais ces tableaux valent une fortune.

– Sharp et Berninghaus sont deux gloires de Taos, lui renvoya Katz. Mais j'ignorais que Hill avait peint le Nouveau-Mexique.

La tête de Summer partit en arrière, comme si la science de Katz l'avait agressée.

– Non, bien sûr. C'est une scène californienne.

– Ah.

– Ils valent cher. Un prix à six chiffres chacun.

– Et il les laissait à la galerie ? lui demanda Katz.

– Sauf ceux qu'il prend chez lui, répondit Summer en collant avec obstination au présent.

– Pour son usage personnel ?

– Il présente des œuvres à la villa. Par amour de l'art, et aussi pour les visiteurs.

– À titre d'échantillon, quoi.

La jeune femme lui lança un regard offusqué, comme s'il venait de lâcher une obscénité.

– À quel endroit de la galerie ces chefs-d'œuvre sont-ils conservés ? demanda Darrel.

– Avec les autres tableaux. Dans la réserve. Elle a une

serrure spéciale et un système d'alarme, dont seul Larry possède la combinaison.

– Vous parlez de l'arrière-salle? lui demanda Deux-Lunes. Celle avec tous les casiers verticaux?

Summer acquiesça d'un mouvement de tête.

Les inspecteurs étaient entrés sans problème. On avait laissé la porte ouverte. Katz s'aperçut qu'il n'avait même pas remarqué la serrure.

– Où pourrions-nous trouver un inventaire?

– Sur l'ordinateur de Larry, répondit Summer. Et j'en conserve aussi la trace écrite, dans un registre. J'ai le sens de l'organisation. C'est pour cette raison que Larry m'apprécie.

Le désordre de l'atelier démentait cette affirmation, mais allez savoir.

Puis Katz se dit: elle n'a même pas pris la peine de ranger avant d'amener Morales. Peut-être ne caressait-elle pas les mêmes projets que lui.

Il l'interrogea sur le danseur. Sa version correspondait à celle de Morales.

– Donc, vous rentriez avec Kyle.

– Il me raccompagnait, dit-elle. (Elle rejeta ses cheveux en arrière et rougit.) Rien d'autre. Je n'avais pas l'intention de le revoir.

– Mauvaise pioche?

– Assommant. Ce n'est certes pas une lumière.

Un quelque chose de métallique dans la voix. Rien d'un agneau, cette fille.

– L'auteur du marteau… Miles D'Angelo, reprit Katz. Que pouvez-vous nous dire à son sujet?

– Miles? Il a quatre-vingt-trois ans et vit en Toscane.

– M. Olafson avait-il un contentieux avec lui?

– Avec Miles? (Elle eut un sourire narquois.) C'est l'être le plus délicieux au monde. Il adorait Larry.

– Nous devrons jeter un coup d'œil à votre registre, dit Deux-Lunes.

– Bien sûr, répondit Summer. Il est à la galerie. Dans le bureau de Larry.

Les inspecteurs n'avaient rien vu de ce genre.

Ils retournèrent à Olafson Southwest, où la fille leur montra le tiroir en question. Darrel enfila des gants et l'ouvrit.

Des papiers, mais pas de registre.

– Il n'y est pas, constata Summer. C'est pourtant sa place.

3

À quinze heures dix, Katz était au volant de la Crown Victoria, Deux-Lunes silencieux à la place du passager. Ils remontaient Bishop's Lodge Road en direction de Tesuque, un village plat et voilé d'arbres, curieux mélange d'élevages de chevaux et de camping-cars que bordaient des collines ponctuées de villas de toutes dimensions jouissant d'une vue imprenable. La population se composait de vedettes de cinéma et d'investisseurs qui jouaient les propriétaires de ranch intermittents, d'artistes et de sculpteurs, et de gens des milieux hippiques, les ouvriers hispaniques et indiens qui constituaient à l'origine les résidents de Tesuque. S'y ajoutait une poignée de paumés carrément déjantés qui se faufilaient furtivement dans le Tesuque Market pour s'approvisionner en légumes et bière bio avant de redevenir invisibles des semaines durant.

Le genre d'amalgame que Katz aurait cru explosif, mais, comme le reste de Santa Fe, Tesuque restait d'une sérénité à toute épreuve.

Le ciel était saturé d'étoiles, endiamanté par leur éclat, et l'air embaumait le genièvre, le pin pignon et le crottin. La propriété de Lawrence Olafson se dressait au bord d'une petite route non goudronnée, à une bonne distance des limites de l'agglomération, tout en haut du lotissement de Los Caminitos, un ensemble de prestige qui regroupait des villas de rêve, immenses et ravissantes au milieu de deux à six hectares de terrain.

Pas d'éclairage urbain depuis qu'ils avaient quitté la Plaza, et, en dehors de la ville, l'obscurité avait une épaisseur tangible de caramel mou. Même avec les feux de route, on pouvait rater l'adresse : tout était en chiffres de laiton discrets sur une borne de pierre isolée. Katz la dépassa, fit une marche arrière et s'engagea dans l'allée en pente que des plaques d'eau gelée rendaient glissante. Quinze cents mètres de chemin de terre qui filaient dans un couloir de pins coiffés de neige. La villa demeura invisible jusqu'au troisième virage, mais, une fois en vue, pas question de l'ignorer.

Trois niveaux d'angles arrondis, de murs exploitant la forme libre, plus une demi-douzaine de patios, semblait-il, accompagnés d'un nombre équivalent de *portales* couverts. Livide et monumentale sur une toile de fond montagneuse, baignant dans la lumière subtile de la lune et des étoiles et d'un éclairage extérieur de faible voltage, elle dominait la houle d'un océan de verdure : herbes indigènes et petites boules de cactus, épicéas nains et branches de tremble dénudées qui frissonnaient dans le vent.

Malgré sa dimension, la villa s'intégrait harmonieusement dans le milieu environnant, comme surgie du sable, de la roche et des fourrés.

La voiture de patrouille de l'officier de police Debbie Santana avait pris position devant le garage à quatre places qui formait le niveau inférieur de la villa. Garée en épi, elle bloquait l'accès à deux portes et demie du garage. Katz immobilisa la voiture banalisée quelques mètres plus loin, et Deux-Lunes et lui descendirent sur le gravier crissant.

Vingt marches de pierre les conduisirent, par-delà une rivière de buissons, jusqu'à une double porte massive taillée dans un bois qui semblait patiné par le temps.

Montants cloutés, travail de ferronnerie martelée à la main. Au-dessus de la porte, une plaque de bois avec une inscription en creux : LE REFUGE.

Darrel poussa la porte et ils pénétrèrent dans un hall d'entrée plus grand que l'appartement de Katz. Sol dallé, six mètres sous plafond, candélabre de verre d'inspiration fractale – une œuvre de Chihuly ? –, murs staffés rose pêche, œuvres d'art somptueuses, mobilier de toute beauté.

Au-delà du hall d'entrée se déployait, avec un déni-velé d'une marche, une pièce immense encore plus haute de plafond et aux parois presque entièrement vitrées. L'agent Santana était assise sur un canapé en tapisserie à côté de Sammy Reed. De larmoyant, Reed était passé au mode hébété.

– Chouette villa, dit Darrel. On la dépèce.

Ils passèrent les trois heures suivantes à en examiner les six cents mètres carrés à la loupe. Et apprirent beau-coup de choses sur Olafson, mais rien qui pût leur expli-quer le meurtre.

Une Jaguar berline, verte et racée, occupait le garage à côté d'une antique Austin Healey blanche et d'une Alfa Romeo GTV rouge. Le Land Rover d'Olafson avait été identifié dans l'allée de la galerie.

Ils fouillèrent des penderies remplies de vêtements hors de prix, essentiellement des griffes new-yorkaises. Livrets de banque et comptes de portefeuille confir-maient qu'Olafson était plus que solvable. Des maté-riaux gay et porno étaient rangés au carré dans un tiroir fermé à clé de la pièce dévolue à l'équipement audiovi-suel. Une abondance de rayonnages dans le bureau tapissé de cuir, mais très peu de livres – pour l'essentiel des livres d'art et de décoration et des biographies de têtes couronnées réservés à la table basse. Pas une seule fois la chienne borzoï, énorme et d'un blanc laineux, n'ouvrit l'œil.

L'art régnait en maître, trop abondant pour leur permettre d'assimiler toutes les œuvres lors d'une première visite, mais un tableau de la grande pièce retint l'attention de Katz : deux enfants nus dansant autour d'un mât enrubanné. Les tons pastel restituaient le fondant velouté du printemps. Les bambins avaient entre trois et cinq ans, des cheveux blonds aériens, des fesses à fossettes et des visages de chérubins. Vu la niaiserie du thème, on aurait pu croire à une affiche décorative, mais le peintre avait assez de talent pour s'élever au-dessus de cet art mineur. Katz reconnut que le tableau lui plaisait et chercha la signature. Un certain Michael Weems.

– Tu crois qu'on devrait chercher du côté pédo-porno ?

Sa remarque déconcerta Katz et le troubla un brin. Il guetta une trace d'ironie sur le visage de son coéquipier.

– Tout est dans l'œil du spectateur, lui lança Deux-Lunes en allant vers l'ordinateur de bureau d'Olafson.

Le PC s'alluma, mais l'écran d'ouverture exigea un mot de passe que les inspecteurs n'essayèrent même pas de lui donner.

Bobby Boatwright, le spécialiste des crimes sexuels de l'équipe deux heures-huit heures trente, se débrouillait aussi bien en informatique que n'importe quel chef de la police technique. Autant le laisser jeter un œil avant d'emballer le tout à destination du labo médicolégal de la police de l'État, sur l'A 14.

Ils débranchèrent l'ordinateur et l'emportèrent avec l'imprimante et la batterie dans le hall d'entrée. Puis ils regagnèrent le monde privé de Lawrence Olafson.

Sous le lit à baldaquin de l'auguste chambre à coucher, ils découvrirent un album en cuir repoussé. Rempli d'articles sur Olafson.

– Ça alors ! s'exclama Darrel. Ne me dis pas qu'il s'endormait en caressant son ego ?

Ils feuilletèrent l'album. En majeure partie des papiers élogieux parus dans des revues d'art et rendant compte de la dernière vente aux enchères, acquisition ou cotation du marchand. Mais il y avait aussi des commentaires plus perfides : des relents de contrats frelatés, des insinuations sur l'authenticité de certaines pièces. Pourquoi diable Olafson les conservait-il ?

Sous l'album se trouvait un autre volume, plus petit, relié en ramie verte très ordinaire. Celui-là renfermait des coupures de presse ayant trait à ForestHaven, parmi lesquelles le reportage de *News-Press* sur les éleveurs à la petite semaine contre qui le groupe avait engagé une action en justice.

Bart Skaggs, soixante-huit ans, et sa femme, Emma, soixante-quatre ans, avaient été nommément visés, parce qu'ils éprouvaient de grandes difficultés financières à élever cinq cents têtes de bétail au poids du marché et usaient de leurs droits de pâture fédéraux dans Carson Forest comme nantissement pour des prêts bancaires qui couvraient le fourrage et les équipements. Bon an, mal an, les intérêts ponctionnaient 31 000 dollars de leurs 78 000 dollars de revenus bruts, mais, jusqu'à ce que ForestHaven traduise les Skaggs devant les tribunaux en invoquant la loi sur les espèces menacées d'extinction, ils avaient réussi à garder la tête hors de l'eau.

D'après les plaignants, les dégâts occasionnés par le troupeau mettaient en danger la faune indigène de rongeurs, reptiles, renards, loups et élans. Le juge avait tranché en leur faveur et ordonné au couple de réduire son cheptel à quatre cent vingt têtes. Une nouvelle action du groupe avait ramené ce chiffre à deux cent quatre-vingts. Obligés de se rabattre pour moitié sur des terres de pâture privées dix fois plus onéreuses, les Skaggs avaient plongé dans le rouge. Ils avaient liquidé leur exploitation et pris leur retraite, et vivaient à présent des mille dollars mensuels de la Sécurité sociale.

« *Ma famille a pratiqué l'élevage sur ces terres depuis 1834* », a déclaré Bart Skaggs. « *Nous avons fait face à toutes les catastrophes naturelles possibles et imaginables, mais nous avons dû baisser les bras devant l'extrémisme aberrant des écologistes.* » Emma Skaggs, notait le reporter, était « *trop bouleversée pour s'exprimer* ».

Interrogé sur sa réaction à l'endroit du couple qui avait tout perdu, le représentant du conseil d'administration de ForestHaven et principal plaignant n'avait manifesté aucun remords :

« *"La terre est en danger, or la terre règne en souveraine, au-dessus des intérêts égoïstes de n'importe quel individu", a fait valoir Lawrence Olafson, célèbre marchand d'art et galeriste de Santa Fe et de New York. "On ne peut pas faire d'omelette sans casser des œufs".* »

Olafson avait surligné ses propres remarques au marqueur jaune.

— Fier de lui, dit Darrel.

— La terre règne en souveraine, lui renvoya Katz.

Ils enregistrèrent l'album comme pièce à conviction et l'emportèrent avec eux.

— Œufs cassés…, dit Deux-Lunes au moment où ils sortaient de la maison. Crâne fracassé.

Katz haussa les sourcils. Son coéquipier avait le chic avec les mots.

Ils chargèrent l'ordinateur et le matériel annexe dans le coffre de la voiture, puis Katz mit le contact et laissa tourner le moteur.

— Ce type…, reprit Deux-Lunes, il a sa maison bourrée de trucs, mais une chose manque.

– Les photos de ses gamins, dit Katz.

– Dans le mille. L'ex-épouse, je veux bien, mais les enfants ? Pas une seule photo ? Peut-être qu'ils ne l'aimaient pas. D'après Doc, la scène traduisait beaucoup de colère. Je l'ai ressenti comme ça moi aussi. Or qu'est-ce qui accumule plus de colère qu'un conflit familial ?

Katz hocha la tête.

– Il faut absolument retrouver les gamins. Interroger l'ex aussi, dit-il. On attaque tout de suite ou après avoir localisé Bart et Emma Skaggs ?

– Après, dit Darrel. Et demain. Ces deux-là sont sous la couette. Je ne me sens pas le cœur de les réveiller à… (il regarda sa montre) quatre heures dix-huit. On a assez joué les prolongations, collègue !

4

Katz conduisit aussi vite que le lui permettaient l'obscurité et les virages de la route ; à quatre heures quarante-cinq, ils avaient regagné le Q.G. de Camino Entrada.

Après avoir enregistré l'ordinateur d'Olafson au dépôt, ils réglèrent la procédure d'ouverture du dossier, convinrent de se retrouver pour un petit déjeuner à neuf heures au Denny's, au coin de la rue, et regagnèrent leurs pénates. Deux-Lunes ayant gardé la Crown Vic car c'était son mois de mise à disposition, Katz se rabattit sur sa petite Toyota Camry crasseuse. Vu le calme plat de sa vie mondaine, elle lui suffisait amplement.

Darrel Deux Lunes roula jusqu'à sa maison du district de South Capital, ôta ses souliers sur le paillasson et supporta la morsure du froid sur ses pieds gelés le temps d'ouvrir la porte et d'entrer dans le séjour. La pièce était sympa ; il la retrouvait toujours avec plaisir. La cheminée kiva en adobe, les vieilles poutres noueuses qui doublaient la courbe du plafond. Du bois ancien, authentique, couleur de mélasse. Pas les poutres artificiellement vieillies qui avaient attiré son œil dans la villa d'Olafson.

De qui se moquait-il ? Il n'y avait rien d'authentique chez lui.

Il ôta son pardessus, prit un Snapple à la framboise dans le réfrigérateur, s'assit à la table de cuisine et se désaltéra.

Contemplant le séjour à travers l'arcade. Des photos de Kristin et des filles avec lui prises au Photo Inn du DeVargas Center au Noël précédent.

À peu près un an avant ; depuis, les filles avaient beaucoup poussé.

Son château.

Voilà.

Il adorait sa maison, mais ce soir-là, après avoir déambulé dans la villa d'Olafson, l'endroit paraissait minuscule, voire pitoyable.

Acquis pour cent quatre-vingt mille dollars. Une affaire, en définitive, car South Capital connaissait un boom de l'immobilier.

Un policier en activité capable d'emménager dans les quartiers Nord grâce à l'aimable compréhension d'une assurance MetLife et aux dernières volontés et testament du sergent d'artillerie Edward Deux-Lunes, né Montez, des forces armées américaines (e.r.).

Merci, papa.

Ses yeux commençaient à lui piquer et il avala son thé glacé assez vite pour geler ses pensées.

À ce jour, la maison devait approcher des trois cent mille. Un investissement pour qui pouvait se permettre de tabler sur la revente et faire monter les prix.

Un type du genre d'Olafson avait les moyens d'acheter et de revendre des maisons modestes comme s'il jouait au Monopoly.

Enfin…, les aurait eus si…

Deux-Lunes revit le crâne fracassé du marchand de tableaux et se morigéna.

Comme si tu étais à plaindre, idiot !

Il termina le Snapple, se sentit la gorge encore sèche, prit une bouteille d'eau, gagna le living, s'assit, les pieds surélevés, et inspira profondément pour voir s'il humait un vestige de l'odeur d'eau et de savon que Kristin laissait dans son sillage.

Elle adorait vraiment la maison, se disait comblée et n'avait jamais voulu déménager.

Cent quarante mètres carrés sur un terrain de huit mille mètres carrés, et cela lui suffisait pour se sentir comme une reine. Ce qui en disait long sur elle.

D'accord, le terrain ne manquait pas de charme, reconnut Darrel. Les filles avaient toute la place voulue pour jouer dans le jardin de derrière, et Kristin pour faire pousser des légumes et des tas d'autres bonnes choses.

Il lui avait promis de tracer des petites allées de gravier, promesse toujours en suspens. Le sol serait bientôt gelé et il faudrait remettre le travail au printemps.

Combien de macchabées aurait-il croisé d'ici là ?

Il leva la tête en entendant des pas légers.

– Bonjour, mon chéri, dit Kristin en se frottant les yeux, mal réveillée. (Ses cheveux blond vénitien étaient retenus en queue-de-cheval, mais des mèches s'étaient libérées. Son peignoir rose en éponge ceinturait étroitement sa taille de guêpe.) Quelle heure est-il ?

– Cinq heures.

– Oh…

Elle s'approcha, lui effleura les cheveux. Irlandaise pour moitié, écossaise pour un quart, chippewa du Minnesota pour le reste. Le sang indien s'affirmait dans ses pommettes prononcées et ses yeux en amande. Des yeux couleur de sauge. Darrel l'avait rencontrée lors d'une visite au Musée indien. Elle suivait un stage d'été, effectuant du travail de bureau pour payer un cours de peinture. Les yeux l'avaient pris au piège, puis le reste de sa personne l'avait vite menotté.

– Une enquête ? demanda-t-elle.

– Mmm.

Darrel se leva et ses bras se refermèrent autour de son

mètre cinquante. Obligé de se baisser pour ce faire. Danser avec Kristin lui pinçait parfois le bas du dos. Il s'en moquait.

– De quel genre, mon amour ?

– Rien qui t'intéresse.

Les yeux verts de Kristin accommodèrent.

– Si ça ne m'intéressait pas, je ne t'aurais pas posé la question.

Il l'assit sur ses genoux et lui raconta.

– Tu en as parlé à Steve ? lui demanda-t-elle.

– De quoi ?

– De ton algarade avec Olafson ?

– Strictement hors sujet.

Elle garda le silence.

– Quoi ? reprit-il. Ça date d'un an.

– Huit mois, le corrigea-t-elle.

– Tu t'en souviens ?

– Je me souviens qu'on était en avril parce que c'était la semaine où nous faisions nos courses de Pâques.

– Huit mois, un an, quelle différence ?

– Tu as sûrement raison, Darrel.

– Au lit.

À peine sous la couette, elle se rendormit, mais Deux-Lunes resta allongé sur le dos et repensa à l'« algarade ».

Il avait fait un saut au Musée indien pour voir une exposition qui comportait deux gouaches de Kristin. Des peintures qu'elle avait exécutées l'été précédent, assise dans le jardin de derrière. Des fleurs et des arbres, une belle lumière atténuée. Deux-Lunes jugeait qu'elle s'était surpassée et l'avait pressée de les présenter au jury.

Quand elle avait reçu une réponse favorable, sa poitrine s'était gonflée de fierté.

Il s'était rendu une demi-douzaine de fois à l'exposition, prenant sur son heure de déjeuner. Et avait emmené Steve à deux reprises. Steve avait dit qu'il adorait le travail de Kristin.

Lors de la cinquième visite, Larry Olafson avait fait une apparition en compagnie d'un couple entre deux âges – les deux en noir de la tête aux pieds et arborant les mêmes lunettes de soleil à la con. La scène de l'art snobinarde de la côte Est. Tous trois avaient parcouru l'exposition au pas de course, Olafson un sourire aux lèvres – ou plutôt une grimace narquoise – quand il croyait que personne ne le regardait.

Émettant des commentaires sarcastiques, aussi, à l'intention de ses amis au masque indifférent.

Darrel avait vu Olafson arriver aux aquarelles de Kristin et entendu sa remarque : « Voilà précisément ce que je voulais dire. Aussi insipide que de l'eau de vaisselle. »

Deux-Lunes avait senti sa poitrine se gonfler. Mais pas de fierté.

Il avait tenté de se calmer, mais quand Olafson et le couple s'étaient dirigés vers la sortie, il avait bondi sans même réfléchir et leur avait barré le passage. Pas franchement génial comme idée, mais incapable de se retenir.

Comme possédé.

Le sourire d'Olafson s'était effacé.

– Pardon ?

– Ces tableaux du jardin, dit Darrel. Je les trouve bons.

Olafson avait caressé sa barbe neigeuse.

– Vraiment ?

– Vraiment.

– Eh bien vous m'en voyez ravi.

Deux-Lunes n'avait pas dit un mot, pas esquissé un geste. Le couple en noir s'était ratatiné.

– Maintenant que nous avons eu notre petite discussion

d'experts, avait repris Olafson, auriez-vous la bonté de me laisser passer ?

– Vous leur reprochez quoi ? avait insisté Deux-Lunes. Pourquoi les avez-vous éreintés ?

– Je n'ai rien fait de ce genre.

– Si. Je vous ai entendu.

– J'ai un portable, avait dit la femme. J'appelle la police.

Elle avait fouillé dans son sac.

Deux-Lunes s'était écarté.

– Barbare ignare, avait maugréé Olafson au passage.

Darrell en avait gardé une impression cuisante durant des semaines. Il se sentit un idiot d'y repenser.

Pourquoi avait-il eu la bêtise d'en parler à Kristin ?

Parce qu'il était rentré chez lui d'une humeur massacrante et n'avait tenu aucun compte des filles. Ni d'elle.

Parle, lui répétait-elle sans cesse. Tu as besoin d'apprendre à parler.

Là, il avait parlé.

– Oh, Darrel…

– J'ai tout bousillé.

– Chéri…, avait-elle soupiré, n'y pense plus. Ça n'a pas d'importance.

Puis elle s'était rembrunie.

– Quoi ?

– Les gouaches, avait-elle dit. Elles sont vraiment nulles.

Il s'aperçut que sa mâchoire s'était crispée au souvenir de la scène et s'obligea à se détendre. Bref, il n'aimait pas la victime. Ça lui était déjà arrivé avec d'autres dossiers, des masses de dossiers, en fait. Parfois les gens se faisaient agresser, ou pire, pour leur malveillance ou leur bêtise.

Il n'avait rien dit de l'incident à Steve. Aucune raison de le faire à l'époque. Ni maintenant.

Il ne ménagerait ni son temps ni ses efforts sur cette

enquête. Sans pouvoir s'expliquer pourquoi, sa décision le soulagea.

Le sergent d'artillerie Edward Montez avait passé sa vie à l'armée et préparé Darrel, son unique enfant, élevé dans des bases qui s'égrenaient de la Caroline du Nord à la Californie, à suivre la même voie.

À dix-sept ans, et alors qu'il vivait à San Diego, Darrel, en apprenant que son père allait être envoyé en Allemagne, s'était rebellé, avait foncé au bureau de recrutement du corps de Marines le plus proche et s'était engagé. Quelques jours après, il entamait son entraînement de base à Del Mar.

Sa mère avait pleuré en faisant les valises.

– Ne t'inquiète pas, Mabel, lui avait ordonné son père. (Puis il avait braqué ses yeux noirs sur Darrel.) C'est plutôt radical, mais au moins c'est l'armée.

– Ça va me plaire, avait répondu Darrel.

Mais en se disant : Bon Dieu, qu'est-ce qui m'a pris ?

– On verra. Arrange-toi pour apprendre quelque chose avec eux avant de te faire tuer.

– Comme quoi ?

Darrel avait frotté son crâne tout frais tondu. Perdre en dix secondes ses cheveux qui lui arrivaient aux épaules et les voir sur le carrelage d'un coiffeur de la Vieille Ville le terrifiait encore.

– Comme utile, lui avait répondu son père. Un métier. À moins que tu comptes passer le reste de tes jours à te mettre au garde-à-vous !

Il arrivait au milieu de sa période d'engagement quand sa mère était morte. Mabel et Ed Montez fumaient tous deux comme des sapeurs, et Darrel avait toujours redouté un cancer des poumons. Ce fut une crise cardiaque qui emporta sa mère. À quarante-quatre ans seulement. Elle était assise dans le salon d'un logement pour sous-officiers à la périphérie de Hambourg, à regarder *La Roue de la fortune* sur le réseau câblé de l'armée américaine, quand sa tête partit en avant ; elle n'avait plus jamais bougé. Ses dernières paroles avaient été : « Achète une voyelle, crétin ! »

Les Marines avaient accordé à Darrel une permission exceptionnelle pour raisons familiales, puis il avait réintégré la base, à Oceanside. Désormais caporal, il entraînait les bleus et se gagnait une réputation de sergent instructeur peau de vache. S'il versa quelques larmes, ce fut en privé.

Son père démissionna de l'armée et se fixa à Tampa, en Floride, où il vivait de sa pension et finit par déprimer. Six mois après, il téléphonait à Darrel pour lui annoncer qu'il s'installait à Santa Fe.

– Pourquoi à cet endroit ?

– Nous sommes des Indiens de Santa Clara.

– Et alors ?

Darrel avait pris conscience de son ascendance sans la monter en épingle. À la façon d'une abstraction, d'un fait historique. Les rares fois où il avait interrogé ses parents sur ce point, ils avaient aspiré une bouffée de leurs Camel sans filtre et répondu : « Sois-en fier, mais n'en fais pas un obstacle. »

Et maintenant son père déménageait pour ça ? S'installait au Nouveau-Mexique ? Son père avait toujours détesté le désert ; quand ils habitaient en Californie, impossible de lui faire mettre les pieds à Palm Springs.

– N'importe, dit Ed Montez. Il est temps.

– Temps de quoi ?

– D'apprendre, Darrel. Si je ne commence pas à apprendre quelque chose, je vais me dessécher comme un papillon de nuit et mourir.

Darrel avait ensuite revu son père quand il avait eu terminé sa période chez les Marines, décidé qu'il voulait un peu plus de cheveux sur la tête, et s'était abstenu de rempiler.

– Viens vivre ici, Darrel.

– Je pensais plutôt à Los Angeles.

– Pourquoi là ?

– Peut-être pour reprendre mes études.

– À la fac ? avait dit son père d'un ton surpris.

– Mmm.

– Des études de quoi ?

– Peut-être d'informatique, avait répondu Darrel en mentant.

Il n'avait pas d'idée, sachant seulement qu'il voulait avoir la liberté de faire la grasse matinée, de rencontrer des filles qui n'étaient ni des putes ni des mordues de Marines. Il avait envie de faire la fête.

– Bonne idée, les ordinateurs, avait dit son père. Ils sont les talismans de notre âge.

– Les quoi ?

– Les talismans, avait répété Ed Montez. Les symboles, les totems.

Darrel n'avait rien dit.

– C'est compliqué, Darrel. Viens plutôt ici, tu pourras t'inscrire à la fac. L'UNM est cotée, elle a un campus agréable, et toutes sortes de bourses pour les Indiens.

– La Californie me plaît bien.

– Je n'ai personne, avait dit son père.

En descendant d'avion à Albuquerque et en apercevant son père, Darrel avait failli tomber à la renverse. Ed Montez était passé de la brosse-militaire-passe-partout à Grand-Chef-Machin-Chose. Une raie au milieu séparait des cheveux striés de mèches grises qui lui arrivaient au-dessous des omoplates et étaient maintenus par un bandeau de perles.

Une crinière bien plus longue que les nattes de Darrel quand son père ne cessait de l'asticoter parce qu'il ressemblait à un « bon à rien de hippie ».

La tenue civile de son père disait le même changement radical. Fini le polo de golf, le pantalon à pli repassé et les richelieus astiqués à mort. Ed Montez portait une chemise de lin flottante au-dessus d'un jean et des mocassins.

Et arborait une barbiche folâtre !

Il avait serré Darrel contre lui – ça aussi, c'était nouveau – et s'était emparé de son bagage cabine.

– J'ai changé de nom, lui annonça-t-il. Je m'appelle Edward Deux-Lunes. Tu devrais peut-être y songer aussi.

– La généalogie, lui avait expliqué le vieil homme pendant l'heure de voiture qui les avait conduits jusqu'à Santa Fe.

Pour l'instant, le paysage plat et aride alignait des étendues désertes parallèles à l'autoroute et ponctuées ici et là par le casino indien de rigueur.

Comme à Palm Springs.

Vitesse limitée à cent vingt kilomètres heure. Darrel n'y voyait aucune objection : son père roulait à cent quarante, et tout le monde en faisait autant.

Son père alluma une cigarette et enfuma la cabine du Toyota pick-up.

– Tu ne me poses pas de questions ?

– Sur quoi ?

– La généalogie.

– Je connais le sens du mot. Tu as exploré tes racines.

– « Nos » racines, fils. Quand je suis venu de Floride,

je me suis arrêté à Salt Lake City, je suis passé chez les mormons et j'ai étudié la question. J'ai découvert des choses intéressantes. Après, une fois ici, j'ai effectué d'autres recherches et trouvé des choses encore plus passionnantes.

– Par exemple ? lui demanda Darrel, sans trop savoir s'il s'en souciait.

Il était surtout occupé à regarder son père du coin de l'œil. Edward Deux-Lunes ? Quand il parlait, sa barbiche vibrait.

– Eh bien, nous venons en droite ligne du Pueblo de Santa Clara. De mon côté. Ta mère était apache et mohawk, mais c'est une autre histoire. Je ne me suis pas encore penché sur la question.

– Ah bon, dit Darrel.

– Ah bon ?

– Que veux-tu que je te dise ?

– Je pensais que tu aimerais en savoir plus.

– Tu as toujours dit et répété que c'était le passé.

– J'en suis venu à l'aimer.

Son père fourra une cigarette dans sa bouche, tendit sa main droite et saisit le poignet de Darrel. Le garda. Hallucinant. Le vieux n'avait jamais encouragé les contacts physiques.

– Nous sommes apparentés à Maria Montez, mon fils. Nous sommes ses descendants directs, aucun doute possible.

– C'est qui ?

– Peut-être la plus grande potière indienne de tous les temps.

Ed lui avait lâché le poignet et montré sa main. La paume était grise, comme couverte de poussière.

– C'est de l'argile, fils. J'apprends l'art des anciens.

– Toi ?

– Inutile d'ouvrir de grands yeux.

Côté art, ses parents n'avaient jamais dépassé les cartes

de Noël collées au ruban adhésif sur les murs de leurs logements de garnison.

– Nous n'arrêtons pas de déménager, lui avait expliqué sa mère. Si tu fais des trous dans les murs, tu es tenu de les reboucher. Je suis peut-être bornée, mais pas idiote.

– La technique, ce n'est pas rien, continuait son père. Trouver l'argile qui convient, la récupérer, la modeler à la main… nous n'utilisons pas de tours.

Nous ?

Darrel s'était gardé de poser la question. Vingt-cinq kilomètres les séparaient encore de Santa Fe et le paysage avait changé. En altitude, entouré de montagnes agréables. Plus vert, piqueté de petites maisons roses, ocre et bouton d'or qui réfléchissaient la lumière. Un ciel immense et bleu ; plus bleu que Darrel n'en avait jamais vu. Un panneau faisait de la réclame pour de l'essence hors taxe au Pueblo de Pojoaque. Un autre annonçait la construction de villas de prestige en adobe dans un endroit dénommé Eldorado.

Pas mal, mais pas encore la Californie.

– Pas de tours, avait répété son père. Le modelage se fait entièrement à la main, et laisse-moi te dire que c'est rudement dur. Ensuite vient la cuisson et, là, les choses se compliquent vraiment. Tu en as qui utilisent un kiln, mais moi, je fais un feu dehors parce que les esprits sont plus forts dans la nature. Tu fais un feu de bois, la chaleur doit être extrêmement précise. Au moindre défaut, tout peut se fêler et tu te seras donné du mal pour rien. Pour obtenir des tons différents, tu prends de la bouse de vache. Tu dois la retirer du feu pile au bon moment, la remettre à cuire… c'est compliqué.

– On dirait.

– Tu ne me demandes pas ce que je fais ?

– Que fais-tu ?

– Des ours, lui répondit son père. Et ça rend rudement bien. Ils ressemblent vraiment à des ours.

– Bravo.

Argile, bouse. Esprits de la nature. Les cheveux de son père… bon sang, sacrément longs. Il rêvait ou quoi ?

– Je vis pour faire des ours, Darrel. Toutes les années où je n'en ai pas fait, j'ai perdu mon temps.

– Tu as servi ton pays.

Ed Montez s'était mis à rire, avait tiré sur sa cigarette et poussé son pick-up, frôlant les cent soixante.

– Papa, tu habites au Pueblo ?

– J'aimerais bien. Mais si jamais nous avons eu des droits sur les terres de Santa Clara, c'est de l'histoire révolue. J'ai réussi à me brancher sur Sally Montez. C'est l'arrière-arrière-petite-fille de Maria. Une potière de génie ! Elle a remporté le premier prix deux ans de suite à l'Indian Market. Elle emploie de la bouse pour obtenir une patine noire et rouge. L'an dernier, elle a attrapé la grippe et mis du temps à récupérer, si bien qu'elle a juste eu une mention honorable. N'empêche, un travail de premier ordre.

– Où habites-tu, papa ?

– Dans une résidence. Ma retraite de l'armée paie le loyer et quelques douceurs en plus. Comme je me suis trouvé un deux-pièces, il y a largement assez de place pour toi. J'ai fait poser le câble car l'antenne parabolique sautait, à cause du vent.

Il lui avait fallu un peu de temps pour s'habituer à vivre avec son père – son nouveau père.

Il eût été plus honnête de qualifier le deux-pièces d'Edward Deux-Lunes exposé au sud de « studio plus alcôve ». Laquelle consistait en un espace de deux mètres cinquante par deux mètres soixante-dix tapissé d'étagères de livres, à quoi s'ajoutait un canapé transformable qui se dépliait en lit double.

Quant aux livres en question… là encore, c'était

nouveau. Histoire américaine, histoire indienne. Art. Une tripotée de livres sur l'art.

Un brûle-encens dans la chambre de son père. De l'herbe ? s'était demandé Darrel, l'espace d'une seconde.

Non. Juste que le vieux aimait faire brûler de l'encens quand il lisait.

Pas d'ours en céramique à l'horizon. Darrel n'avait pas posé de questions parce qu'il ne voulait pas savoir.

Une chose n'avait pas changé : son père se levait à six heures du matin tous les jours, week-end compris.

Mais fini les pompes sur une seule main. L'ancien sergent d'artillerie saluait chaque journée par une heure de méditation silencieuse. Suivie d'une autre heure de flexions et étirements réglés sur l'une de sa douzaine de bandes enregistrées de yoga.

Son père se pliant aux instructions de femmes en collants de danseuses…

Après le yoga venaient une longue marche et un bain d'une demi-heure, du pain grillé et du café noir en guise de petit déjeuner, quoique, vu l'heure, on se rapprochait plutôt du déjeuner.

À deux heures de l'après-midi, le vieux était prêt pour sa virée au Pueblo de Santa Clara, où la corpulente et enjouée Sally Montez travaillait dans son atelier situé à l'arrière de sa grande maison en adobe, modelant de somptueux chefs-d'œuvre d'argile noire incrustés de pierres semi-précieuses. Le devant de la maison abritait un magasin tenu par le mari de Sally, Bob. Comme il était son cousin issu de germains, Sally n'avait pas eu à changer de nom.

Pendant que Sally confectionnait des poteries, le père de Darrel, le dos voûté au-dessus d'une table voisine, sourcils froncés, se mâchonnait la joue tout en modelant ses ours.

Des familles d'ours, dans des postures diverses.

La première fois qu'il avait vu les petits animaux,

Darrel avait pensé à Boucle d'or. Puis il était revenu sur son idée. Ils ne ressemblaient même pas à des ours. Plutôt à des cochons. Ou des hérissons. Rien de vraiment reconnaissable.

Son père n'était pas un sculpteur-né et Sally Montez le savait. Mais elle souriait et disait : « Vous y êtes, Ed, vous faites des progrès. »

Elle ne le faisait pas pour l'argent : son père ne lui versait pas un sou. Elle le faisait seulement parce qu'elle était gentille. Et Bob aussi. Et leurs enfants. Et la plupart des gens que Darrel avait croisés au Pueblo.

Il avait commencé à se poser des questions.

Quand Darrel eut emménagé, son père avait attendu six mois avant de reparler de cette histoire de changement de nom. Ils étaient tous les deux assis sur un banc de la Plaza, et mangeaient une glace par une journée d'été de toute beauté. Darrel s'était inscrit à UNM en prenant «Monde des affaires» comme matière principale, avait obtenu un 3,6 sur 5 à la fin du premier semestre, rencontré quelques filles et pris un peu de bon temps.

– Je suis fier de toi, fils, lui avait dit Ed, en lui rendant son bulletin. Est-ce que je t'ai parlé de l'origine de mon nom ?

– Le nouveau nom ?

– Mon seul nom, fils. Ici et maintenant, c'est tout ce qui compte.

Ses cheveux avaient encore poussé de dix centimètres. Il continuait à fumer, et sa peau avait pris un aspect de cuir patiné par le temps. Mais il gardait des cheveux épais et luisants, pleins de jeunesse, même striés de gris. Assez longs pour faire une tresse digne de ce nom. Comme ce jour-là.

– La nuit où j'ai pris ma décision, dit-il, il y avait deux

lunes dans le ciel. Pas vraiment, c'était juste comme je les voyais. À cause de la mousson. J'étais à l'appartement, à me faire à dîner, et c'était la mousson, comme il y en a ici… tu ne connais pas encore, mais ça viendra. C'est simple, le ciel se fend et boum ! Des cataractes ! Ça peut arriver un jour où il fait sec, sec jusqu'aux os et, brusquement, tout change. (Il cligna des yeux, et l'espace d'une seconde sa bouche trembla.) Tu vois des arroyos se transformer en torrents furieux ! Rudement impressionnant, fils.

Ed avait léché son cornet au beurre de noix de pécan.

– N'importe, j'étais en train de me faire la cuisine et la pluie s'est mise à tomber. J'ai terminé et je suis resté assis là, à me demander où la vie me conduisait. (Nouveau cillement.) Je me suis mis à penser à ta mère. Je n'ai jamais beaucoup parlé de mes sentiments, mais crois-moi, fils, elle me manquait.

Il s'était détourné. Darrel avait fixé son attention sur des touristes qui défilaient devant des Indiens accroupis dans le renfoncement du Palais des gouverneurs, ils vendaient des bijoux et des poteries. En face, la Plaza était encombrée de stands d'objets artisanaux, auxquels s'ajoutait une estrade équipée d'un micro pour chanteurs amateurs. Qui a prétendu que la musique folklorique est un art défunt ? Ou bien s'agissait-il de la bonne musique folklorique ?

– Penser à ta mère m'a rendu mélancolique, mais m'a fait planer un peu aussi. Pas comme quand on a trop bu. Encouragé, disons. Brusquement, j'ai su que je ne m'étais pas trompé en venant ici. Je regarde par la fenêtre, la vitre dégouline, et tout ce que je vois du ciel est noir, avec une lune énorme et brouillée. Seulement cette fois, la lune, il y en avait deux : la vitre mouillée réfléchissait la lumière en biais et créait une image double. Je me fais bien comprendre ?

– La réfraction, dit Darrel.

Il avait pris « Sciences physiques » en option mineure et décroché un B.

Ed contempla son fils avec orgueil.

– Tout juste. La réfraction. Pas deux lunes indépendantes l'une de l'autre, plutôt l'une sur l'autre et empiétant sur deux tiers environ. C'était beau… Et un sentiment puissant m'a envahi. Ta mère communiquait avec moi. Parce qu'on était comme ça. Tout le temps ensemble, mais indépendants, empiétant juste assez l'un sur l'autre pour que ça marche. Nous avions quinze ans quand on s'est connus, on a dû attendre d'en avoir dix-sept pour se marier parce que son père était un alcoolique invétéré et qu'il me détestait cordialement.

– Je croyais que papy t'aimait.

– Il a fini par se faire une raison. Quand tu l'as connu, il aimait la terre entière !

Darrel gardait de son grand-père le souvenir d'un homme incolore et pas déplaisant. Alcoolique invétéré ? Son père lui gardait-il d'autres surprises en réserve ?

– N'importe, les deux lunes étaient de toute évidence ta mère et moi et, à ce moment précis, j'ai décidé de lui rendre hommage en prenant ce nom. J'ai consulté un juriste en ville, je suis allé au palais de Justice et j'ai fait le nécessaire. Aux yeux de l'État du Nouveau-Mexique, c'est officiel et légal, fils. Mais surtout, à mes yeux, c'est sacré.

Un an après que Darrel eut emménagé chez son père, le diagnostic tomba : Edward Deux-Lunes souffrait d'un carcinome spinocellulaire bilatéral du poumon. Le mal s'étant propagé vers le foie, les médecins lui avaient dit de rentrer chez lui et de profiter du temps qu'il lui restait à vivre.

Les premiers mois se passèrent bien, hormis une toux sèche et persistante et un léger essoufflement. Il lisait beaucoup de livres sur l'ancienne religion indienne et semblait serein; Darrel, lui, faisait semblant d'être détendu, mais ses yeux le brûlaient en permanence.

Le dernier mois fut terrible, entièrement passé à l'hôpital. Darrel resta au chevet de son père, à l'écouter respirer. Fixant d'un regard absent les écrans de contrôle, échangeant des propos amicaux avec des infirmières. Pas de larmes dans les yeux, juste une douleur lancinante au creux du ventre. Il perdit sept kilos.

Mais il ne se sentait pas faible. Au contraire, comme s'il puisait à des réserves.

Le dernier jour de sa vie, Edward Deux-Lunes dormit. Sauf à un moment, en pleine nuit, où il se redressa en suffoquant, le regard terrifié.

Darrel se précipita pour le soutenir. Essaya de le recoucher, mais son père voulait rester droit et résista.

Darrel céda et son père finit par se détendre. La lumière des écrans lui verdissait le visage, d'un vert nauséeux. Ses lèvres remuaient, mais aucun son n'en sortait. Il tentait de dire quelque chose. Darrel le regarda droit dans les yeux, mais son père ne voyait déjà plus.

Darrel le serra dans ses bras avec l'énergie du désespoir et approcha son oreille des lèvres de son père.

Un râle sec jaillit. Puis:

– Changement… fils… est… bien.

Puis il se laissa aller en arrière pour dormir. Une heure après, il n'était plus.

Le lendemain de l'enterrement, Darrel se rendit au palais de Justice et remplit les formulaires requis pour changer de patronyme.

5

Katz réfléchit au meurtre d'Olafson pendant le trajet du retour.

Doc et Darrel avaient parlé de colère, et peut-être avaient-ils raison. Mais si la colère était le mobile premier, on se serait attendu à des impacts répétés, pas à un coup d'assommoir.

Le scénario du cambrioleur pris en flagrant délit cadrait mieux. De même que la réserve ouverte.

Une altercation, Olafson menace d'appeler la police et tourne le dos au meurtrier.

Un geste idiot. Les commentaires d'Olafson sur des poursuites à l'encontre de Bart et Emma Skaggs puaient l'arrogance. Un excès d'assurance qui l'aurait empêché de prendre au sérieux le malfrat ?

Le marteau chromé surdimensionné laissait entendre que le malfrat en question n'avait pas prémédité son geste. Fallait-il voir dans le choix de l'arme un règlement de comptes symbolique – « tué par l'art », pour reprendre les mots de Darrel – ou juste de l'opportunisme ?

Katz avait vécu dans un univers de symboles. Celui qu'on récolte à épouser une artiste.

Une artiste en herbe.

D'abord les sculptures, ensuite les peintures de merde.

Arrête. Valerie avait un brin de talent. Mais pas assez.

Il la sortit de son esprit et revint à l'enquête.

Aucune intuition nouvelle ne l'éclaira, mais il continuait de réfléchir quand il arriva chez lui, se gara et entra. La pièce était telle qu'il l'avait laissée : nickel. Il ouvrit son armoire-lit, se restaura, regarda la télévision et poursuivit ses réflexions.

Il vivait dans une cabine de chantier de trente mètres carrés à toiture en tôle derrière Marbres, Pierres et Granits, une marbrerie au bas de Cerillos Road. Elle se résumait à une pièce de devant et à un cabinet de toilette en fibre de verre prémoulé. Avec l'aimable autorisation d'utiliser un radiateur comme chauffage d'appoint et d'ouvrir les fenêtres en guise de climatisation. Il faisait la cuisine sur une plaque chauffante et rangeait ses quelques possessions dans une armoire métallique. La vue consistait en des dalles de pierre dressées à la verticale et des élévateurs.

Un logement de dépannage devenu permanent. Semi-permanent car il dénicherait peut-être un jour une vraie maison. Rien ne pressait : le loyer était ridicule et il n'avait personne à qui en mettre plein la vue. À New York, pour ce prix-là, il n'aurait eu qu'une cage à lapin en sous-sol.

Fils cadet d'un dentiste et d'une hygiéniste, frère de deux autres arracheurs de dents, il avait grandi à Great Neck, suivi une scolarité normale mais sans conviction : bref, la brebis galeuse d'une famille résolument classe moyenne. Après avoir abandonné un premier cycle à l'université de SUNY-Binghamton, il avait travaillé cinq ans comme barman à Manhattan avant de se réinscrire à John Jay et de décrocher une licence en droit pénal.

Ses cinq ans de NYPD l'avaient vu conduire une voiture de patrouille dans le secteur de Bed-Stuyv, effectuer quelques missions d'infiltration pour les Stups, assumer un peu de garde à vue et aboutir en centre ville, au commissariat du 24e, où il s'occupait des abords ouest de Central Park, de la 59e à la 86e. Pas désagréable, la surveillance du parc. Jusqu'au jour où elle avait manqué de charme.

Il avait continué à travailler au noir comme barman, économisant pour s'offrir une Corvette, même s'il ne voyait pas où la garer ni quand l'utiliser. Le soir où il avait rencontré Valerie, il confectionnait des cocktails idiots à base de Martini et de jus de fruit dans une boîte du Village. Au premier abord, elle ne l'avait pas spécialement ému. C'était sa copine, Mona, qui avait retenu son attention ; à l'époque, il donnait dans les gros nichons et les blondes. Plus tard, quand il avait appris que Mona était complètement barjo, il avait remercié le ciel ne de pas être sorti avec elle. Pas que ça ait mieux tourné avec Valerie, mais au moins on ne pouvait pas l'accuser d'être dingue.

Juste…

Inutile de revenir là-dessus.

Il se plongea un moment dans un livre de poche – un roman policier qui n'avait aucun rapport ni de près ni de loin avec la réalité, exactement ce qu'il lui fallait. Il piqua du nez en moins de quelques minutes, éteignit et s'allongça.

Le soleil allait bientôt se lever, et à sept heures Al Kilcannon et les ouvriers de la marbrerie seraient là à crier et à rire en mettant les machines en marche. Des fois, Al amenait ses chiens qui aboyaient comme des fous. Katz avait ses bouchons d'oreilles à portée de main sur la table de nuit.

Mais il hésita. Autant se lever, s'habiller chaudement et courir un peu pour être prêt à retrouver Darrel au Denny's.

Se réveiller dans ce trou à rats pouvait vous mettre le moral à zéro. Ce n'était pas Valerie qui lui manquait, seulement d'accueillir le matin avec un corps tiède contre le sien.

Peut-être qu'elle lui manquait un peu.

Peut-être qu'il était trop fourbu pour savoir ce qu'il pensait.

Le soir de leur rencontre, Mona s'était fait lever par un paumé et Valerie n'avait pas bougé, solitaire et comme vissée à sa place. Maintenant que Mona ne lui faisait plus de l'ombre, elle paraissait plus visible et Steve l'avait remarquée. Cheveux noirs, carré court à frange, visage ovale à la peau très claire, quatre bons kilos en trop, mais joliment répartis. Des yeux immenses, même de loin. Elle semblait esseulée, il en eut le cœur serré et lui fit apporter un cosmopolitan[1] avec les compliments de la maison. Elle jeta un regard vers le bar, haussa les sourcils et le rejoignit.

Très joliment répartis.

Ils regagnèrent ensemble son appartement d'East Village, car elle disposait d'une vraie chambre, contrairement à son espace à lui, à l'abri d'un rideau, dans le deux-pièces studio de la 33e qu'il partageait avec trois autres bonshommes.

Pendant tout ce temps, Valerie resta mélancolique, ne dit pas grand-chose, mais elle s'enflamma dès qu'il la toucha et fit l'amour comme une tigresse. Après, elle prit un joint dans son sac et le fuma en entier. Elle lui confia qu'elle peignait et sculptait, venait de Detroit, avait un diplôme de NYU, ne figurait encore au catalogue d'aucune galerie, mais avait déjà vendu quelques pièces à des animations de quartier. Quand il lui dit en quoi consistaient ses activités pendant la journée, elle fixa les cendres du joint et lui dit : « Tu m'arrêtes ? »

Il se mit à rire et lui montra où il planquait ses réserves. Qu'ils partagèrent.

1. 4 cl de vodka, 1,5 cl de Triple Sec Marie Brizard, 1,5 cl de jus de canneberge.

Il lui passa la bague au doigt deux mois plus tard, mariage civil sur un coup de tête qui s'avéra une nouvelle déception pour la famille de Katz. Pour celle de Valerie aussi, comme on put le constater. Son père était avocat au barreau. Elle avait grandi dans un milieu social en marge et n'avait causé que des problèmes à ses parents.

Au début, leur rébellion parut suffire à souder leur couple. Cela ne dura guère et, en moins d'un an et d'un commun accord, ils s'évitaient et s'en tenaient à des échanges polis et à des étreintes occasionnelles dont l'ardeur faiblissait. Katz aimait son travail dans la police, mais il ne parlait jamais boutique avec elle, parler lui paraissant peu viril, sans compter que le sang révulsait l'âme végétalienne de Valerie. Et puis, sa carrière d'artiste piétinant, et qu'il soit satisfait de son boulot n'arrangeait rien.

La nuit où tout avait changé, il assurait la fin de permanence avec un coéquipier qui avait dix ans d'ancienneté, un certain Sal Petrello. Une nuit calme. Ils avaient coursé quelques jeunes qui mijotaient visiblement un coup dans le parc, aidé un touriste allemand qui ne retrouvait plus la Cinquième Avenue et répondu à un appel pour voies de fait, en réalité une altercation bruyante entre deux conjoints d'âge moyen. À minuit moins dix ils prirent un appel : un détraqué qui courait nu aux abords de Central Park et de la 81e.

Arrivés sur les lieux, ils ne trouvèrent rien. Pas de fou, ni en tenue d'Adam ni vêtu, aucun des témoins qui avaient alerté la police, pas un chat. Juste l'obscurité, les frondaisons du parc et la rumeur de la circulation dans la rue.

– Sans doute un appel bidon, dit Petrello. Un connard qui n'avait rien de mieux à faire.

– Probable, convint Katz.

Mais il n'en aurait pas juré. Quelque chose lui chatouillait le bas de la nuque – avec tant d'insistance qu'il passa la main pour s'assurer qu'aucune bestiole n'explorait sa peau.

Pas de bestiole, juste une impression de démangeaison.

Ils inspectèrent le coin cinq minutes de plus, ne trouvèrent rien, prévinrent le standard que c'était un faux appel et firent demi-tour.

– Tant mieux, dit Petrello comme ils regagnaient la voiture. Comme si on avait besoin de dingos !

Ils y arrivaient presque lorsque le type bondit des fourrés et se planta devant eux en bloquant le sentier. Un malabar tout en muscles, visage carré et mâchoire épaisse, crâne rasé, des pectoraux comme des quartiers de bœuf. Nu comme un ver.

Excité, ça aussi. Il poussa un mugissement et son bras fendit l'air. Quelque chose brillait dans sa main gauche. Petrello, qui était le plus proche de lui, recula et chercha son arme, mais pas assez vite. Le type détendit de nouveau son bras et Petrello hurla, agrippant sa main.

– Steve ! Il m'a entaillé !

Katz avait dégainé. Le cinglé à poil souriait de toutes ses dents et vint dans sa direction ; il avançait dans l'éclat discret du lampadaire, et Steve vit alors ce qu'il avait en main. Un rasoir sabre. À manche de nacre. Que le sang de Petrello colorait de rouille.

Sans quitter l'arme des yeux, Katz lança un regard en coin à son coéquipier. Sal comprimait d'une main la blessure. Le sang ruisselait, mais pas en un jet saccadé. Parfait, pas d'artère touchée.

– L'enfoiré, gronda Sal. Tire, Steve !

Le fou avança vers Katz en décrivant de petits arcs concentriques avec son rasoir.

Katz le visa à la figure.

– Onebougeplus !

Le fou abaissa les yeux sur son sexe. Le sien. Vraiment excité, le gars.

– Tire, Steve ! cria Sal. Je ne dirai rien ! Il faut que je soigne ça ! Bon Dieu, qu'est-ce que tu attends pour tirer !

Le fou se mit à rire. Les yeux toujours fixés sur son sexe en érection.

– Posez le rasoir par terre. Tout de suite ! cria Katz.

Le fou abaissa son bras, comme pour s'exécuter.

Rit. Un rire qui figea les sangs de Katz.

– Seigneur !… lâcha Sal.

Sous leurs regards incrédules, le dément abattit son arme d'un geste vif qui le délesta d'un organe.

Les services expédièrent Katz et Petrello chez le psychiatre. Petrello s'en moquait du moment qu'il continuait à toucher sa solde, et tirait des plans pour se mettre sérieusement au vert. Katz, lui, refusa d'envisager même cette idée, pour toutes sortes de raisons.

Valerie savait à quoi s'en tenir, l'ayant lu dans le *Post*. Pour une fois, elle parut prête à écouter Katz, qui finit par lui parler.

– Répugnant, lui dit-elle. Je crois qu'on devrait s'installer au Nouveau-Mexique.

Au début, il crut qu'elle blaguait.

– Et moi, comment je fais ? lui demanda-t-il quand il comprit qu'elle parlait sérieusement.

– Tu le fais, c'est tout, Steve. Il serait temps que tu t'assumes.

– Ce qui veut dire ?

Elle n'avait pas répondu. Ils se trouvaient dans leur appartement de la 18e Rue Ouest ; Valerie coupait des légumes en salade, lui se faisait un sandwich de cornedbeef. Froid. Valerie ne voyait pas d'inconvénient à ce qu'il soit carnivore : c'était l'odeur de la viande cuite qu'elle ne supportait pas.

Quelques instants glacés s'écoulèrent, puis elle s'interrompit, s'approcha, lui passa le bras autour de la taille et plaça son nez contre le sien. S'écarta, comme si la magie du geste n'opérait plus, ni pour lui ni pour elle.

– Regardons les choses en face, Steve. Entre nous deux, ça n'a pas tellement bien marché. Mais je ne crois pas que ce soit notre faute. C'est cette ville; elle nous vide de notre énergie. Toute cette pollution spirituelle… Ce dont j'ai besoin à ce moment précis de ma vie, Steve, c'est de sérénité, pas de poison. Santa Fe, c'est la sérénité. Rien ne pourrait être plus différent de ce qu'on a ici.

– Tu y as été ?

– Quand j'étais au lycée. Avec mes parents. Ils ont fait des emplettes au Gap et au Banana Republic, typique. Moi, j'ai fait le tour des galeries. Il y en a des tonnes. C'est une petite ville. La bouffe est géniale, il y a des tas de clubs et surtout, de l'art.

– Petit comme quoi ?

– Soixante mille habitants.

Il avait ri.

– Un pâté de maisons d'ici.

– Exactement.

– Et tu pensais faire ça quand ?

– Le plus tôt sera le mieux.

– Val, avait-il dit, je suis à des années-lumière d'une pension de retraite qui se tienne.

– Les pensions, c'est pour les vieux et les malades. T'as encore une chance d'être jeune.

– Ce qui voudrait dire ?

– Moi, il faut que je le fasse, Steve. J'étouffe.

– Laisse-moi y réfléchir.

– Ne réfléchis pas trop longtemps.

Ce soir-là, après qu'elle fut allée se coucher, il s'était connecté sur Internet et avait trouvé le site de la police de Santa Fe.

Des appartements ridicules, et une échelle de salaire inférieure à celle du NYPD. Des avantages, quand même. Possibilités de transferts horizontaux, utilisation personnelle du véhicule dans un rayon de cent kilomètres. Un poste d'inspecteur vacant. Depuis quelque temps il envisageait de tâter le terrain dans ce sens et savait qu'il lui faudrait attendre son tour au Deux-Quatre ou dans n'importe quel commissariat voisin.

Sal Petrello se répandait en disant que Katz avait flanché, qu'ils devaient tous deux à leur bonne fortune que le dingo ait préféré se trancher la bite plutôt que la leur.

Katz joua encore un moment avec l'ordinateur et trouva des photos en couleurs de Santa Fe. Jolie ville, impossible de dire le contraire. Mais pas un ciel ne pouvait être d'un bleu si intense, probablement une photo retouchée.

Un village plus qu'une ville.

On s'y ennuyait sûrement à mourir, mais que faisait-il de si passionnant dans cette mégapole pourrie ? Il éteignit, partit se coucher, se pelotonna contre Valerie et lui posa la main sur les fesses.

– D'accord, dit-il. Tu veux ?

Elle grogna et éloigna sa main.

Ils ne possédaient rien de précieux et laissèrent derrière eux ce qu'ils ne réussirent pas à écouler à une brocante de quartier. Après avoir fait leurs valises de vêtements et emballé le matériel de peinture de Valerie, ils s'embarquèrent pour Albuquerque par une matinée de printemps ensoleillée, louèrent une voiture à l'aéroport et prirent la route de Santa Fe.

Eh bien si. Le ciel pouvait être d'un bleu aussi intense.

Tout cet espace, tout ce silence. Katz se sentait perdre la tête. Il roulait sans mot dire. Les deux nuits précédentes, il avait rêvé du fou au rasoir. Dans ses rêves, l'affaire se terminait moins bien. Peut-être qu'il avait vraiment besoin de se nettoyer l'âme.

Ils avaient loué une maison à la sortie de St. Francis, pas loin du DeVargas Center. Val alla acheter des fournitures d'art et Steve fit un saut au quartier général de la police.

Locaux minuscules, places de stationnement en masse à l'arrière. Rythme détendu. Et surtout, le calme.

Le chef de la police était une femme. Intéressant.

Il prit un formulaire de candidature, le rapporta à la maison, découvrit une Valerie tout excitée qui déversait un sac en papier plein de tubes de peinture et de pinceaux sur la table pliante où ils prenaient leurs repas.

– Je suis retournée à Canyon Road, lui expliqua-t-elle. Il y a un magasin de fournitures pour artistes. On aurait pu s'attendre à des prix exorbitants, mais cela revient à deux tiers de ce que j'aurais payé à New York !

– Super.

– Attends, je n'ai pas fini. (Elle examina un tube de jaune cadmium. Sourit, le reposa.) Pendant que j'attendais, j'ai remarqué un chèque collé au mur derrière la caisse. Un vieux chèque, le papier avait jauni. Datant des années cinquante. Et devine de qui ?

– Van Gogh.

Elle lui lança un regard noir.

– Georgia O'Keeffe ! Elle habitait juste là, à l'époque, avant d'acheter le ranch. Elle se fournissait exactement au même endroit que moi !

Comme si ça réglait le problème, pensa Katz.

– Impressionnant, dit-il.

– Tu me fais le coup du mépris, Steve ?

– Absolument pas ! se récria-t-il. Je trouve ça génial.

Il mentait mal. Tous deux le savaient.

Il fallut trois mois à Valerie pour le quitter. Quatre-vingt-quatorze jours pour être exact, pendant lesquels Katz obtint un poste d'officier de police classe III, et la promesse que sa candidature au poste d'inspecteur serait prise en considération si aucun postulant plus expérimenté ne se manifestait dans les soixante jours.

– Je serai franc, avait-il dit au lieutenant Barnes. J'ai fait de l'infiltration, mais pas de vrai travail d'inspecteur.

– Vous savez, lui avait rétorqué Barnes, vous avez passé cinq ans à New York. Je suis plus que sûre que vous saurez débrouiller les dossiers qu'on récupère par ici.

Le quatre-vingt-quatorzième jour, il était rentré dans une maison vide ; Valerie avait emporté ses affaires et laissé un mot sur la table pliante.

Cher Steve,
Je suis sûre que ce ne sera pas une surprise, tu n'es pas plus heureux que moi. J'ai rencontré quelqu'un et je veux avoir une chance d'être heureuse. Toi aussi, tu as le droit de l'être. Dis-toi que je t'aide, pas que je te fais du mal. Je paierai la moitié du loyer du mois plus l'épicerie.

V

Le quelqu'un en question était un énergumène qui faisait le taxi pendant la journée et se disait sculpteur. Typique de Santa Fe, comme Katz l'avait vite appris. Tout le monde donnait dans l'art.

Cela avait tenu un mois, entre Val et le taxi, mais elle n'avait pas éprouvé le désir de se remettre avec Katz. À la place, elle s'était embarquée dans une série de liaisons avec des individus du même acabit, changeant sans cesse de domicile, peignant des abstractions atroces.

Vu la dimension de la ville, il passait son temps à la croiser. Les types qui l'accompagnaient se mettaient toujours sur la défensive en le rencontrant. Ensuite, quand ils comprenaient qu'il n'allait pas cogner, ils se détendaient, affichant régulièrement le même sourire sournois, suffisant. Katz savait ce qu'il signifiait : ils connaissaient Val la tigresse.

Lui ne baisait pas. Et s'en félicitait. Sa libido le laissait en paix, sa nouvelle affectation accaparait toute son attention. Vêtu d'une tenue bleue plus seyante que son vestiaire du NYPD, il patrouillait le coin et apprenait la topographie des lieux, appréciant la compagnie d'une série de coéquipiers faciles à vivre, résolvant des problèmes qui se prêtaient aux solutions.

Il jugeait idiot de payer le loyer d'un appartement trop grand pour lui, mais la force de l'inertie l'empêchait de prendre l'initiative de déménager. Puis une nuit, un appel radio lui demanda d'aller à Marbres, Pierres et Granits, une marbrerie dans laquelle on avait signalé la présence d'un inconnu. La plupart du temps il s'agissait de fausses alertes, mais cette fois il surprit un gamin qui jouait à cache-cache au milieu des plaques. Rien de bien méchant, juste un paumé qui cherchait un coin tranquille où sniffer de la coke. Katz l'interpella et le remit aux Stups.

Le propriétaire de la marbrerie, un grand bonhomme corpulent au visage rubicond, était arrivé au moment où Katz obligeait le gamin à le suivre. Il avait écouté Katz.

– Vous êtes de la ville ? lui avait-il demandé.

– Non, de New York.

– Comme s'il y en avait une autre, hein ?

Kilcannon était d'Astoria, dans le Queens, où il avait travaillé avec des Grecs dans les métiers de la pierre. Dix ans auparavant, il s'était installé à Santa Fe parce que sa femme aspirait à la paix et à la tranquillité.

– Même topo, lui avait répondu Katz en collant le gamin sur la banquette arrière de la voiture de patrouille avant de claquer la portière.

– Elle se plaît ?

– Elle m'a dit que oui la dernière fois que je lui ai parlé.

– Oh… avait lâché Kilcannon. Encore une de ces… elle est artiste ?

Katz avait souri.

– Je vous souhaite une bonne soirée, monsieur.

– À vous revoir, agent Katz.

Et ils s'étaient revus, une semaine après, accoudés tous les deux à un bar de Water Street. Kilcannon était imbibé, mais savait écouter.

Lorsque Katz lui avait confié qu'il songeait à déménager, Kilcannon lui avait dit :

– Vous savez, j'ai peut-être votre affaire à l'arrière du dépôt. Rien de chichiteux, mon gamin y habitait quand il était étudiant et ne pouvait pas m'encaisser. Maintenant qu'il vit à Boulder, personne n'occupe le local. Je vous propose un marché : deux cents dollars par mois, charges comprises, moyennant la surveillance du dépôt quand vous êtes là.

Katz avait soupesé la proposition.

– Et quand je dors ?

– Vous dormez, Steve. Le principal, c'est qu'il y ait quelqu'un.

– Je ne vois toujours pas ce que vous attendez de moi.

– D'être là, c'est tout, avait répondu Kilcannon. La présence d'un policier est un élément de dissuasion de premier ordre. Garez votre véhicule dans la rue à un endroit bien visible. J'ai un stock important ; pour moi, ça ne me coûtera pas cher comme assurance.

– Je partage le véhicule avec mon coéquipier, lui avait dit Katz. Je ne peux pas revenir tous les jours en voiture.

– Pas de problème, Steve. Quand elle y sera, elle y sera. Le principal, c'est que vous soyez sur place et que tout le monde le sache. Prenez le temps de réfléchir, mais on y serait tous les deux gagnants. Il y a même le câble.

Katz avait vidé son verre.

– Pourquoi pas ? dit-il enfin.

Depuis qu'il habitait là, il avait pris un voleur novice en flagrant délit, un vrai demeuré qui essayait sans l'aide de personne de piquer la dernière plaque de marbre «Rose norvégien» de Kilcannon. Rien d'autre, sinon des chiens errants, plus un incident peu banal : une mère coyote avait trouvé le moyen de faire tout le trajet depuis les Sangres pour mettre bas sa portée entre deux palettes de «Bleu brésilien».

Marché correct donc, pour Al comme pour lui. À condition de ne pas faire la fine bouche.

Il resta allongé, pas fatigué le moins du monde. Il allait carburer à l'adrénaline toute la journée et se coucherait tôt.

Mais il s'endormit malgré lui. En pensant à Valerie. Qu'est-ce que son nom foutait dans le Palm de Larry Olafson ?

6

Les deux inspecteurs expédièrent leur petit déjeuner sans traîner. Darrel s'était levé aux aurores et avait foncé sur l'ordinateur. Sa recherche lui avait fourni le dernier domicile connu de Bart et Emma Skaggs.

– À Embudo. Avec un numéro. Donc, ils vivent dans un appartement, précisa-t-il à Katz. On est loin de la vie d'éleveur.

– Embudo a son charme, fit valoir Katz.

– Un appartement, Steve !

Un éclair de colère flamba dans les yeux de Darrel.

– Tu ne portes pas notre victime dans ton cœur, hein ?

Darrel le fixa sans rien dire. Repoussa son assiette.

– On y va. L'autoroute devrait être dégagée à cette heure-ci.

Embudo se trouvait à quatre-vingts kilomètres au nord de Santa Fe, à l'endroit précis où l'autoroute rencontre les remous limoneux du Rio Grande. Une jolie petite ville de la ceinture verte. Même en cas de sécheresse intense, le fleuve assurait une végétation fraîche et luxuriante à ses environs.

Le domicile des Skaggs consistait en une pièce unique au-dessus d'un garage, à l'arrière d'un magasin au bord de la route qui proposait des vêtements d'époque, des piments, des pickles en bocaux et des cassettes de yoga. La propriétaire des lieux était une femme aux cheveux blancs et rares, la cinquantaine, et une sorte d'accent d'Europe centrale.

– Ils me font le ménage et, moi, je leur fais un prix pour le loyer, leur dit-elle. Des gens bien. Qu'est-ce qui vous amène ?

– Nous aimons les gens bien, dit Deux-Lunes.

Katz examina un sachet d'épices pour chili. Mention spéciale du jury à la foire de l'année précédente.

– De toute confiance, renchérit la femme aux cheveux blancs.

Elle portait un collant de yoga noir et une blouse de soie rouge, auxquels s'ajoutaient dix bons kilos de bijoux d'ambre.

Katz lui sourit, posa le sachet et se pressa de rattraper Darrel.

– La police ? (Emma Skaggs ouvrit la porte et laissa échapper un soupir.) Entrez, nous allons essayer de vous faire un peu de place.

La pièce n'était guère plus grande que la cabine de chantier de Katz. Équipée du même radiateur et de la même plaque chauffante, avec un cabinet de toilette au fond. Mais les plafonds bas et les minuscules ouvertures découpées dans l'épaisseur de murs en authentique adobe, semblait-il, donnaient l'impression d'être dans une cellule de prison. On notait un effort pour réchauffer l'atmosphère : des coussins usés sur un vieux canapé victorien disgracieux, des livres brochés et écornés dans une bibliothèque de mauvaise facture, des tapis navajos, élimés mais joliment teints, jetés sur le sol en pierre, et quelques articles de poterie navajo sur le plan de travail du coin-cuisine.

Sur le manteau en brique de la cheminée, une photo

montrait des vaches efflanquées qui paissaient dans un pré jaune.

Il y eut un bruit de chasse d'eau dans le cabinet de toilette du fond, mais la porte resta close.

Emma Skaggs débarrassa deux chaises pliantes des journaux qui les encombraient et fit signe aux inspecteurs de s'asseoir. C'était une femme de petite taille, maigre, cuite par le soleil et qui faisait bien son âge, encore accentué par des cheveux teints en roux et des rides assez profondes pour cacher un collier de pierres dures. Son jean était tendu sur des hanches osseuses, et son pull de laine tricoté main. Il faisait froid à l'intérieur. Poitrine plate, yeux gris.

— Vous venez à cause d'Olafson, leur dit-elle.

— Vous êtes au courant, lui renvoya Katz.

— Je regarde la télévision, inspecteur. Et si vous croyez que vous allez trouver ici le moindre indice, vous perdez votre temps.

— Vous avez été en litige avec lui, dit Darrel.

— Non, rétorqua Emma Skaggs. C'est lui qui l'a été avec nous. Tout marchait bien jusqu'à ce que cette ordure rapplique.

— Vous ne pouvez pas le sentir.

— Ni de près ni de loin. Vous voulez du café ?

— Non merci, madame.

— Moi, j'en prendrais bien.

Elle gagna le coin-cuisine en deux enjambées et se versa une tasse de café noir. Des assiettes se dressaient à la verticale dans un égouttoir, des boîtes de conserve et des cannettes s'alignaient en bon ordre, mais il se dégageait du tout une impression d'encombrement. Trop de choses dans un espace trop exigu.

La porte du cabinet de toilette s'ouvrit, livrant passage à Bart Skaggs qui s'essuyait les mains. Jambes arquées, trapu, une bedaine qui pendait sur son ceinturon de rodéo. Guère plus grand que sa femme, le même cuir tanné que vous valent des dizaines d'années d'UV agressifs.

Il avait dû entendre les voix des inspecteurs car il ne manifesta aucun étonnement.

– Du café ? dit Emma.

– C'est pas de refus.

Bart Skaggs les rejoignit, tendit une main gauche calleuse et resta debout. Un bandage lui barrait la main droite. Des doigts enflés sortaient de la gaze.

– J'étais en train de leur dire que nous n'avions rien à leur apprendre, lui lança Emma.

Bart hocha la tête.

– D'après votre femme, dit Deux-Lunes, vous viviez sans problème jusqu'à l'arrivée d'Olafson.

– De lui et des autres.

Bart Skaggs fit rouler sa langue dans sa joue, comme pour en déloger une chique de tabac.

– Les autres, c'est-à-dire ForestHaven.

– Forêt d'enfer serait plus exact, lâcha Emma. Une bande de bonnes âmes qui ne tiendraient pas deux heures en forêt si on les y lâchait sans leurs portables ! Et lui était pire que les autres.

– Olafson.

– Jusqu'à ce qu'il se pointe, eux passaient surtout leur temps à bavasser. Et brusquement, on reçoit une assignation ! (Sa peau prit un ton rosé et ses yeux gris annoncèrent la tempête.) C'était si injuste que le malheureux jeune homme qui nous l'a notifiée s'est excusé.

Bart Skaggs hocha de nouveau la tête. Emma lui tendit une tasse. Il plia un genou, cala une jambe, but. Pardessus le bord de la tasse, ses yeux jaugèrent les inspecteurs.

– Si vous êtes venus pour qu'on vous raconte qu'on est tout émus, reprit Emma, vous perdez votre temps.

– Nous en perdons beaucoup, la rassura Katz.

– Vous m'étonnez ! lui renvoya-t-elle. Seulement nous,

ce n'était pas dans nos habitudes. À l'époque où on nous laissait faire honnêtement notre travail, on n'arrêtait pas une minute, et pas pour amasser des sous – l'élevage, ça ne rapporte pas. Vous avez une idée de ce qu'on paie une bête sur pied de nos jours ? Avec tous ces végétariens qui racontent des sornettes sur la bonne viande bien saine !

Troisième hochement de tête du mari. Solide et taiseux ?

– N'empêche, poursuivit-elle, ce travail, on l'aimait. Des générations que nos familles étaient dans l'élevage ! À qui on faisait du tort en laissant les bêtes se nourrir d'herbe et de plantes que n'importe comment on aurait dû tondre à cause du risque d'incendie ? Comme si les élans ne faisaient pas exactement la même chose ? Comme s'ils ne lâchaient pas leur fumier dans les ruisseaux ? Nous, on ne l'a jamais fait, quoi que les gens racontent !

– Fait quoi ? demanda Darrel.

– Polluer l'eau. Nous avons toujours veillé à ce que le bétail fasse ses besoins loin de l'eau. Nous respections la terre, cent fois plus que ces donneurs de leçons. Vous voulez un environnement sain ? Moi, je vais vous le donner votre environnement sain : l'élevage. Les animaux font ce que la nature a prévu pour eux, et là où ils le doivent. Tout est à sa juste place, Dieu y a pourvu.

– Et Larry Olafson y a mis fin, dit Katz.

– On a bien essayé de lui parler, d'être logiques. Pas vrai, Barton ?

– Si.

– Je lui ai téléphoné personnellement, continua-t-elle. Après avoir reçu l'assignation du tribunal. Il n'a même pas pris mon appel ! Il m'a fait répondre par une jeune péteuse qui ressassait toujours la même rengaine, comme un disque rayé. « M. Olafson est occupé. » Justement ! Nous voulions qu'il s'occupe du travail que Dieu nous a confié. Mais lui avait d'autres projets.

– Vous ne l'avez jamais eu au téléphone ? demanda Deux-Lunes.

– J'ai dû faire tout le trajet jusqu'à Santa Fe et trouver sa fichue galerie d'art.

– Quand ça ?

– Il y a environ deux mois, allez savoir. (Elle renifla avec mépris.) Si vous appelez ça de l'art ! Occupé ? Il était là à fainéanter, à boire un café avec de la mousse. Je me suis présentée et je lui ai dit qu'il faisait une grosse erreur. Que nous n'étions pas les ennemis de la terre ni de personne, que tout ce que nous voulions, c'était amener notre bétail sur le marché, qu'il nous fallait juste quelques années de plus et qu'ensuite nous prendrions notre retraite, alors qu'il veuille bien nous lâcher.

– Vous envisagiez vraiment de prendre votre retraite ?

Le corps de la femme s'affaissa.

– On n'avait pas le choix. Nous sommes la dernière génération à s'intéresser à l'exploitation.

Katz hocha la tête d'un air compréhensif.

– Les jeunes ont leur idée.

– Le nôtre, pour sûr ! Un gars, fils unique. Bart Junior. Il est comptable à Chicago, il a fait l'université de Northwestern et il est resté là-haut.

– Il se débrouille bien, fit remarquer Bart. Il n'aime pas se salir.

– Il n'a jamais aimé, renchérit Emma. Et tant mieux !

Ce que son expression démentait.

– Donc, reprit Deux-Lunes, vous avez dit à Olafson qu'il vous fallait encore quelques années avant de prendre votre retraite. Quelle a été sa réaction ?

– Il a eu une de ces façons de me regarder… ! Comme si j'étais débile ! Il m'a dit : «Je n'en ai rien à faire, ma chère dame. Strictement rien. Je parle au nom de la terre.»

La voix d'Emma avait baissé de quelques tons et parodiait une voix de baryton – le phrasé snob du majordome de feuilleton télévisé. Elle serrait les poings.

– Il a refusé de vous écouter, dit Katz.

– Comme s'il était le bon Dieu ! Comme si quelqu'un était mort et l'avait fait le bon Dieu !

– Maintenant, c'est lui qui est mort, dit Bart.

Sans hausser le ton, mais distinctement. Sa première déclaration spontanée depuis l'arrivée des inspecteurs. Ils se tournèrent vers lui.

– Des idées là-dessus, monsieur ? demanda Deux-Lunes.

– Là-dessus quoi ?

– La mort de M. Olafson.

– Une bonne chose, dit Bart. Sûrement pas une tragédie.

Il but du café.

– Qu'est-il arrivé à votre main, monsieur Skaggs ? demanda Darrel.

– Il se l'est déchirée au barbelé, répondit Emma. Il nous en restait quelques vieux rouleaux. Il les chargeait dans le camion pour les amener au surplus, il a glissé et s'est accroché le côté de la main. Des gros rouleaux. Je lui avais dit qu'il fallait le faire à deux, pas tout seul, mais comme toujours il m'a pas écoutée. Une vraie tête de mule !

– Et toi, t'en es pas une ? lui renvoya Bart sans douceur.

– C'est arrivé quand ? demanda Deux-Lunes.

– Y a quatre jours, répondit Bart. Jamais pu amener le fil au surplus.

– Ça paraît douloureux.

Bart haussa les épaules.

Les inspecteurs laissèrent le silence s'installer.

– Vous vous trompez si vous pensez qu'il a à voir avec cette histoire. (Elle hocha la tête.) Bart n'a jamais commis un acte de cruauté de toute sa vie. Même quand il abat une bête, il le fait avec bonté.

– Comment y arrivez-vous, monsieur Skaggs ? demanda Katz.

– Comment j'arrive à quoi ?

– À abattre avec bonté.

– Une balle, dit Skaggs. Juste là. (Il leva le bras en arrière et tripota le creux où l'épine dorsale rejoint la nuque.) Je tire vers le haut. Faut les toucher à la moelle épinière.

– Pas à la carabine, j'imagine ? dit Katz. Trop de dégâts si on tire de près.

Bart le dévisagea comme s'il était un Martien.

– Faut faire ça au fusil ou au pistolet gros calibre avec une charge de Magnum.

Emma s'avança devant son mari.

– Qu'on se comprenne bien : nous n'avons jamais fait d'abattage en série. La loi l'interdit. On transporte le bétail jusqu'à un abattoir dans l'Iowa et eux se chargent de tout là-bas. Je parlais de quand nous avions besoin de nourriture pour notre table à nous. Je le prévenais, et il coinçait un vieux bœuf dans l'enclos et l'achevait. On ne prenait jamais de la bonne viande pour nous. Mais même avec une vieille carne, vous la laissez s'attendrir quelques jours au frigo, ensuite vous la mettez à mariner, dans la bière ou ce que vous voulez, et ça vous fait un steak goûteux.

Bart Skaggs tendit son bras libre. Le pansement avait jauni sur les bords et portait un semis de petites taches de sang.

– Les rabbins, eux, ils égorgent. Je les ai vus faire, dans l'Iowa. Si vous savez manier le couteau et qu'il est bien aiguisé, c'est rapide. Ils ne les assomment même pas. Sinon, c'est de la boucherie.

– Vous les assommiez, dit Katz.

– Par précaution.

– Avant de tirer.

– Oui. Pour qu'ils se tiennent tranquilles.

– Comment s'y prend-on ?

– On les distrait en leur parlant gentiment, doucement, d'un ton qui les rassure. Puis on frappe à la tête.

– La moelle épinière ?

Bart fit non de la tête.

– Par-devant, au-dessus des yeux. Pour les étourdir.

– On utilise quoi?

– Une barre à mine, dit Bart. Un marteau de forgeron. Je gardais un bout d'essieu d'un vieux camion. Ça marchait bien.

– J'essaie d'imaginer, dit Katz. D'abord, vous les assommez par-devant, après vous filez derrière et vous les abattez de dos?

Le silence régna dans la pièce.

– Quelque chose m'échappe? demanda Katz.

Emma se figea.

– Je vois où vous voulez en venir. Vous perdez vraiment votre temps.

Son mari la saisit brusquement par le bras et l'obligea à reculer de façon à ne plus s'interposer. Elle ouvrit la bouche pour parler, mais préféra s'abstenir.

Bart regarda Katz droit dans les yeux.

– Si vous les abattez, c'est pas vous qui les assommez. C'est quelqu'un d'autre qui s'en charge, et quand les genoux lâchent, vous tirez. Sinon la bête prend peur, elle risque de sauter et vous la ratez. Quand ça arrive, vous êtes forcé de tirer plusieurs coups et c'est vraiment de la boucherie.

Un vrai discours pour ce taiseux. Intéressé par le sujet.

– Donc, il faut être deux, conclut Deux-Lunes d'un ton égal.

Nouveau silence.

– Oui, dit enfin Bart.

– D'habitude on faisait ça ensemble, reprit Emma. Je me chargeais du marteau et Bart du fusil. On faisait tout à deux quand on avait le ranch. En équipe. Bien obligés. C'est pour ça qu'on a été heureux en ménage.

– Les bœufs sont de gros animaux, fit remarquer Darrel. Pour avoir assez de force, on est obligé de monter sur quelque chose, non?

– Pourquoi vous posez toutes ces questions ? demanda Emma.

– Disons par curiosité, madame.

Elle lui jeta un regard noir.

– On monte sur une échelle, monsieur Skaggs ? dit Katz.

– La bête est dans un enclos, expliqua Bart. Assez étroit, pour qu'elle puisse pas trop bouger. Au ranch, on avait l'enclos creusé plus bas que le reste de la cour. On les faisait entrer par une rampe. Après, on mettait des bancs au-dessus, pour être à la hauteur.

Un petit homme qui se sentait à la hauteur en tuant, pensa Katz.

– C'est moins sorcier que les fusées ! (Emma les fusilla du regard.) Vous devriez avoir honte de vous… de donner à deux vieux comme nous l'impression qu'ils sont des criminels !

Deux-Lunes haussa les épaules.

– Tout ce que je dis, c'est que vous deviez être rudement en rogne contre Olafson. L'individu qui vous avait ôté le pain de la bouche.

– Il a fait pire que ça. Il nous a pris notre pain et il l'a jeté au feu ! En sachant que nous gardions à peine la tête hors de l'eau et en veillant à ce qu'on soit bien noyés ! (Elle agita le bras en montrant la pièce encombrée.) Vous croyez qu'on veut vivre de cette façon-là ? Cet homme est mort et bien mort. Croyez-moi, je ne le pleure pas ! Mais je vous garantis que nous n'avons pas touché à un cheveu de sa tête. Mort ou vivant, on n'est pas mieux lotis. Le tribunal dit que nous n'avons pas le droit de faire pâturer, point final.

– Vous avez dit vous-même que, avant qu'Olafson se joigne au groupe, ils ne faisaient que bavasser, lui renvoya Deux Lunes. Maintenant qu'il est mort, vous ne pourriez pas saisir de nouveau la justice ?

– Avec quel argent ? (Elle étudia Darrel.) Vous êtes

indien, pas vrai ? J'ai du sang choctaw, ça remonte à des générations. Ça explique peut-être mon amour de la terre. Vous devriez savoir de quoi je parle. Cet homme nous a accusés de violer la terre, mais c'est nous qu'il a violés !

– La vengeance peut mettre du baume au cœur, dit Katz.

– Ne dites pas de bêtises ! lui renvoya Emma, exaspérée. Pourquoi j'aurais gâché ma vie à cause de cet individu ? J'ai mon assurance-maladie, et Barton aussi. (Elle eut un brusque sourire. Vaguement perfide.) En plus, j'ai un chèque du gouvernement fédéral, il m'arrive tous les mois, que je sois au lit ou debout. C'est le paradis, non ? La voilà, votre terre promise…

Le couple emmena les inspecteurs dehors, jusqu'à un appentis derrière le garage qui semblait sur le point de s'écrouler. À l'intérieur, on gelait ; le froid du sol transperçait les semelles. Bart montra aux inspecteurs le rouleau de barbelé coupable, ainsi que du bric-à-brac, dont un treuil de remorque. Massif, pesant, rouillé par endroits. S'il portait des traces de sang, ils ne les auraient pas vues.

Les prenant de court, Bart défit le pansement de sa main et leur montra la blessure, une méchante déchirure d'environ cinq centimètres qui partait de la jointure du pouce et de l'index et continuait jusqu'à son poignet noueux.

Elle avait été recousue avec le fil chirurgical le plus épais que Katz ait jamais vu. Une croûte avait commencé à se former sur les lèvres de la plaie, les sutures suintaient et la peau était boursouflée et enflammée. À première vue, la blessure datait de quelques jours.

Katz demanda le nom du médecin qui l'avait recousue. Emma Skaggs se mit à rire.

– Vous l'avez devant vous, dit Bart.

– Vous, madame Skaggs ?

– Et qui d'autre ?

– Vous avez une formation d'infirmière ?

– D'épouse, répliqua-t-elle. Ça fait quarante ans que je le rafistole.

Bart brandit sa main en souriant jusqu'aux deux oreilles.

– J'ai des aiguilles de vétérinaire et du fil qui me restent du ranch, leur expliqua Emma. Pour lui, c'est le gros calibre. Un cuir de taureau, qu'il a ! J'ai aussi des antibiotiques de véto. Les mêmes qu'ils font pour les humains, mais ceux pour les bêtes sont nettement moins chers.

– Qu'utilisez-vous comme anesthésiant ? demanda Katz. Encore que je n'aie pas vraiment envie de savoir.

– Crown Royal, 90 % d'alcool. (Bart s'étrangla de rire, un rire sonore. Il lui fallut un moment pour retrouver son calme.) Ça va, vous autres ? Vous avez vu ce qu'il vous fallait ?

Il commença à remmailloter sa main.

– Un peu infecté, non ? dit Darrel.

– Un peu. N'y a que ça de vrai, reprit Emma. Un peu de n'importe quoi, ça ne vous fait jamais de mal.

– À la différence de M. Olafson, dit Katz. Vous ne connaissez personne d'autre qui aurait pu lui en vouloir ?

– Personne, dit Emma. Mais s'il en a traité d'autres comme nous, il doit y avoir foule.

– Ça vous ennuierait qu'on prenne rendez-vous avec un technicien pour relever vos empreintes digitales à tous les deux ? demanda Katz.

– Pas du tout, dit Bart.

– Nous traiter comme des criminels ! maugréa Emma.

– La routine, lui répondit Deux-Lunes.

– Pour Bart, vous les trouverez dans vos dossiers, dit Emma. Il a servi en Corée. Les miennes n'y sont pas, mais ne vous gênez pas. Sûr que c'est agréable d'avoir tout ce temps de libre.

– En attendant, dit Darrel, ce serait bien que vous ne fassiez pas des kilomètres de route ni rien de la sorte.

– D'accord, dit Emma. On devait justement prendre l'avion pour El Morocco ou je ne sais quoi. (Elle se tourna vers son mari.) L'endroit où on joue à des jeux d'argent et où on est habillé en pingouin, comme dans les films de James Bond ?

– Monaco, dit Bart. Là où Sean Connery joue au baccara.

– Tout juste, dit-elle. (Aux inspecteurs :) Lui, le cinéma, il était toujours partant.

– File-moi un coup d'gnôle, m'man, et r'couds-moi ça, dit Katz sur le chemin du retour.

– Tu les sens ? En assassins ?

– Ils le haïssaient suffisamment et ils savent t'asséner un coup sur la tête, mais si Ruiz a raison sur l'angle de l'impact, ils sont trop petits.

– Ils auront pris une échelle.

Même Darrel ne put retenir un sourire à cette idée.

– Et des pompes de clown marrantes et une fleur qui t'envoie de l'eau, ajouta Katz. S'ils avaient vraiment mijoté leur coup, ils seraient arrivés avec le nécessaire. L'utilisation d'une arme trouvée sur place indiquerait que ce n'était pas prémédité. Je veux bien que les galeries d'art aient des escabeaux pour accrocher les tableaux en hauteur et qu'il y en avait déjà un de sorti. Sauf que les murs de la galerie d'Olafson ne sont pas si hauts et que l'idée de les voir se cramponner à un escabeau pour buter Olafson est passablement grotesque.

– Tu as raison, dit Darrel. Si ces deux-là avaient voulu sa peau, ils seraient arrivés tout équipés. Et le fils ?

– Le comptable de Chicago ? Pourquoi lui ?

– Il ne voulait pas se salir les mains, mais il aurait mal pris que papa-maman perdent le ranch. Il se serait dit qu'un type en cravate pouvait avoir une explication avec Olafson. Imagine qu'il ait sauté dans un avion pour le voir et que ledit Olafson l'ait traité comme sa mère ? Fidèle à lui-même, Olafson le regarde de haut, l'envoie bouler avec son arrogance coutumière, et Bart Junior pète les plombs.

Son arrogance coutumière. Darrel savait-il quelque chose que Katz ignorait ?

– Quand on insulte la mère d'un bonhomme, va savoir… O.K., on vérifie.

7

Ils rejoignirent les bouchons juste à l'entrée de la ville et ne regagnèrent pas le service avant treize heures quarante-cinq. Sur le trajet du retour, ils étaient passés devant l'embranchement du Pueblo de Santa Clara, mais Deux-Lunes n'avait pas bronché.

Rien de surprenant. La seule fois où Katz avait voulu lancer la conversation sur les racines indiennes de son coéquipier, celui-ci avait changé de sujet. Mais, le lendemain, il avait apporté au bureau un petit ours en céramique. D'exécution sommaire, l'animal accrochait pourtant le regard.

— Ce que faisait mon père pendant les derniers mois de sa vie, lui avait expliqué Deux-Lunes. Il en a modelé environ cinq cents qu'il conservait dans des cartons. Après sa mort, la potière me les a donnés. Elle m'a dit qu'il ne les jugeait pas bons, qu'il voulait attendre de maîtriser la technique avant de me montrer son œuvre en entier. Qu'il attachait du prix à mon jugement. D'après elle, je devais les avoir. Tu peux le garder si tu veux.

— Il est sympa, avait dit Katz. Tu es sûr, Darrel ?

— Tout à fait. (Deux-Lunes avait haussé les épaules.) Si tu connais des gamins, j'en ai des tonnes.

Depuis, l'ours tenait compagnie à Katz quand il faisait la cuisine, ou plutôt quand il réchauffait des trucs. Il l'avait placé à côté de la plaque. Sans savoir vraiment ce qu'il symbolisait, sans doute un rapport avec la force.

Les deux inspecteurs prirent des sandwichs à un distributeur et cherchèrent Barton Skaggs, Jr., dans les bases de données.

Pas de casier, mais le comptable avait droit à deux références sur Google. Le fiston était cité comme associé d'une grosse société de Chicago et, l'été précédent, il avait fait une communication sur les paradis fiscaux. En travaillant les annuaires inversés, ils découvrirent son domicile – une adresse dans le North Shore du Loop, pas loin de Michigan Avenue.

– Un quartier agréable, dit Katz. Ça donne droit sur le lac, je crois bien.

– Mieux vaut aligner des chiffres qu'élever du bétail, déclara Deux-Lunes. On l'appelle.

Ils joignirent Skaggs à sa société. Un individu qui s'exprimait avec aisance, manifestement instruit, toute trace de son milieu d'origine depuis longtemps gommée. En surface, il semblait ne rien avoir de commun avec ses parents, mais, à mesure qu'il parlait, sa voix s'affirma et les inspecteurs reconnurent les aigus maternels.

– Je suis stupéfait que vous mêliez mon père et ma mère à cette histoire.

– Absolument pas, monsieur, dit Katz. Nous enquêtons, rien de plus.

– On ne les a pas assez persécutés ? Ils ont été détruits, financièrement et émotionnellement, et vous les soupçonnez maintenant d'une atrocité pareille ? Ahurissant. Vous seriez bien avisés de porter vos recherches ailleurs.

– Quand êtes-vous allé à Santa Fe pour la dernière fois, monsieur Skaggs ?

– Moi ? À Noël dernier. Pourquoi ?

– Vous n'avez donc pas eu de contacts réguliers avec vos parents.

– Comment ça ? Nous nous téléphonons régulièrement.

– Mais pas de visites ?

– Je viens de vous le dire, à Noël dernier. Nous y avons passé une semaine… j'ai amené ma femme et mes enfants. Mais qu'est-ce que vous…

– Je me demandais juste si vous aviez jamais rencontré Lawrence Olafson, dit Katz.

Un ange passa.

– Jamais, répondit enfin Barton Skaggs, Jr. J'aurais dû ? (Rire rauque.) Cet entretien est le plus grotesque que j'aie eu depuis longtemps. Et je pense y mettre fin sur-le-champ.

– Monsieur, dit Darrel, une chose m'intrigue. Vos parents ont perdu toutes leurs ressources. À ce que j'ai vu, ils ont à peine de quoi vivre. Vous, en revanche…

– Je fais un tas de fric, lui renvoya Junior d'un ton sec. J'habite North Shore. Je roule en Mercedes. Mes enfants fréquentent un établissement privé. Vous croyez que je n'ai pas essayé de les aider ? Je leur ai même proposé de les ramener ici, de les installer dans une jolie résidence, tous frais payés, encore que je les imagine mal se faire à la ville. Je leur aurais acheté une autre maison au Nouveau-Mexique, un endroit où ils auraient pu avoir des bêtes et ne pas être harcelés par des gens de gauche au cerveau fêlé. Ils ont refusé !

– Pourquoi ?

– Pourquoi ?! (La voix de Junior s'était chargée d'incrédulité.) Vous les avez rencontrés. Vous ne pouvez quand même pas être aussi… dénués de subtilité. À votre avis, hein ? Ils ont leur fierté. Ils sont têtus comme des mules. À moins que ce soit juste une vieille inertie de bouseux. Ils sont les parents, je suis l'enfant, ils m'ont élevé, donc je prends ce qu'ils me donnent. Le contraire est tout bonnement impossible. Alors, pour l'amour de Dieu, fichez-leur la paix. Laissez-les vivre !

Les inspecteurs passèrent les deux heures suivantes à essayer de savoir si Barton Skaggs, Jr., s'était rendu dernièrement à Santa Fe. Depuis le 11-Septembre, la tâche s'était infiniment compliquée ; les compagnies aériennes freinaient des quatre fers, filtrant les demandes d'information à travers un monceau de formalités. Promenés de service en service, l'oreille brûlante à force d'y plaquer l'écouteur du téléphone, Katz et Deux-Lunes acquirent au bout du compte la conviction que Skaggs n'avait pris aucun vol de Chicago à Albuquerque ni d'une quelconque ville du Middle West à une quelconque autre ville du Nouveau-Mexique. Ni d'avion privé directement jusqu'à l'aéroport de Santa Fe. Son nom ne figurait sur les registres d'aucun grand hôtel.

— Je crois le bonhomme, annonça enfin Deux-Lunes.

— Il aurait pu aller dans l'ouest en Mercedes, suggéra Katz. Dormir dans sa voiture. Tu dois pouvoir te faire un creux dans tout ce cuir.

— Je ne pense pas.

— Pourquoi pas ?

— Juste que je ne le sens pas.

— Un esprit t'a parlé, Darrel ?

— Disons que je ne le vois pas laisser son travail et sa petite famille pour débouler à Santa Fe et assommer Olafson. Et pourquoi maintenant ? Ça ne tient pas. Il y a sûrement une meilleure explication.

— Je t'écoute, dit Katz.

— Je te la donnerais si je l'avais. (Deux-Lunes se gratta la tête.) Et maintenant ?

Katz l'imita. Contagieux, ce tic.

— On appelle le toubib pour voir où il en est de l'autopsie.

Ruiz en avait terminé, mais il n'eut rien de nouveau à leur apprendre.

– Tout colle avec mon hypothèse initiale. Coup asséné avec un objet massif et contondant sur la boîte crânienne… on voit l'endroit où l'os a percé le cerveau, occasionnant des lésions multiples.

– Vous continuez de penser que le meurtrier était un malabar ? demanda Deux-Lunes.

– Ou un avorton monté sur des échasses.

– L'analyse toxicologique ?

– Je n'ai pas encore les détails, mais je peux déjà vous dire qu'il n'y avait aucune trace de drogue ni d'alcool dans l'organisme d'Olafson.

– Une vie rangée, quoi, dit Katz.

– Qui ne l'a pas toujours été, lui renvoya le Dr Ruiz. Le foie portait une ancienne cicatrice d'origine cirrhotique, révélant un sérieux abus de boissons alcoolisées par le passé.

– Un ivrogne repenti.

– Ou juste un type qui avait décidé de ralentir.

– Bourré de bonnes résolutions, conclut Deux-Lunes.

Darrel appela sa femme. Katz téléphona à la galerie. Summer Riley décrocha.

– Avez-vous du nouveau ? demanda-t-elle.

– Pas encore, mademoiselle Riley. Manque-t-il des œuvres ?

– Je commence tout juste l'inventaire. Rien jusqu'ici, mais il y a des quantités de toiles non encadrées dans la réserve.

– Monsieur Olafson vous a-t-il jamais dit avoir eu un problème d'alcoolisme autrefois ?

– Si, bien sûr. Il n'en faisait pas mystère. Comme de rien d'autre d'ailleurs.

– Que vous a-t-il dit ?

– Quand nous déjeunions à l'extérieur, je prenais toujours un verre de vin. Larry le regardait avec… avec désir, vous voyez ce que je veux dire ? Mais il prenait un maxi soda. Il m'avait raconté qu'il buvait beaucoup quand il était jeune, que c'était une des raisons pour lesquelles son mariage n'avait pas tenu. Qu'il avait eu la chance de trouver de l'aide.

– Où ça ?

– Un genre de conseiller spirituel.

– Là-bas, à New York ?

– Exactement, dit-elle. Cela remontait loin.

– Connaissez-vous le nom de l'ex-femme de M. Olafson ?

– Chantal. Maintenant, elle s'appelle Chantal Groobman. Comme Robert Groobman. (Silence radio.) Groobman et Associés ? La banque d'investissements ? Une pointure é-norme !

Cet enthousiasme. Prouvant ce que Katz avait toujours subodoré : la taille ne fait rien à la chose.

Une femme à l'accent anglais répondit à l'appartement des Groobman dans Park Avenue. D'après le numéro, Katz situait exactement l'endroit : entre la 73e et la 74e. Il visualisa un dix-pièces à hauts plafonds, une soubrette snob en tenue ancillaire et un portier en uniforme à l'entrée en bas. L'espace d'un instant, il fut pris d'un accès de nostalgie.

– Madame Groobman ?

– Je suis Alicia Small, son assistante personnelle.

Katz se présenta et fit un effort pour souscrire au protocole des menus propos new-yorkais. Grossière erreur. Alicia Small n'était pas d'humeur à copiner et devint glaciale.

– Madame Groobman est souffrante.

– Sauriez-vous quand elle ne le sera plus ?

– Absolument pas. Je lui ferai suivre votre message.

– Suivre ? dit Katz. Vous voulez dire qu'elle est en déplacement ?

Un blanc.

– Elle est ici. Laissez-moi votre numéro et je lui ferai part de…

– Savez-vous que son ex-mari a été assassiné ?

– Tout à fait.

– Depuis combien de temps travaillez-vous pour « Madame » ?

– Trois ans. Si vous n'avez pas d'autres questions, monsieur Katz…

– Inspecteur Katz.

– Pardon. Inspecteur Katz. Eh bien, si nous en avons fini…

– Nous n'en avons pas fini. Il me faut les noms des enfants de M. Olafson.

– Je ne suis pas censée donner d'informations personnelles.

– Elles sont de notoriété publique. (Katz ne fit aucun effort pour dissimuler son agacement.) Pourquoi me compliquer les choses ?

– Qui me prouve que vous êtes la personne que vous prétendez être ?

– Je vous donne mon numéro à la police de Santa Fe. Appelez-les et vérifiez, mais ne vous éternisez pas.

En général, les gens déclinaient l'offre.

– Vous voulez bien me le répéter ? dit Alicia Small.

Au second appel, elle se montra tout aussi glaciale, mais résignée.

– Que souhaitez-vous savoir ?

– Les noms des enfants de ma victime.

– Tristan et Sebastian Olafson.

– Quel âge ont-ils ?

– Tristan a vingt ans, Sébastien vingt-trois.

– Où peut-on les trouver ?

– Monsieur Katz, je ne me sens pas vraiment libre de…

– Inspecteur…

– Oui, oui. Inspecteur Katz.

Elle était en rogne, mais lui aussi.

– Mademoiselle Small, vos états d'âme sont secondaires. J'ai besoin d'interroger ces jeunes gens.

Long soupir dans le combiné.

– Tristan est à Brown University et Sebastian en voyage en Europe.

– Où ça, en Europe ?

– En Italie.

– Où, en Italie ?

– À Venise.

– Où, à Venise ?

– Aux dernières nouvelles il résidait à l'hôtel Danieli.

– En vacances ?

– Il est inscrit à la Peggy Guggenheim.

– Histoire de l'art ?

– Il peint, lui renvoya Alice Small. Bonsoir, monsieur Katz.

Ils se répartirent les fils Olafson. Katz localisa Tristan dans sa résidence universitaire, à Brown. Le garçon avait la voix grave d'un adulte et sa mère l'avait déjà prévenu de la mort d'Olafson.

– Avez-vous des indices ? demanda-t-il à Katz. Sur le meurtrier ?

– Pas encore. Et vous ?

– Ce pourrait être n'importe qui. Il n'était pas très aimé.

– Comment ça ?

– Ce n'était pas un être sympathique. (Rire sarcastique.) Si vous aviez effectué le moindre soupçon d'enquête, vous le sauriez.

Katz ignora la pique et essaya de lui soutirer d'autres renseignements, mais le garçon n'avait rien de plus à dire. La perte d'un de ses parents semblait le laisser froid. En raccrochant, Katz s'aperçut que Tristan n'avait pas une seule fois mentionné Olafson autrement que par « il ».

Deux-Lunes informa Katz qu'il avait mis la main sur Sebastian Olafson. Il dormait dans sa chambre au Danieli.

– Le gamin était furieux. Pas simplement parce que je le réveillais. Plutôt parce que je lui cassais les pieds, à lui poser des questions sur Olafson. Il m'a dit que son père était un sale type.

– Même son de cloche de la part de l'autre rejeton.

– Une famille très soudée.

– Et une victime aimée de tous, renchérit Katz. On est partis pour rigoler.

À dix-neuf heures, ils étaient prêts à lever le siège. Comme ils enfilaient leurs vestes, le téléphone du bureau de Katz sonna. Chantal Groobman le rappelait et commençait à lui laisser un message. Stupéfait, Katz se précipita vers son bureau. Darrel et lui décrochèrent en même temps leurs combinés.

– Inspecteur Katz à l'appareil. Je vous remercie, madame, de me rappeler aussi vite.

– Que puis-je pour vous, inspecteur Katz ?

Ton agréable, voix légère et amicale. Après avoir été snobé par son assistante, il s'était attendu à de l'obstruction.

– Tout ce que vous pourriez nous dire sur votre ex-mari nous serait utile, madame.

– Pauvre Larry, soupira-t-elle. Il pouvait être plein de

bonnes intentions, mais il avait le chic pour fâcher les gens. Je suis convaincue que cela tenait en partie à son désir de se faire remarquer. Le reste relevait de la stratégie. En créant sa galerie, il avait appris que les gens fortunés perdent leur assurance dès qu'il s'agit d'art. Il pratiquait donc volontiers une forme d'intimidation subtile. Il avait découvert qu'en se rendant odieux jusqu'à un certain point, il pouvait favoriser sa carrière.

– Les amateurs d'art sont masochistes ? dit Katz.

– Certains, pas tous. L'important est de savoir qui maltraiter et qui flatter bassement. Larry était bon à ce petit jeu. Mais il arrive que même le meilleur danseur fasse un faux pas. Avez-vous des suspects ?

– Pas encore.

– Pauvre Larry, répéta-t-elle. Il croyait vraiment être immortel.

– Si vous me permettez, madame… Est-ce le comportement irritant de M. Olafson qui vous a incitée à divorcer ?

– Son attitude n'a certainement pas été étrangère à ma décision, reconnut Chantal Groobman. Mais la raison principale est que nous avons découvert tous deux sa nature ambivalente.

– C'est-à-dire ?

– Vous ne devinez pas, inspecteur Katz ?

Rire de gorge. *Comme Valerie quand elle jouait les tigresses.*

– Sur le plan sexuel, dit Katz.

– Exact. Vous avez l'accent de New York. Vous êtes d'ici ?

– En effet, madame.

– Nous autres New-Yorkais sommes doués d'intuition.

– Donc, reprit Katz, M. Olafson a dévoilé son homosexualité ?

– Quand je l'ai connu, il ne parvenait pas à découvrir sa vraie nature. Vous êtes mieux placé que moi pour savoir où en était sa vie amoureuse. Il y a des années que je n'ai pas vu Larry. Mes fils non plus. Je sais que vous les avez contactés et j'imagine que c'était nécessaire. Mais je souhaite vivement que vous les teniez en dehors de cette affaire. Ils sont absolument bouleversés par la mort de leur père.

— Madame, lui renvoya Katz, avec tout le respect que je vous dois, ce n'est pas l'impression qu'ils m'ont donnée.

— Vous ne les connaissez pas, inspecteur Katz. Moi, je suis leur mère.

— Comment s'entendaient-ils avec leur père ?

— Ils le méprisaient. Quand ils étaient petits, Larry les ignorait purement et simplement. Adolescents, il leur a accordé un peu plus d'attention sous la forme de critiques accerbes. Larry pouvait se montrer très mordant. Quoi qu'il en soit, l'absence de fibre paternelle n'a rien à voir avec sa mort. Hier, Tristan passait ses examens de dernière année à Brown, et je suis disposée à vous fournir toutes les attestations le confirmant. De même, Sebastian travaillait à la Guggenheim, exactement comme il le fait depuis quatre mois, sous les yeux de tout le personnel.

— Je vois que vous n'avez rien laissé de côté, madame Groobman.

— Comme n'importe quel parent… en tout cas digne de ce nom.

— Quand les incertitudes sexuelles de M. Olafson sont-elles apparues ?

— Elles ont toujours existé, inspecteur. C'est moi qui ai eu la bêtise de ne pas le remarquer. Les difficultés ont commencé quand Larry en a pris conscience.

— C'est à ce moment-là qu'il s'est mis à boire ?

— Ah, dit-elle. Vous êtes donc au courant. Larry a rechuté ?

— L'autopsie a révélé une ancienne lésion au foie.

– Oh, dit Chantal Groobman. C'est trop… moche.

Sa voix se brisa vraiment entre les deux mots.

– M. Olafson a confié à des amis qu'un conseiller spirituel l'avait aidé.

– C'est la description qu'il en faisait ? Le Dr Weems ne m'a jamais paru doté de spiritualité. Je le qualifierais plus volontiers de… de coach religieux.

Le nom disait quelque chose à Katz, mais il fut incapable de se rappeler pourquoi.

– Il était docteur en quoi ?

– Je ne crois pas l'avoir jamais su. Larry ne l'a pas précisé et je n'ai rien demandé.

Cela revint à Katz : la peinture à la villa d'Olafson. De jeunes enfants dansant autour de l'arbre de Mai. La signature : Michael Weems.

– Se pourrait-il que le Dr Weems ait recherché un autre genre de rapports avec votre ex-mari ?

– Que voulez-vous dire ? Sexuels ? (Elle se mit à rire.) Je ne pense pas.

– Non, plutôt en matière d'art. Lui étant l'artiste et votre mari le marchand…

– Weems, l'artiste ? (Nouveau rire.) Vous plaisantez ! Ça, je suis incapable de le croire.

– Pourquoi, madame ?

– Myron Weems est la dernière personne que j'imaginerais donner dans l'art !

– Je parlais de Michael Weems, précisa Katz.

– Ah… naturellement. Maintenant je comprends votre méprise. En effet, Michael Weems est un peintre de grande réputation. C'est aussi une femme, inspecteur Katz. Myron était son mari.

– « Était » ?

– Encore un lien conjugal qui s'est rompu. Malgré la prétendue spiritualité de Myron.

– Une artiste et un ecclésiastique. Intéressant comme couple.

– Ils étaient originaires du Nebraska, dit-elle. Ou d'un autre pays plat. Nourris au grain, le sel de la terre. Tous deux sont passés par l'Institut biblique. Michael avait du talent et elle est venue à New York car c'est là et nulle part ailleurs qu'il faut être, au centre névralgique de l'art. Elle s'est très vite fait un nom... c'est une artiste de premier ordre. Myron l'a suivie et a essayé de s'élever dans la société.

– Conseiller spirituel du monde de l'art ? dit Katz.

– Quelque chose de ce genre. Jusqu'au jour où il a décrété que ce monde ne lui plaisait pas ; ils ont divorcé et il a regagné le Nebraska. Ou je ne sais quoi.

– Mais pas avant d'avoir aidé M. Olafson.

– Si Larry l'a dit, je suis certaine que c'est vrai. Maintenant, je dois vraiment y aller, inspecteur. Je suis déjà en retard pour une réception.

Clic.

Katz avait encore quelques questions, mais, quand il la rappela, le téléphone sonna dans le vide et aucun répondeur ne s'enclencha.

Katz et Deux-Lunes reprirent le chemin de la sortie. Ils arrivaient à l'escalier qui conduisait au rez-de-chaussée quand Bobby Boatwright, au bout du couloir, les arrêta d'un « Hé ! » retentissant.

Il était entré dans l'ordinateur d'Olafson et leur fit un bref compte rendu.

– Pas grand-chose côté mesures de sécurité ou tentatives de dissimulation. Le bonhomme employait « Olafsonart » comme mot de passe. Pas grand-chose à cacher non plus. Comme favoris, plusieurs sites de cotations et les grandes maisons de ventes, un peu de porno, surtout gay, un peu d'hétéro, et une flopée de guides des restau du coin ou de New York. Il a un portefeuille chez Merrill Lynch, actions et obligations, un peu plus de deux millions de dollars. À première vue, le portefeuille n'est plus aussi florissant que pendant le boom de la haute technologie, mais il reste considérable.

– Et pour ce qui touche à ses activités ?

– Rien dans la bécane, répondit Bobby. Essayez le comptable.

Il était huit heures du soir, trop tard pour appeler qui que ce soit. Au bout du compte, ils n'étaient pas plus avancés. D'ici peu leur hiérarchie, chef comprise, allait poser des questions. Deux-Lunes savait que l'affaire remplirait les colonnes du *Santa Fe New Mexican* – le quotidien local qui comportait une section sports aussi fournie que sa section de couverture générale. (Quand son père lui avait dit que l'équipe de l'endroit se dénommait les Isotopes, Darrel avait cru que le vieux le faisait marcher.) Ce genre d'affaire mettant en cause une personnalité connue offrirait même un sujet en or à l'*Albuquerque Journal*. Il espérait qu'on n'embêterait pas trop les filles. Tous leurs copains savaient ce que faisait leur père pour gagner sa vie. Ils sortirent dans l'air glacé de la nuit et marchèrent jusqu'à leur véhicule.

– Il faut que je te dise, commença Darrel. J'ai eu… je ne sais pas comment tu appellerais ça… Disons, une altercation… Avec Olafson.

– Sans blague ! s'exclama Katz.

– Sérieusement.

Deux-Lunes lui raconta l'incident.

– J'aurais vu rouge moi aussi, lui assura Katz.

– Oui, enfin…, je voulais que tu le saches.

– Y a aucun rapport, chef ! lui lança Katz avec un sourire. Sauf si tu l'as tué.

– Si je l'avais tué, on ne serait pas tombé sur le corps.

– Fais-moi rire. (Un temps.) En fait, je pensais la même chose.

Deux-Lunes s'autorisa une ombre de sourire.

Ils firent encore quelques pas. Puis Katz se jeta à l'eau :

— Puisque nous passons aux aveux, à mon tour : le nom de Valerie figure dans le Palm d'Olafson.

— C'est une artiste, dit Darrel. Il y a sûrement une raison logique.

— Elle se prend pour une artiste, Darrel. Tu as vu sa production…

— Exact.

— En réalité, poursuivit Katz, à sa façon d'en parler ces temps-ci, je pense qu'elle a cessé d'y croire. Olafson était une grosse pointure. Jamais il n'aurait envisagé de la prendre chez lui.

— Donc, elle est dans son répertoire pour une autre raison, conclut Darrel.

— Oui. (Katz poussa un soupir.) Je pensais faire un saut pour l'interroger sur ce point. Mon idée, c'était d'y aller d'abord, et de t'en parler ensuite. Car je vois mal que ça puisse être important.

— Logique.

— Je ne veux pas que tu penses que je te cachais un truc ni rien.

— Je ne le pense pas.

— Parfait, dit Katz. Je voulais laisser reposer jusqu'à demain, mais je crois que je vais passer la voir maintenant. On peut y aller à deux.

— Si ça ne te fait rien, j'aimerais autant rentrer.

— Pas de problème, Darrel. Je peux le faire seul.

— Ça vaudrait mieux.

8

Assis dans sa Toyota, moteur tournant et chauffage allumé, Katz essaya le numéro de Valerie à son domicile. Son répondeur se mit en marche, et personne ne décrocha lorsqu'il laissa son nom. Il roula ensuite jusqu'à la Plaza, se gara au niveau inférieur du parking municipal, près de l'hôtel La Fonda, et continua à pied jusqu'à la galerie Sarah Levy. L'écriteau sur la porte indiquait *Fermé*, mais l'endroit était entièrement vitré et, comme les lumières étaient allumées, il vit Sarah assise à son bureau, entourée de somptueuses poteries à décor noir de San Idelfonso et d'un groupe de « passeurs d'histoire » du Cochiti Pueblo à la bouche béante. Elle avait chaussé des lunettes de lecture. Il frappa une succession de coups légers au montant de la porte. Sarah regarda par-dessus ses lunettes, sourit, se leva et vint lui ouvrir la porte.

– Steve !

– Vous travaillez jusqu'à des heures impossibles, Sarah ?

– Toujours.

À cinquante-cinq ans, d'une minceur de liane, la plus grande marchande de poteries pueblo était une beauté, avec une nappe de cheveux blanc bleuté qui lui tombait jusqu'à des hanches émouvantes et un visage ovale qui se passait de maquillage. Son mari s'étant spécialisé en chirurgie réparatrice, le bruit courait qu'elle avait usé de ses services. Katz savait que non. Sarah avait une peau naturellement jeune.

— Val est dans les parages ?

— Ici non, mais tu sais où.

Elle désigna du regard le bout du pâté de maisons.

— D'accord, merci.

— De rien, Steve. (Elle effleura sa manche.) Quand elle est partie, elle était de bonne humeur.

Une façon de le prévenir qu'il risquait de déranger.

— J'essaierai de ne pas la lui gâter.

Le Perroquet se trouvait à quelques pas de là, dans San Francisco Street, entre un magasin de fossiles et une boutique de vêtements qui ne vendait que du blanc. Ce soir-là, un orchestre s'y produisait avec des reprises des Doobie Brothers, et la rythmique s'échappait jusque dans la rue. *Oh, oh, oh... listen to the music.* Sur le trottoir, à droite de l'entrée, trois motards buvaient des bières. En toute illégalité, et presque tout le monde savait que Katz était flic. Ils s'en fichaient comme d'une guigne. Les motards le saluèrent par son nom, il esquissa un petit salut militaire en retour.

Se frayant un passage à travers la foule compacte de consommateurs et les ondulations des danseurs, il arriva au bar laqué à mort où il était sûr de trouver Val.

Elle était juchée sur un tabouret du milieu, en débardeur noir, blue jean et boots. Coincée entre deux types à queue-de-cheval, la tête dans les épaules. Le vieux manteau en peau retournée qu'elle portait en hiver avait glissé de ses genoux et gisait par terre, piétiné sans ménagement.

Queue-de-cheval-de-gauche avait des cheveux gris et une barbe maigrichonne. Sa main reposait sur le dos nu de Val, cachant en partie le glaïeul qu'elle s'était fait tatouer l'été précédent. Queue-de-cheval-de-droite exhibait sans complexe un bide qui lui pendait au-dessus de la ceinture. Ses doigts boudinés caressaient les fesses de Val, mais elle ne semblait pas s'en apercevoir.

Des fesses confortables, nota Katz. Les cinq kilos de trop avaient doublé. Toujours répartis là où il fallait, mais son dos avait perdu de sa fermeté et formait un léger renflement au-dessus de la lisière du débardeur.

Et elle s'était coupé les cheveux, ça aussi. Archi court, presque une coupe masculine. Quand elle se tourna, Katz vit le relâchement de la peau autour de la mâchoire, les prémices du double menton. Blanche, comme toujours. Carrément livide dans la lumière blafarde du bar, mais aucune importance. Les hommes s'agglutinaient autour d'elle : ils l'avaient toujours fait et le feraient toujours. Non qu'elle fût une fille facile. Au contraire. À certains égards, elle était la femme la plus exigeante que Katz ait jamais connue.

Peut-être son côté imprévisible…

Son corps, charnu et pulpeux et, reconnaissons-le, manquant de tonus, réussissait à diffuser un sentiment grisant de promesses voluptueuses ; quant à savoir ce qu'on pouvait en attendre, mystère. Elle avait toujours été comme ça, même quand ils étaient mariés, Katz et elle.

Voilà, conclut-il : Val était mystérieuse.

Déjantée, caustique, affligée d'accès de faible estime de soi exacerbés par un talent authentiquement médiocre, mais intelligente, drôle, adorable quand elle le voulait bien. Tigresse quand l'envie lui en prenait.

Le type de droite glissa sa main sous les fesses de Valerie. Elle rejeta la tête en arrière en riant et la délogea. Lui toucha brièvement le nez d'une griffe au vernis rose.

Katz s'avança et ramassa le manteau. Il lui tapota très légèrement l'épaule. Elle se retourna, articula « Toi » sur une interprétation assourdissante de *China Grove*.

Pas d'étonnement dans sa réaction. Pas d'irritation non plus.

Juste « Toi ».

Katz se plut à croire qu'elle paraissait heureuse de le voir.

Il lui tendit le manteau. Lui montra le sol.

Elle sourit, hocha la tête et prit le vêtement. Se laissa glisser du tabouret, enlaça ses doigts à ceux de Katz et vissa ses yeux dans les siens.

Pétrifiés, les idiots du bar les regardèrent partir.

Elle attendit d'être à une centaine de mètres du Perroquet pour enfiler son manteau. La chair de poule hérissait ses épaules blanches. Son décolleté aussi. Des seins laiteux que rien ne bridait. Katz s'interdit de l'entourer de son bras, de la protéger du froid et de tout le reste.

– Tu te fais des idées, Steve, dit-elle tout en marchant.

Il haussa les sourcils.

Elle s'immobilisa et ouvrit grand les bras.

– Serre-moi contre toi. Fort.

Il obéit. Ils s'enlacèrent, et elle lui mordit l'oreille.

– Tu as l'air en forme, ex-mari, lui chuchota-t-elle.

– Toi aussi, ex-femme.

– Une vraie truie !

– Pas du tout. Vous, les femmes, et votre image corporelle complètement tordue…

Elle posa un doigt sur les lèvres de son ex.

– Ne sois pas gentil, Steve. Je risquerais de te raccompagner.

Il s'écarta et plongea son regard dans les profondeurs de ses iris marron. Deux griffures effilées s'interposaient entre ses sourcils épilés. Des rides nouvelles plissaient le coin de ses yeux. Le regard de Katz enregistra tout, mais son cerveau ne retint rien. Il vit seulement le mystère.

Ils se remirent à marcher.

– Ce serait si tragique ? dit-il.

– Quoi ?

– De me raccompagner.

– Probable, dit-elle. Autant ne pas vérifier.

Elle accéléra le pas en respirant par la bouche et en exhalant de la buée. Il la rattrapa. Ils arrivèrent à l'espace vert qui se déployait au centre de la Plaza. Les nuits où il faisait chaud, les jeunes, parfois ivres et souvent bagarreurs, y tuaient le temps. Des SDF monopolisaient les bancs à l'occasion, jusqu'à ce que la police en tenue évacue tout le monde. Ce soir-là, ils étaient les seuls humains à occuper les lieux. La Plaza scintillait de guirlandes de Noël, de petites congères bleu argent, de centaines d'étoiles piquées comme autant de diamants blancs, et de pur enchantement. Trop de joie pour un type qui vivait dans une marbrerie. Katz se sentait brusquement déprimé.

– C'est au sujet d'Olafson ? demanda-t-elle.

– Comment le sais-tu ?

– Parce que Olafson est mort et que je connais ton métier. De quoi s'agit-il, Steve ? On a trouvé mon nom quelque part ?

– Dans son Palm Pilot.

– Tiens donc. (Elle se frotta les mains.) Je pourrais être inspecteur, moi aussi.

Elle s'assit sur un banc et fourra ses doigts gourds dans les poches de son manteau.

– Dire que j'étais bien au chaud dans un bar et entourée de brûlantes attentions masculines !

– Allons quelque part à l'intérieur, lui proposa Katz. On pourrait se mettre dans ma voiture et j'allumerais le chauffage.

Elle sourit.

– Et on se peloterait ?

– Ça suffit, lâcha-t-il, étonné par la colère dans sa voix.

– Désolée de t'avoir offensé.

Elle se croisa les bras sur la poitrine. Lèvres serrées, plus glaciale que l'air.

— Excuse-moi, dit-il. Ça fait vingt-quatre heures que je bosse et que je n'ai presque pas dormi.

— C'est toi qui l'as voulu, Steve.

— Je suis désolé, Val. D'accord ? On repart de zéro.

— D'accord, dit-elle. Et pendant qu'on y est, la paix soit avec nous.

Elle se tourna, l'étudia, et, au regard qu'elle lui adressa, Katz se demanda si elle allait se mettre à pleurer. Quoi encore ?

— Val…

— Tu es allé à Bandelier ces temps-ci, Steve ?

— Ces temps-ci, non.

Il lui arrivait, ses jours de congé, de prendre la voiture et de rouler jusqu'au parc national où le garde forestier lui indiquait d'un geste d'entrer sans payer : courtoisie interprofessionnelle. Quand il y avait des touristes, il faisait du stop. Les jours plus calmes, il escaladait l'échelle d'une demeure troglodytique des Anasazi et y restait assis, à contempler les ruines de l'ancienne place du marché pueblo en contrebas. Deux-Lunes aurait éclaté de rire, mais Katz se sentait réellement en harmonie avec les esprits de la terre indienne. Il avait découvert le parc juste après son divorce, alors qu'il passait son temps au volant, sans but précis, explorant le désert. À la différence de la Grosse Pomme, le Nouveau-Mexique regorgeait de vastes espaces.

Il ne se rappelait pas avoir parlé à Valerie de ses virées à Bandelier. Mais, là encore, il ne se rappelait pas trop clairement de quoi ils avaient vraiment parlé.

Ils restèrent assis sur le banc pendant un temps qui lui parut très long. Puis, brusquement, elle lui prit le visage entre ses mains glacées et l'embrassa, sans douceur. Lèvres froides, mais langue chaude.

— Allons chez moi, dit-elle en s'écartant.

Val récupéra sa camionnette Volkswagen derrière la galerie, et il suivit son itinéraire imprévisible jusqu'à son atelier situé dans une ruelle anonyme, au-delà du Paseo de Peralta, pas très loin de l'endroit où le meurtre avait été commis. Elle vivait dans le pavillon d'hôtes d'une grande villa en adobe, dont les propriétaires, un couple californien, venaient rarement à Sante Fe. En échange, elle veillait aux travaux de réfection mineurs. Et pour l'essentiel avait la jouissance des huit hectares du domaine, que protégeait une clôture contre les coyotes. Un jour, elle avait amené Katz dans le bâtiment principal et ils avaient fait l'amour dans le grand lit à baldaquin en pin des propriétaires, entourés des photos de leurs enfants. Après, il avait commencé à tout remettre en ordre, mais elle lui avait dit d'arrêter, qu'elle s'en occuperait plus tard.

Ils se garèrent côte à côte sur l'espace de parking recouvert de gravier. Val poussa la porte d'entrée qu'elle n'avait pas fermée à clé. Katz réprima la réflexion qui lui venait aux lèvres et la suivit à l'intérieur, acceptant la Sam Adams glacée qu'elle lui proposait. Elle s'assit sur son lit, tandis qu'il s'efforçait de ne pas voir les abstractions nullissimes qui meurtrissaient l'espace. Des ecchymoses.

Sans le toucher, elle se déshabilla rapidement.

– Qu'est-ce que tu attends ? dit-elle.

Bonne question. Leur étreinte fut agressive, expéditive, sublime. Katz dut serrer les dents pour ne pas crier.

– J'étais dans son Palm parce qu'il me voulait, lui dit-elle un peu plus tard, nue dans le lit.

– Oh…

– Rien de sexuel, lui précisa-t-elle. Je veux dire…, pas seulement. Même s'il était surtout gay. Mais pas entièrement. Il y avait de l'hétéro, chez lui, une femme le sent. Ce qu'il voulait, c'est que je quitte Sarah et que je travaille pour lui.

– Pourquoi ?

– Parce que je suis un génie. (Elle rit.) Il envisageait d'étendre ses activités aux poteries pueblo. Il m'a dit que l'art indien devenait de plus en plus coté sur la côte Est. Avec son carnet d'adresses new-yorkais, il pouvait tripler le chiffre d'affaires de Sarah. Il pensait aussi se mettre en ligne. Il aurait fait appel aux sites d'enchères pour les objets sans valeur et se serait branché sur les sites d'art pour les pièces les plus prisées, tout en faisant de la pub sur son propre site. Son idée était vraiment de créer le marché. À l'entendre, d'ici un an Sarah en pâtirait, et six mois après, on ne parlerait plus d'elle.

– Sympa, le bonhomme.

– Ignoble, oui. (Le doigt de Val traça un cercle autour du téton gauche de Katz.) Je crois que c'était ce qui l'excitait. Pas l'idée de réussir, mais de couler Sarah.

– Il te proposait quoi en échange ?

– Cinquante pour cent de plus et la perspective d'une association. Les cinquante pour cent, je pense qu'il aurait casqué, au moins au début. L'association, c'était du vent. Il m'aurait utilisée pour jeter les bases, puis il m'aurait virée pour me remplacer par un larbin.

– Tu as repoussé son offre.

– Je lui ai dit que j'allais réfléchir. Après quoi, je ne lui ai plus donné signe de vie. (Elle joua avec la moustache de Katz.) Au bout d'une semaine, il m'a téléphoné. Je n'ai pas bougé. Quelques jours plus tard, il m'a rappelée. Je lui ai dit que je continuais à réfléchir à sa proposition. Il s'est hérissé ; visiblement, il était habitué à ce qu'on fasse ses quatre volontés. Le troisième appel n'est arrivé que quinze jours après. Je lui ai dit que j'étais prise par un client, que je le rappellerais. Quand je l'ai fait, il est monté sur ses grands chevaux. Ne savais-je donc pas qui il était ? Et le tort qu'il pouvait me faire ?

Elle était allongée sur le dos, ses seins lourds aplatis et étalés.

– J'ai refusé d'entrer dans son jeu. Je suis restée douce comme un agneau, je lui ai dit que j'allais étudier sa proposition très généreuse et continuer d'y réfléchir, mais que pour l'instant je ne pouvais pas m'engager. Il était si estomaqué qu'il m'a raccroché au nez ! Peu après je l'ai aperçu sur la Plaza, il venait dans ma direction. Lui aussi m'a vue, et il a traversé.

– Pourquoi ne pas lui avoir dit non, carrément ?

Elle sourit.

– Tu me connais, Steve. Tu sais comme je suis avec les hommes.

Elle fit des spaghettis et une saucisse de tofu, et ils mangèrent en silence. Comme il faisait la vaisselle, Katz la vit bâiller ostensiblement.

Il ôta le peignoir qu'elle lui avait apporté – un de ses vieux à lui, mais l'odeur d'autres hommes imprégnait le tissu éponge. Il s'en moquait. Lui aussi ne faisait que passer.

Il s'habilla, puis l'embrassa et lui souhaita bonne nuit. Un baiser gentil et chaste, sans promesse de lendemain. Il rentra directement à la marbrerie en s'imaginant qu'avec un peu de chance il dormirait bien cette nuit-là.

9

Les deux inspecteurs dormirent tard et arrivèrent au poste de police à dix heures. Des messages identiques les attendaient sur leur bureau : réunion avec la chef dans une heure.

L'entrevue dura deux minutes : Bacon leur demanda où ils en étaient, Deux-Lunes et Katz répondirent qu'ils n'avaient rien pour l'instant. La victime comptait trop d'ennemis en puissance.

– Une affaire qui sera vite élucidée ?

– Peut-être, mais allez savoir, lui répondit Deux-Lunes.

Elle réfléchit.

– Il n'y aurait pas de quoi pavoiser, mais je ne crois pas qu'il y ait de répercussions. Ni sur le tourisme ni sur la confiance du citoyen. Précisément parce qu'il avait tous ces ennemis et qu'on pourrait imaginer un coup de folie.

Les deux inspecteurs gardèrent le silence.

– Non pas que je sois pessimiste, reprit-elle. O.K., feu vert, faites ce que vous avez à faire.

Oui, mais quoi ? Ce fut Deux-Lunes qui posa la question.

– On s'assure que les empreintes des Skaggs ont été vérifiées, dit Katz.

– C'est prévu pour demain.

– Pourquoi pas aujourd'hui ?

– Tu connais les gars : ils ont toujours une bonne raison.

Deux-Lunes s'empara du téléphone, appela le labo de criminologie de l'État et leur demanda de foncer. Il raccrocha d'un air écœuré.

– Ils sont sur un viol à Bernadillo.

– Le viol l'emporte sur le meurtre ? pesta Katz.

– La victime avait douze ans et vivait dans une caravane avec sa mère. Le connard s'est faufilé dans sa chambre. Sans doute un ancien copain de la mère – on ne manque pas de candidats au fichier.

Katz lui raconta ce que lui avait confié Valerie sur Olafson et sur son intention de couler la galerie de Sarah Levy.

– C'est ça, Sarah l'aura assommé, dit Deux-Lunes.

Il saisit un crayon, laissa pendre son poignet et mima la faiblesse du coup.

– Pourquoi pas son mari ? suggéra Katz.

– Qui c'est ?

– Le Dr Oded Levy. Spécialiste de chirurgie réparatrice. Il est aussi israélien et a servi dans l'armée là-bas. Ajoute qu'il est costaud…

– Mauvais coucheur ? demanda Darrel.

– Pas les fois où je l'ai rencontré. Mais c'était toujours dans des circonstances agréables. Tu sais bien… des mondanités.

– Tu fréquentes des chirurgiens ?

– En d'autres temps, dit Katz. Quand Val a commencé à travailler pour elle, Sarah nous a invités à un dîner qu'elle donnait chez elle. Comme elle devait venir avec quelqu'un, Val m'a demandé de l'accompagner.

– Plutôt marrant, non ?

Pas du tout. Val avait flirté avec un orthopédiste toute la soirée. Peu après elle couchait avec son rebouteux.

– Après, j'ai croisé le couple à une ou deux reprises. Tu sais bien, une fois qu'on connaît quelqu'un, on le repère. Le type m'a toujours paru du genre bon enfant. À propos…, il est plus jeune que Sarah.

– Ce qui signifie…

Katz leva les mains et haussa les épaules en signe d'ignorance.

– Rien. Ce soir-là, chez eux, il paraissait rudement épris d'elle.

– C'est une belle femme, dit Deux-Lunes. Je sais que j'étais fou de rage quand Olafson a critiqué ma femme. Imagine de quoi aurait été capable un Israélien entraîné par Tsahal et découvrant qu'Olafson projetait de couler la galerie de sa femme…

Le cabinet du Dr Oded Levy occupait tout le rez-de-chaussée d'une annexe médicale dans St. Michael, le tronçon Est d'Hospital Drive, juste au sud de St. Vincent Hospital. La salle d'attente était déserte et sobre : canapés en cuir beurre frais et tapis indiens sur les planchers de chêne à larges lattes, numéros d'*Architectural Digest* et de *Santa Fe Style* déployés avec soin sur des tables à plateau de granit.

Katz identifia la pierre par réflexe. Gneiss moucheté à texture en ruban. Des plaques s'alignaient à la verticale à quelques mètres de sa fenêtre.

Une ravissante hôtesse les accueillit. Lorsqu'ils demandèrent à voir le Dr Levy, elle ne perdit rien de son charme ni de sa cordialité.

– Il vient de partir déjeuner.

– Vous sauriez où ? demanda Darrel.

– Au Palace.

Ils reprirent la voiture jusqu'à la Plaza, trouvèrent une place le long du trottoir, puis continuèrent à pied en direction du Palace Hotel. Le Dr Oded Levy occupait un box d'angle en cuir rouge de l'antique salle à manger victorienne, seul, et déjeunait d'une truite poêlée et d'un Coca light.

– Steve ! s'exclama-t-il.

Même assis, on ne pouvait ignorer sa taille. Un mètre quatre-vingt-quinze ou seize, à ce qu'en savait Katz, svelte, belle carrure. Il avait la peau bronzée et des cheveux noirs et ondulés coupés court.

– Docteur Levy…

Katz lui présenta Deux-Lunes.

– Vous devez être tous les deux sur la brèche, leur dit Levy. Vous méritez un bon déjeuner.

Le médecin conservait une ombre d'accent. Ses mains grandes comme des gants de base-ball avaient des doigts longs et minces, aux ongles soignés. Il avait desserré sa cravate de soie rouge cramoisi sous le col souple de sa chemise bleu ciel. Un blazer bleu marine en cachemire était plié avec soin sur le haut de l'alcôve.

– Comment le savez-vous ? lui demanda Katz.

– Le meurtre de M. Olafson. On ne parle que de ça dans le *Santa Fe New Mexican*. Et aussi dans l'*Albuquerque Journal*.

– Je n'ai pas eu le temps de lire la presse, avoua Deux-Lunes.

– Vous n'avez rien perdu. Valerie a dit aussi à Sarah que vous étiez chargés de l'enquête. (Il fit un geste vers la droite. Là où reposait le blazer.) Puisque vous êtes là, ça vous ennuie de vous joindre à moi ?

– À vrai dire, lui précisa Darrel, nous voulions vous parler.

Il haussa les sourcils.

– Vraiment ? Alors asseyez-vous et dites-moi pourquoi.

Le chirurgien se remit à manger pendant que Katz le lui expliquait. Levy s'appliquait à découper sa truite en carrés impeccables, plantant sa fourchette dans la chair et étudiant chaque bouchée avant de la porter à sa bouche d'un geste précis.

— L'année dernière, dit-il lorsque Katz eut fini, il a essayé d'acheter Sarah, et, quand il s'est heurté à son refus, il l'a menacée de ruiner son entreprise.

— Il avait une dent contre elle ? demanda Katz.

Levy réfléchit.

— Je ne crois pas. D'après Sarah, il s'agissait de *schadenfreude*.

— De quoi ? demanda Darrel.

— Un mot allemand, expliqua Levy. La joie prise au malheur d'autrui. Olafson avait soif de pouvoir et, toujours d'après Sarah, il voulait dominer la scène artistique de Santa Fe. Sarah avait pignon sur rue, elle réussissait et elle était appréciée. Pour ce genre d'homme, elle constituait une cible irrésistible.

— Pas agréable, docteur, dit Katz. Un type qui veut la peau de votre femme.

— Le choix des mots est intéressant. (Levy sourit.) Non, pas agréable du tout, mais je n'étais pas inquiet.

— Pourquoi ça ?

— Sarah est capable de veiller à ses intérêts. (Le chirurgien avala une autre bouchée de truite, but un peu de son Coca, consulta sa montre aussi plate qu'une carte à jouer et posa des billets sur la table.) Au boulot !

— Liposuccion ? demanda Darrel.

— Reconstruction du visage, dit Levy. Une enfant de cinq ans, blessée dans un accident sur la 25. Le genre d'intervention que j'aime vraiment.

— Le contraire du schaden-je-ne-sais-quoi, ajouta Deux-Lunes.

Levy lui jeta un regard perplexe.

— La joie prise à la guérison d'autrui.

— Ah, dit Levy. Je ne l'avais jamais considéré sous cet angle, mais c'est exact. J'y prends beaucoup de plaisir.

– Alors ? dit Deux-Lunes lorsqu'ils sortirent du restaurant.

– Il a le gabarit voulu, répondit Katz. Tu as vu ces battoirs ?

– Ses empreintes doivent être aussi au fichier. À la commission médicale de l'État.

Ils regagnèrent la Crown Victoria et Deux-Lunes s'installa au volant.

– Ça doit être bizarre… refaire un visage d'enfant.

– Impressionnant, dit Katz.

Un kilomètre plus tard :

– Ce serait dommage de priver la commission d'un gars pareil, décréta Deux-Lunes.

De retour au service, ils appelèrent la commission et demandèrent qu'on leur communique les empreintes du Dr Oded Levy. Le traitement de la demande et les recherches allaient prendre des jours. Il était impossible de faxer directement les données au labo.

– Sauf si on met la chef dans le coup, dit Deux-Lunes.

– On n'a pas assez d'éléments.

– Levy ne va sûrement pas mettre les voiles.

– Tu l'aimerais comme suspect ? lui demanda Katz.

– Pas vraiment, rabbi. Et toi ?

– Pour l'instant, je ne sais pas ce que j'aimerais. (Il soupira.) Ça commence à sentir mauvais. Les relents nauséabonds de l'échec.

En fin de journée, ils eurent une surprise agréable, encore que minime : la police scientifique était allée à Embudo relever les empreintes des Skaggs et en avait terminé. On avait entamé le traitement par ordinateur et ils recevraient les premières données vers cinq heures.

Tout résultat ambigu enclencherait une vérification manuelle de la part de l'as du labo, une analyste civile dénommée Karen Blevins.

Deux-Lunes et Katz restèrent dans les parages en attendant les conclusions, prenant le temps d'avaler un hamburger-frites en guise de dîner, liquidant la paperasserie d'autres enquêtes et brûlant d'explorer une nouvelle piste pour Olafson.

À sept heures et demie, ce besoin d'une piste devint plus criant que jamais : ni les empreintes de Barton Skaggs, ni celles d'Emma ne correspondaient aux empreintes relevées à Olafson Southwest et dans la villa de la victime. Emma s'était rendue à la galerie, mais elle n'avait laissé aucune trace.

À huit heures, éreintés et à cran, Katz et Deux-Lunes se préparèrent à partir. Ils n'avaient pas atteint la porte que le poste de Katz gazouilla. L'agent Debbie Santana.

– J'ai été affectée à la garde de la galerie pendant que Summer Riley procède à l'inventaire. Elle semble avoir trouvé quelque chose.

Avant que Katz ait pu placer un mot, Summer prit l'appareil.

– Devinez quoi ? C'est un vol d'œuvres d'art ! Quatre peintures manquent à l'appel.

Katz se sentit revivre. Un mobile ! Il ne leur restait plus qu'à trouver le larron.

– C'est quand même pas net, ajoutait Summer.

– Dans quel sens ? lui demanda Katz.

– Il y avait une quantité d'œuvres beaucoup plus cotées auxquelles on n'a pas touché. Et toutes celles qui manquent sont de la même artiste.

– Qui ça ?

– Michael Weems. Elle semblerait avoir un grand admirateur ! D'accord, elle existe, sur le plan artistique s'entend, mais sans atteindre des records, enfin... pas encore. Larry pensait la faire passer dans la tranche supérieure.

– Quelle valeur représentent les quatre peintures ?

– Dans les trente-cinq mille. Prix de la galerie. Larry prélève automatiquement dix pour cent. Ce n'est pas négligeable, mais juste à côté des quatre Weems il y avait un Wendt estimé à cent cinquante mille dollars et un petit Guy Rose infiniment plus cher. On n'y a pas touché. Rien n'a bougé, sauf les Weems.

– Vous avez vérifié la totalité de l'inventaire ?

– J'en ai couvert au moins les deux tiers. Il existe une banque de données des vols d'œuvres d'art. Je pouvais y entrer l'information moi-même, mais j'ai jugé préférable de vous appeler d'abord. Voulez-vous les titres des peintures ?

– Ne prenez pas cette peine, Summer. Nous arrivons.

10

*Merry et Max dans la piscine, 2003, 90 × 1,50 cm
huile sur toile, 7 000 $
Merry et Max mangeant des céréales, 2002, 1,35 ×
1,50 m huile sur toile, 15 000 $
Merry et Max avec des canards en caoutchouc,
2003, 40,5 × 60 cm
huile sur toile, 5 000 $
Merry et Max rêvant, 2003, 40,5 × 60 cm
huile sur toile, 7 500 $*

Katz et Deux-Lunes étudièrent les instantanés des peintures.

– À quoi vous servent-ils ? demanda Darrel à Summer Riley.

– Nous les envoyons aux clients que Larry pense pouvoir être intéressés par l'artiste.

Elle parlait toujours de son défunt patron au présent.

Katz examina les photos de plus près.

Quatre peintures, toutes autour des mêmes sujets. Deux enfants blonds et nus aux visages de chérubins, une petite fille de deux ou trois ans et un garçon un peu plus âgé.

Katz les avait déjà vus. Dansant autour de l'arbre de Mai, une toile de plus grand format déployée dans la grande pièce de la villa d'Olafson. Celle qui avait retenu son regard de béotien. Le sujet devait au talent de Michael Weems de ne pas avoir sombré dans la mièvrerie ringarde. Qu'Olafson ait accroché le travail de Weems dans son espace privé était peut-être une ruse de marchand – on la faisait passer dans la tranche supérieure, comme avait dit Summer.

Ou alors il aimait son style.

Et n'était pas le seul.

Deux-Lunes étudiait une des photos avec attention.

En le voyant froncer les sourcils, Katz jeta un œil pardessus son épaule. *Merry et Max avec des canards en caoutchouc*. Les enfants étaient assis sur le rebord d'une baignoire, le regard fixé sur les jouets jaunes. Vus de face et intégralement nus, une serviette de bain froissée gisant aux pieds de la petite fille sur le carrelage vert de la salle de bains.

Katz se racla la gorge. Deux-Lunes glissa les photos dans un sac à scellés qu'il tendit à Debbie Santana. Puis il dit à Summer Riley d'attendre dans le bureau de la galerie et entraîna Katz dans la pièce de devant. La bande adhésive dessinant les contours du corps d'Olafson était toujours collée au plancher, et Katz eut la vision d'une nature morte. Imaginant qu'une des gouttes de sang coagulé couleur de rouille représentait la pastille rouge qu'on fixe sur un tableau pour signaler qu'il est vendu.

– Que penses-tu de ces peintures ? lui demanda Deux-Lunes.

– Aucune importance, sinon que, toi, tu penses à de la pornographie pédophile, lui renvoya Katz.

Darrel se gratta le côté du nez.

– À moins que ce ne soit toi et que tu fasses comme disent les psys… que tu projettes sur moi.

– Merci, docteur Freud, dit Katz.

– Docteur Schadenfreud.

Katz se mit à rire.

– À vrai dire, je ne sais pas ce que j'en pense. J'ai vu celle qui est accrochée chez Olafson et elle m'a paru bonne… du point de vue artistique. Tu en vois quatre en même temps, surtout celle que tu examinais…

– La posture de la petite fille, dit Darrel. Jambes écartées, la serviette à ses pieds… on a déjà vu ça, non ?

– Si, lui concéda Katz. Mais ce sont visiblement des enfants que connaît Michael Weems. Peut-être les siens. Les artistes ont… des sources d'inspiration. Des sujets qu'ils peignent indéfiniment.

– Tu accrocherais ce truc-là chez toi ?

– Non.

– À la différence d'Olafson, dit Darrel. Autrement dit, peut-être qu'il ne portait pas un intérêt seulement professionnel à Weems. Qu'il a creusé le sujet.

– Gay, hétéro, perfide et pervers, résuma Katz. Tout est possible.

– Surtout avec ce type, Steve. Un véritable oignon. Plus on le pèle, plus il pue.

– Quoi qu'il ait fait ou pas fait, quelqu'un voulait ces toiles au point de tuer pour les avoir. Ce qui cadre aussi avec l'absence de préméditation. Notre criminel est venu pour les peintures, pas pour Olafson. Ou alors, il a tenté de cambrioler les lieux, a été surpris en flagrant délit par Olafson, et il y a eu une algarade. Ou encore… il s'est manifesté en exigeant les toiles, et il y a eu une algarade.

– Ça se tient, convint Deux-Lunes. De toute façon, ils ont eu des mots, Olafson snob et arrogant, fidèle à lui-même. Il tourne le dos au type et vlan !

– Un vlan de première grandeur, dit Katz. D'après Summer, Olafson envoyait des photos à tout client qui exprimait son intérêt pour un artiste. Si on allait voir qui s'intéressait à Weems ?

Quinze clients avaient reçu un courrier relatif à Weems : quatre en Europe, deux au Japon, sept sur la côte Est et deux amateurs d'art locaux. En l'occurrence Mme Alma Marteen et le Dr et Mme Nelson Evans Aldren, tous deux à des adresses huppées de Las Campanas – un golf et un terrain d'équitation sécurisés qui offraient des propriétés jouissant de vues spectaculaires.

Katz demanda à Summer Riley si elle connaissait Mme Marteen et les Aldren.

– Évidemment ! s'exclama-t-elle. Alma Marteen est un amour. Elle a dans les quatre-vingts ans et ne quitte pas son fauteuil roulant. Elle semble avoir donné beaucoup de réceptions quand elle était jeune. Larry la gardait dans ses listes pour lui donner l'impression qu'elle appartenait toujours à la scène mondaine. Les Aldren sont un peu plus jeunes, mais pas tellement. Je dirais soixante-dix ans et quelques. Joyce, Mme Aldren, c'est elle qui s'intéresse à l'art.

– Le mari est docteur en quoi ?

– Médecine. Cardiologue, je crois. Il a pris sa retraite. Je ne l'ai vu qu'une seule fois.

– Grand ?

Summer s'esclaffa.

– Un mètre soixante-cinq, et encore ! Pourquoi me posez-vous toutes ces questions ? Aucun de ses clients n'a tué Larry. J'en suis convaincue.

– Pourquoi ? lui demanda Deux-Lunes.

– Parce que tous l'adorent. C'est là qu'on reconnaît un grand marchand d'art.

– Comment ça ?

– Les rapports personnels. Savoir quel artiste correspond à quel client… c'est un travail de marieur, en quelque sorte.

– Larry était un bon entremetteur, dit Katz.

– Le meilleur.

Les yeux de la jeune femme s'embuèrent.

– Il vous manque.

– Il avait tant à m'apprendre ! Il disait que j'étais sur le chemin de la réussite.

– Comme marchand d'art ?

Summer hocha la tête avec emphase.

– Larry disait que j'avais tous les atouts en main. Il envisageait de m'installer dans une galerie satellite, où j'aurais vendu des poteries indiennes. J'allais être son associée. Mais maintenant… (Elle leva les mains d'un geste suppliant.) Puis-je partir maintenant ? J'ai vraiment besoin de repos.

– Les enfants des peintures, dit Darrel.

– Merry et Max. Ce sont les enfants de Michael. Ils sont délicieux et elle capte leur essence avec une remarquable virtuosité.

Les derniers mots semblaient sortis d'un catalogue publicitaire.

– Où Michael habite-t-elle ?

– Ici même, à Santa Fe. Elle a une maison juste au nord de la Plaza.

– Si vous nous donniez l'adresse ?

Avec un soupir théâtral, Summer feuilleta un Rolodex. Elle trouva la fiche et leur montra la rue et le numéro.

Michael Weems habitait dans Artist Road.

– Et maintenant, je peux m'en aller ? dit-elle. (Puis en baissant le ton, plus pour elle-même que pour les inspecteurs :) Bon Dieu ! Il est temps de se secouer !

Elle pleurait quand elle partit.

Avant de se mettre en quête de la portraitiste de Merry et de Max, les inspecteurs firent un détour par l'ordinateur.

Aucune infraction ni délit retenus contre Michael Weems, malgré un moment de flottement pour établir le fait. Un homme du même nom purgeait une peine pour vol à Marion, dans l'Illinois. Michael Horis Weems, sexe masculin, race noire, vingt-six ans.

– Un transsexuel qui se serait fait opérer? suggéra Deux-Lunes.

– Va savoir. (La moustache rousse de Katz partit vers le haut.) Au point où nous en sommes, je suis prêt à croire n'importe quoi.

Michael Andrea Weems avait droit à cinquante-quatre références sur Google, pour l'essentiel des comptes rendus d'expositions, presque toutes des accrochages aux galeries d'Olafson à New York et à Santa Fe.

La cinquante-deuxième, toutefois, faisait exception à la règle et laissa les inspecteurs le souffle coupé.

Un petit paragraphe dans le *New York Daily News* et relevant plus, à en juger par le ton insolent, d'une rubrique d'échos mondains que d'un reportage sur le vif.

L'année précédente, la présentation en avant-première du travail récent de Michael Weems – une dizaine de nouvelles peintures de Merry-Max – avait été perturbée par l'apparition du mari de l'artiste, dont elle était séparée, un dénommé Myron Weems, pasteur et « conseiller spirituel » autoproclamé.

Ce Myron en courroux avait ahuri les invités en les vouant aux gémonies parce qu'ils parrainaient l'antre de la turpitude et « contemplaient l'immondice ». Avant que le personnel de la galerie ait pu s'interposer, il s'était rué sur une peinture et l'avait arrachée de la cimaise et piétinée, infligeant à la toile des dégâts irréparables. Lorsque le forcené avait voulu renouveler ses voies de fait sur un deuxième tableau, les assistants et un vigile avaient réussi à le maîtriser.

On avait appelé la police, et Myron Weems avait été conduit au poste.

Rien d'autre.

– Ça me dit quelque chose, dit Katz.

– On appelle le nom de Myron, enchaîna Deux-Lunes.

Sur les huit références que produisit la recherche, cinq étaient des sermons de Myron Weems à ses ouailles d'Enid, dans l'Oklahoma, les mots « péché » et « abomination » revenant comme une litanie. Deux mentions directes de « l'immondice qu'est la pornographie ». La sixième occurrence reproduisait l'article du *Daily News*.

– Pas de plaintes ? demanda Katz.

– On consulte les données judiciaires, dit Deux-Lunes. Histoire de voir s'il y a eu des procès au civil.

Au bout d'une demi-heure, ils n'avaient trouvé aucun élément attestant que Myron ait eu à répondre de ses vitupérations.

Deux-Lunes se leva et étira sa grande carcasse.

– Il humilie sa femme, dénigre son œuvre et elle ne le poursuit pas ?

– Ils étaient séparés. Autrement dit, la procédure de divorce suivait son cours. Aucun des deux n'avait à y gagner. L'incident aura servi d'élément de marchandage pour obtenir un meilleur arrangement financier ou la garde des enfants. Ou alors Myron se sera calmé. Elle continue à peindre les mômes.

– Je ne sais pas, Steve, un homme qui a des convictions profondes, une affaire qui touche à ses enfants… Je ne le vois pas négocier.

Katz réfléchit. Bienvenue dans le monde des discordes conjugales, collègue.

– Autre hypothèse : Myron avait des rapports avec Olafson qui débordaient du petit monde de l'art. Il l'avait aidé à régler son problème d'alcoolisme.

– Raison de plus pour être fou de rage, Steve. Il remet le bonhomme sur le droit chemin, et ce paroissien expose l'œuvre de sa femme, encourageant de ce fait ce que lui estime être des images porno. Je me demande combien mesure Myron…

Un appel aux Véhicules motorisés de l'Oklahoma

répondit à la question. Myron Manning Weems : sexe masculin, race blanche, cinquante-cinq ans d'après sa date de naissance. Mais surtout, son signalement précisait un mètre quatre-vingt-seize pour cent vingt-sept kilos. Ils demandèrent qu'on leur faxe le permis de conduire de Weems.

— S'il dit cent vingt-sept kilos, c'est que le bonhomme en pèse cent trente-cinq, déclara Deux-Lunes. Les gens mentent toujours.

Le télécopieur bourdonna. Vu la dimension de la photo, ils utilisèrent la photocopieuse du service pour l'agrandir.

Myron Weems avait un visage poupin, des cheveux gris broussailleux et un menton bilobé en galoche. Des lunettes minuscules chevauchaient comiquement son nez en patate. Le cou de Weems était encore plus large que sa figure et plissait sur le devant ; un rôti braisé bien ficelé. Au total, un plaqueur de football universitaire monté en graine.

— Baraqué, dit Deux-Lunes.

— Très baraqué, répondit Katz. Tu crois qu'il est chez lui ?

Lorsqu'ils appelèrent Myron Weeds à son domicile d'Enid, Oklahoma, les inspecteurs n'obtinrent qu'un répondeur. « Vous êtes bien chez le Révérend Myron Weems… » Une voix pleine d'onction et au timbre étonnamment enfantin. Weems terminait son message par une bénédiction appelant au « progrès spirituel et personnel » du correspondant.

Pas de réponse à son église non plus. Les compagnies aériennes n'avaient enregistré aucun embarquement au nom de Weems au départ d'Albuquerque ni à l'arrivée au cours des six jours précédents.

Katz et Deux-Lunes passèrent les trois heures suivantes à interroger tous les hôtels de Santa Fe, étendirent leur recherche, et décrochèrent enfin le gros lot : un motel bas de gamme de la rive gauche, distant de trois kilomètres au plus du poste de police.

Ils prirent la voiture et interrogèrent l'employé, un jeune Navajo à peine sorti de l'adolescence aux cheveux noirs et raides comme des baguettes et avec une ombre de moustache. Trois jours avant, Myron Weems était descendu dans l'établissement sous son propre nom. Il était arrivé dans un véhicule dont le numéro d'immatriculation avait été dûment noté. Une Jeep Cherokee de 94, qui correspondait aux données qu'Enid leur avait envoyées. Weems avait payé une semaine d'avance. L'employé, qui s'appelait Leonard Cole, l'avait vu la veille.

– Vous êtes sûr ? lui demanda Katz.

– Sûr et certain, répondit Cole. Le gars est difficile à rater. Un mastodonte.

– Et vous ne l'avez pas revu depuis ? dit Deux-Lunes.

– Non, chef.

Cole jeta un coup d'œil à la pendule. Une télévision glapissait dans la pièce arrière. Il semblait impatient de retrouver son émission.

– Vous voulez inspecter sa chambre ? demanda-t-il en prenant une clé.

– Impossible sans mandat. Mais vous, vous pourriez y entrer et vérifier qu'il n'y a pas de problème.

– Comme quoi ? demanda Leonard Cole.

– Une fuite de gaz, une fuite d'eau, ce genre-là.

– On n'a pas le gaz, tout est à l'électricité, dit Cole. Mais, des fois, la douche se met à goutter.

Ils suivirent Cole dans la chambre du rez-de-chaussée. Cole frappa, attendit, frappa encore, puis utilisa son passe. Il entra le premier en laissant la porte grande ouverte et contempla la pièce.

Rangée au carré. Quatre tableaux s'appuyaient à la

verticale contre le mur, l'un contre l'autre, à côté du lit à une place non défait.

Dormir sur ce lit n'avait pas dû être une partie de plaisir pour un individu de ce format. Sauf à être motivé.

Et la motivation sautait aux yeux. Un cutter à carton était posé bien en évidence sur la commode en plastique imitation bois. La première peinture n'était plus qu'un déchiquetage de lanières de toile qui godaillaient, bien qu'encore coincées par le châssis. Leonard Cole jeta un coup d'œil derrière le tableau.

– Ils sont tous lacérés. Pas normal, non ?

Deux-Lunes lui dit de sortir et de fermer la porte à clé.

– Nous vous envoyons des policiers monter la garde. En attendant, vous ne laissez personne entrer ni sortir. Si Weems se montre, vous nous appelez immédiatement.

– Ce type est dangereux ?

– Probable que non pour ce qui vous concerne. (Katz sortit son portable.) Mais ne le laissez pas filer. (Il demanda des policiers en renfort et qu'on lance un avis de recherche sur la Jeep de Myron Weems. Puis il fixa son coéquipier.) Tu penses ce que je pense ?

– Sûr que oui, lui répondit Deux-Lunes. On y va.

Les deux inspecteurs foncèrent vers la Crown Victoria.

Toute cette colère.

L'ex-épouse.

11

L'adresse correspondait à une construction de forme libre et spectaculaire en adobe dans Artist Road, à deux rues de Bishop's Lodge Road en continuant vers l'est, juste avant Hyde Park. À vingt kilomètres seulement du domaine skiable, l'air était déjà plus léger et plus frais.

L'éclairage à basse tension des lieux laissait entrevoir un aménagement paysager respectueux de l'écologie, qui associait des variétés locales de plantes et d'arbustes, des blocs de pierre taillée et une ceinture de pins pignons coiffés de neige. L'allée revêtue d'un dallage en pierre de l'Arizona conduisait à une porte d'entrée en teck gris et ancien, aux ferrures de cuivre bellement patinées par le temps. Personne ne répondit lorsque Deux-Lunes frappa. Il essaya la poignée. Elle tourna sans difficulté.

Encore une qui ne verrouille pas sa porte d'entrée, pensa Katz. Carrément idiot dans ce cas précis. La femme devait soupçonner que son dingo d'ex n'était pas étranger au meurtre d'Olafson. Il sortit son pistolet de son étui cousu main.

Idem pour Deux-Lunes. Tenant son arme à deux mains, Darrel cria le nom de Michael Weems.

Silence.

Ils traversèrent le hall d'entrée et gagnèrent le séjour. Personne, mais toutes les lumières étaient allumées. Plafonds hauts, bel assemblage de poutres et d'entretoises. La cheminée centrale de rigueur. La pièce se signalait par l'élégance du style : un mobilier massif et marqué par les ans qui supportait bien la sécheresse du climat, et que venaient adoucir quelques objets asiatiques anciens. De beaux canapés de cuir. Des tapis usés mais visiblement de prix.

Bon Dieu, ce silence…

Il n'y avait pas de tableaux aux murs, juste du plâtre, blanc cassé légèrement bleuté. Bizarre, pensa Deux-Lunes. Mais comme on dit, les enfants du savetier sont toujours les plus mal chaussés.

Justement ! Où étaient les enfants ?

Le cœur de Deux-Lunes s'accéléra.

Peut-être qu'ils dormaient chez des amis. Peut-être que c'était un vœu très pieux !

Une double porte au fond de la pièce donnait sur un *portal* plongé dans l'ombre. Il abritait les immanquables meubles de terrasse et barbecue à roulettes, comme chez n'importe qui.

Il revint à l'intérieur. La cuisine était encombrée, comme chez n'importe qui.

Des photos des enfants sur une tablette de pierre.

Des photos de classe. Merry et Max, un sourire éclatant.

Bon Dieu, où étaient les enfants ?

— Madame Weems ! hurla Deux-Lunes.

Il sentit venir la nausée. Pensant à ses propres enfants. Il tenta d'écarter cette idée, mais plus il essayait, plus leurs visages se précisaient. Comme un foutu puzzle chinois.

Calme-toi, Darrel.

La voix de son père. Il lui parlait.

Calme-toi.

Cela l'aida un peu. Il lança un regard en biais à Katz, fit un mouvement de tête vers la gauche, en direction d'une arcade qui conduisait à un couloir.

Impossible d'éviter l'angle. Katz couvrait son équipier.

La première porte à droite était celle d'une chambre de petite fille. Deux-Lunes redoutait d'y entrer, mais il n'avait pas le choix. Il pointa son arme vers le sol, au cas où l'enfant dormant à poings fermés ne les aurait pas entendus hurler. Surtout ne pas prendre de risques.

Le lit était vide.

Moins réconfortant que de trouver la petite fille endormie, mais infiniment plus que de découvrir un corps.

Chambre rose, tendue de tissus légers, charmante, dont le lit était défait. Des lettres adhésives en plastique sur le mur au-dessus de la tête du lit.

MERRY

À côté s'ouvrait la chambre de Max. Vide, elle aussi. Typique d'un garçon ; un vrai musée de petites voitures Matchbox et de figurines articulées.

La dernière chambre appartenait à un adulte. Murs badigeonnés à la chaux, lit métallique, une table de chevet unique en pin, et rien d'autre, corps compris.

Où était-elle ?

Où étaient les enfants ?

– Madame Weems ? hurla Katz. Police !

Rien.

Une autre double porte à droite s'ouvrait sur une deuxième terrasse. Deux-Lunes lâcha un soupir audible. Katz suivit son regard, de l'autre côté de la vitre.

Dehors, dans le rayon blanc et brûlant d'un projecteur, devant un chevalet portable, une femme peignait. Le manche d'un pinceau entre les dents, un autre pinceau dans une main protégée par un gant de tricot, elle étudiait la toile… la jugeant, la disséquant. Derrière elle, on apercevait le flanc abrupt d'une colline mouchetée de neige.

Elle procéda à une série de petites touches, puis s'interrompit pour de nouveau jauger l'effet.

D'où ils se trouvaient, Katz et Deux-Lunes étaient

placés face à elle, derrière le chevalet. En pleine vue de l'artiste, si elle levait les yeux dans leur direction.

Elle ne le fit pas.

Michael Weems semblait aborder la quarantaine, quinze ans de moins au minimum que son ex. Pommettes affirmées, lèvres minces, nez marqué et aigu. Un port de déesse, et de longues jambes fuselées. Elle portait une doudoune blanche sur des leggins glissés à l'intérieur de boots de randonnée. Ses cheveux gris-jaune étaient noués sur la nuque en une longue natte qui pendait sur son épaule gauche. Une écharpe noire à franges autour du cou. Pas de maquillage, en revanche une quantité de taches dues au soleil sur les joues et sur le menton.

Encore une qui se la joue à la Georgia O'Keeffe, pensa Katz.

Deux-Lunes tapota légèrement la porte vitrée, et Michael Weems finit par lever les yeux.

Regard rapide, puis elle reprit son pinceau.

Les inspecteurs s'avancèrent.

– Vous êtes de la police, dit-elle en ôtant le pinceau de sa bouche et le posant sur une table d'appoint.

À côté d'une boîte de térébenthine, d'une grosse pile de chiffons et d'une palette en verre ponctuée de taches rondes de pigments.

– On dirait que vous nous attendiez, madame.

Michael Weems sourit et posa de nouvelles touches de peinture.

– Où sont les enfants, madame Weems ? demanda Deux-Lunes.

– En sécurité, répondit-elle.

Deux-Lunes sentit ses épaules se libérer d'un poids.

– « En sécurité » ? répéta Katz. Vous voulez dire… à l'abri de votre ex-mari ?

Michael eut un sourire énigmatique.

– Il est ici, vous savez, dit Katz.

L'artiste ne répondit pas.

– Nous avons trouvé quatre toiles de vous dans sa chambre de motel.

Michael Weems s'arrêta de peindre. Et posa son pinceau sur la table, à côté du tas de chiffons. Ferma les yeux.

– Dieu vous bénisse, dit-elle doucement.

– Malheureusement, madame, elles sont en lambeaux.

Michael Weems rouvrit brusquement les yeux. Des yeux sombres qui contrastaient vivement avec ses cheveux décolorés. Des yeux de faucon, implacables.

– «Malheureusement», répéta-t-elle, comme en se moquant.

Son regard se perdit dans le vide.

– Je suis désolé, madame Weems, dit Katz.

– Vraiment ?

– Oui, madame, dit Katz. Elles représentaient des heures de travail…

– C'était un démon ! lâcha Michael Weems.

– Qui ça ?

Sans se retourner, elle désigna de son doigt replié la colline derrière elle. Une pente qui filait doucement et où se mêlaient congères, roches rouges, pins pignons, buissons de genièvre et cactus.

Michael Weems se retourna, alla jusqu'au bord du *portal* et regarda en bas.

L'éclairage disséminé çà et là permit aux inspecteurs de voir une dépression peu profonde et parallèle aux limites de sa propriété. Trop petite pour prétendre au statut d'arroyo, plutôt une balafre dans le sol, piquetée de cailloux, d'herbes et de rochers.

Avec, légèrement en deçà du milieu, à six mètres à droite, un volume plus massif.

Le corps d'un homme.

Sur le dos, le ventre en l'air.

Énorme, le ventre.

La bouche de Myron Weems grande ouverte, comme figée dans un étonnement définitif. Une main était tournée vers l'extérieur selon un angle qui n'avait rien de normal, l'autre reposait à côté de sa cuisse large comme un tronc d'arbre.

Même dans l'obscurité et à cette distance, Katz et Deux-Lunes distinguèrent le trou dans son front.

Michael Weems revint à la table d'appoint et ôta quelques chiffons.

Dévoilant un revolver – à première vue un antique Smith & Wesson.

Une arme de cow-boy.

– Couvre-moi, chuchota Deux-Lunes.

Katz hocha la tête.

Darrel s'avança lentement, sans quitter des yeux les mains de Michael. Elle ne parut ni troublée ni anxieuse quand il prit l'arme et vida les cinq balles du barillet.

Michael Weems reporta son attention sur le tableau.

Katz et Deux-Lunes se trouvaient à présent en position de voir le sujet.

Merry et Max, debout au bord du *portal*, nus tous les deux. Fixant avec un mélange d'horreur et de ravissement leur cauchemar d'enfants – le cadavre de leur père. Une illusion…

Le pinceau de Michael Weems visa une tache de rouge sur la palette et ensanglanta le trou du front.

Elle peignait de mémoire, sans un regard en arrière sur la réalité.

Le rendu était parfait.

Cette femme avait du talent.

Table

Le Rameau brisé
Seuil Policiers, 2003
et « Points Policier », n° P1251

Qu'elle repose en paix
Seuil Policiers, 2004
et « Points Policier », n° P1407

La Dernière Note
Seuil Policiers, 2004
et « Points Policier », n° P1493

La Preuve par le sang
Seuil Policiers, 2006
et « Points Policier », n° P1597

Le Club des conspirateurs
Seuil Policiers, 2006
et « Points Policier », n° P1781

La Psy
Seuil Policiers, 2007
et « Points Policier », n° P1830

Tordu
Seuil Policiers, 2008

FAYE KELLERMAN

Les Os de Jupiter
Seuil Policiers, 2001
et « Points Policier », n° P1030

Premières Armes
Seuil Policiers, 2002
et « Points Policier », n° P1373

RÉALISATION : PAO ÉDITIONS DU SEUIL
IMPRESSION : BRODARD ET TAUPIN, À LA FLÈCHE
DÉPÔT LÉGAL : SEPTEMBRE 2008. N° 98195
N° D'IMPRIMEUR : 48435.
Imprimé en France

Collection Points Policier

Collection Points